新日本語能力試驗予想問題集：N2一試合格

方斐麗、小高裕次、賴美麗、李姵蓉、郭毓芳、童鳳環　編著

全華圖書股份有限公司

前言

本書為了幫助準備2010年實施之新制日本語能力試驗（JLPT）的學習者掌握應試要領及出題傾向，依照新制日本語能力試驗的考試題型及題數，編寫六回模擬測驗練習題。內容包含「（文字・語彙・文法）・閱讀」及「聽解」二大部分，並在各回加入數題難度較高的題目，除了讓學習者可以透過練習熟悉題型外，也能更進一步深入地學習，提升實力。

為了讓學習者能更精準瞭解題目內容及如何解答，另外也編寫了本問題集的解析本，對於題目內容及解答有進一步的說明，解析本也收錄聽解問題的所有原文內容，漢字也標上讀音，對於較難的句子特別加上翻譯幫助學習者理解。相信本問題集和解析本可幫助學習者於正式測驗時從容迅速地作答，高分合格。

方斐麗、小高裕次、賴美麗、李姵蓉、郭毓芳、童鳳環
于　文藻外語大學
2016年10月

新日檢考試制度的變化

日本語能力試驗始於 1984 年起，由國際交流基金會與日本國際教育支援協會共同舉辦。從最早期的 15 國、約 7 千人報考，如今已成長至全球 60 多個國家地區、每年報考人數超過 60 萬人，爲世界最大規模的日語考試。根據統計，2015 年台灣地區報考人數合計超過 7 萬 7 千人。

經過 20 多年的資料分析與研究，2010 年起，日本語能力試驗實施了新制的考試制度。新舊制的具體差異分析如下表所示：

	舊制（至 2009 年為止）	新制（2010 ～年起）
級　數	1 級	N1（比舊制 1 級稍難）
	2 級	N2（與舊制 2 級相當）
		N3（介於舊制 2 級和 3 級間）
	3 級	N4（與舊制 3 級相當）
	4 級	N5（與舊制 4 級相當）
	（共 4 級）	（共 5 級）
測驗項目	各級數皆分爲三項： 1.「文字・語彙」 2.「聽解」 3.「讀解・文法」	N1、N2 分爲： 1.「言語知識（文字・語彙・文法）讀解」 2.「聽解」 N3、N4、N5 分爲： 1.「言語知識（文字・語彙）」 2.「言語知識（文法）・讀解」 3.「聽解」
測驗時間	1 級：180 分鐘 2 級：145 分鐘 3 級：140 分鐘 4 級：100 分鐘	N1：170 分鐘 N2：155 分鐘 N3：140 分鐘 N4：125 分鐘 N5：105 分鐘
計分方式	傳統粗分	尺度得點
通過標準	單一標準： 1 級：280 分（滿分 400 分） 2 級～ 4 級：240 分（滿分 400 分）	總分與分項成績皆設有門檻分數

什麼是「尺度得點」？

舊制試驗採取粗分計算，也就是答對多少題就有多少分。當合格的總分數標準不變時，由於每回試驗的難度有所不同，導致相同能力的測驗者，在不同時期將測驗出不一樣的考試成績，甚至影響合格與否。有鑑於此，新制採取「尺度得點」來計算得分。

「尺度得點」是什麼呢？簡單來說，它並非讓答對題數直接反映於得分上。「尺度得點」是在分別測出「言語知識」、「讀解」、「聽解」之分項能力後，分別於 0 ～ 60 之刻度量尺上來顯示得分，總分數爲前述三項之總和。同一級數的成績均以相同的量尺計算。新制爲能在此共通之量尺上測出考生的日語能力，將每一位考生於各題之答題狀況（答對或答錯）統計分析後，始計算得分。因此假設兩位考生在同一測驗裡答對相同的題目數，其得分也會因兩人分別答對不一樣的題目而有所不同。

「門檻分數」是多少？

過去舊制皆單獨用總得分來判定是否合格。而在新制則必須同時達到：

1. 總分達到合格所需分數（= 通過標準）以上
2. 各分項成績達到合格所需分數（= 門檻分數）以上

上述兩項標準皆通過，才能判定合格。只要有一分項成績未達通過門檻分數，即便分數再高也不能合格。

N1 ～ N3 及 N4、N5 各分項得分範圍不同。下表爲總分通過標準及各分項成績門檻分數：

級數	通過標準 / 總分	分項成績門檻分數 / 分項總分		
		言語知識（文字・語彙・文法）	讀解	聽解
N1	100 / 180	19 / 60	19 / 60	19 / 60
N2	90 / 180	19 / 60	19 / 60	19 / 60
N3	95 / 180	19 / 60	19 / 60	19 / 60

級數	通過標準 / 總分	分項成績門檻分數 / 分項總分	
		言語知識（文字・語彙・文法）讀解	聽解
N4	90 / 180	38 / 120	19 / 60
N5	80 / 180	38 / 120	19 / 60

台灣地區報考相關資訊

報名時間：	第一次：約 4 月初至 4 月中
	第二次：約 9 月初至 9 月中
	詳細規定請參照 JLPT 官網：
	http://www.lttc.ntu.edu.tw/JLPT/JLPT_news.htm
報名方式：	網路報名，詳參照網址：https://reg6.lttc.org.tw/JLPT/
報名費用：	NT$1500
測驗日期：	第一次：7 月第一個星期日
	第二次：12 月第一個星期日
測驗地點：	台北、台中、高雄

建議事項：

1. 勿同時報考不同級數，因 N3 ～ N5 皆在上午舉行，N1 ～ N2 皆在下午舉行，除考場可能不同外，更要留意測驗時間可能重疊（如 N1 和 N2），無法兩者兼顧。
2. 姓名英文拼音以及相片的相關規定務必詳閱遵守，一旦不合規定有可能會影響到證書的有效性。
3. 應試必帶：准考證、身分證或有效期限內之護照駕照正本、2B 或 HB 黑鉛筆及橡皮擦。
4. 「聽解」測驗一開始播放試題光碟片即不得入場，其他節則鈴響入場後逾 10 分鐘不得入場應試。

N2 題型概要說明

測驗科目（測驗時間）		測驗內容		
		大題		目的
言語知識・讀解（105 分）	文字・語彙	1	漢字發音	辨識漢字的發音
		2	表記	從平假名辨別其表記的漢字
		3	語形成	判斷派生語與複合語
		4	文脈規定	根據前後文脈判斷正確的語彙
		5	類義替換	掌握和題目意思相近的語彙及表達方式
		6	用法	判斷出題語句在使用於文中的正確用法
	文法	7	句子文法 1（文法形式判斷）	判斷符合句子內容的文法形式
		8	句子文法 2（文句重組）	組合出文法正確且句意通達的句子
		9	文章文法	判斷符合文章脈絡的文法形式
	讀解	10	內容理解（短篇文章）	閱讀有關生活、工作等種種話題或情境約 200 字的簡單短文，並理解其內容
		11	內容理解（中篇文章）	閱讀簡單內容的評論、解說或社論約 500 字的短文，並理解其因果關係、概要與作者想法
		12	統合理解	閱讀簡單內容的複數短文（合計約 600 字），並比較統整理解其內容
		13	主張理解（長篇文章）	閱讀鋪陳理論明快的評論文章約 900 字，並理解其整體所傳達的主張、意見
		14	資訊檢索	從廣告、導覽、情報雜誌、商業文書等約 700 字的資料中尋找出必要的情報資訊
聽解（50 分）		1	內容理解	聆聽完有條理的聽力內容，並理解其意（聽出具體解決課題所需的必要資訊，並理解之後該如何做）
		2	重點理解	聆聽完有條理的聽力內容，並理解其意（依據事先提示須聽懂的內容，從中擷取重點）
		3	概要理解	聆聽完有條理的聽力內容，並理解其意（聽出並理解整體對話中說話者的意圖與主張）
		4	即時應答	聆聽提問等簡短語句後，選出恰當的應答
		5	統合理解	聆聽完長篇的聽力內容，比較統整複數的情報並理解其內容

使用方法圖示說明

考試科目 ＜考試時間＞		
言語知識 （文字・語彙） ＜ 25 分鐘＞	言語知識 （文法）・讀解 ＜ 50 分鐘＞	聽解 ＜ 50 分鐘＞

考試科目以及考試時間

每一回試驗時各分項的時間都不相同，一定要有效掌握時間，才不會作答不及或寫得太快喔。

答題時間

更精細的列出言語知識各大題的預計作答時間。練習時可以依照這個時間標準來演練。

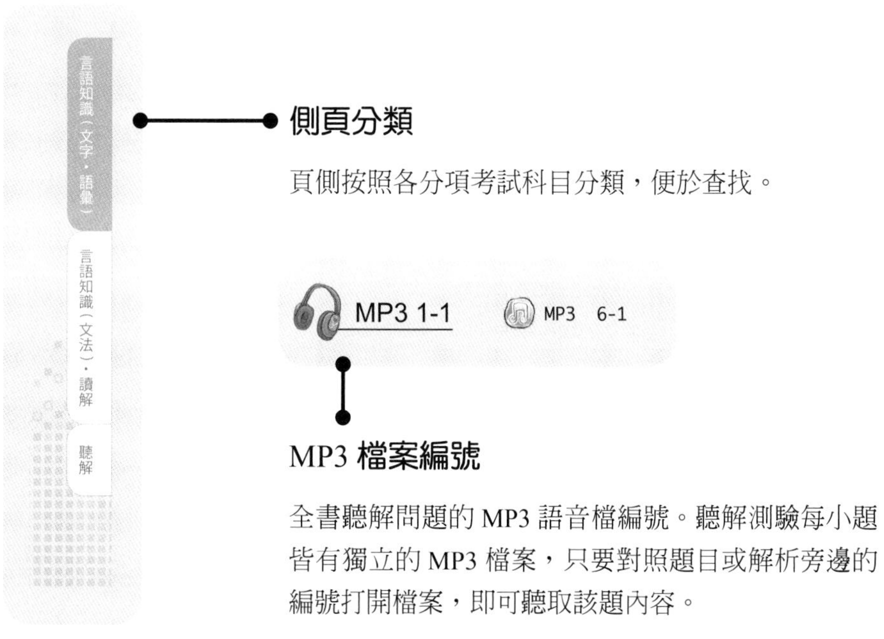

側頁分類

頁側按照各分項考試科目分類，便於查找。

MP3 檔案編號

全書聽解問題的 MP3 語音檔編號。聽解測驗每小題皆有獨立的 MP3 檔案，只要對照題目或解析旁邊的編號打開檔案，即可聽取該題內容。

言語知識（文字・語彙）／35 問

もんだい 1

1	2	3	4	5	6	7	8	9	10	11	12
3	4	2	2	3	2	1	1	3	2	3	2

各回解答

解析本各回第一頁提供完整解答，核對答案簡單又快速。

答案

各題解答清楚標示。

もんだい 5

30　2　因為這位很普通的中年婦女說「想成為歌手」。

題目中譯　觀眾為什麼要嘲笑？

31　1　成為歌手。

題目中譯　這位女性最後成為什麼？

大意

有一位女性參加英國電視節目選秀，她並不年輕也不漂亮，她告訴大家她的夢想是成為歌手，觀眾們都嘲笑她。但是觀眾聽了這位女性的歌後都非常驚訝，因為她的歌聲非常優美。後來，世界各地許多人都透過網路看這個節目，這名女性因此成名，也實現了夢想。

もんだい 6

32　4　星期四的第 7 節和第 8 節

題目中譯　麥克同學什麼時候可以與山中老師商量？

解析

- 留学生のマイクさんは山中先生とそうだんがしたいです。（留學生麥克想和山中老師商量事情。）
- しかし、マイクさんは 8 時間目がおわるとすぐに家に帰ります。（但是，麥克於第 8 節結束後要馬上回家。）
- 金曜日の午後アルバイトがあります。（星期五下午要打工。）

翻譯

提供題目，答案翻譯，
以及內容大意。

解析

提供精闢完整的講解。

目次

第 1 回

言語知識（文字・語彙・文法）・讀解

考試科目 ＜考試時間＞	
言語知識（文字・語彙・文法）・讀解 ＜ 105 分鐘＞	聽解 ＜ 50 分鐘＞

Language Knowledge(Vocabulary / Grammar)・Reading　　　　問題用紙

N2

言語知識（文字・語彙・文法）・読解

（105分）

注意
Notes

1. 試験が始まるまで、この問題用紙を開けないでください。
   Do not open this question booklet until the test begins.
2. この問題用紙を持って帰ることはできません。
   Do not take this question booklet with you after the test.
3. 受験番号と名前を下の欄に、受験票と同じように書いてください。
   Write your examinee registration number and name clearly in each box below as written on your test voucher.
4. この問題用紙は、全部で31ページあります。
   This question booklet has 31 pages.
5. 問題には解答番号の[1]、[2]、[3]…が付いています。解答は、解答用紙にある同じ番号のところにマークしてください。
   One of the row number [1], [2], [3]…is given for each question. Mark your answer in the same row of the answer sheet.

受験番号　Examinee Registration Number	

名前　Name	

答題時間 4 分鐘

問題 1　＿＿＿の言葉の読み方として最もよいものを、1・2・3・4 から一つ選びなさい。

1　ここは海に<u>囲まれた</u>ところなので、魚がおいしい。

1　こまれた　2　かこまれた　3　とまれた　4　のぞまれた

2　<u>意見</u>がある人はてをあげてください。

1　いぎ　2　いみ　3　いけん　4　いかい

3　今、山田はおりませんので、4 時<u>以降</u>にもう一度いらっしゃってください。

1　いこう　2　いご　3　いごう　4　いらい

4　彼に対する<u>印象</u>はとてもよかった。

1　いじょう　2　いんしょう　3　いんぞう　4　いはん

5　食事は<u>栄養</u>のバランスを考えることが必要だ。

1　えいよう　2　えんよう　3　えいしょう　4　えんきょう

問題2 ＿＿＿の言葉を漢字で書くとき、最もよいものを1・2・3・4から一つ選びなさい。

6 しょうらい、医者になりたいと思っている。
1 未来　2 将来　3 以来　4 到来

7 新聞のきじを読んで、とてもびっくりした。
1 記事　2 用事　3 仕事　4 見事

8 首相のひょうじょうはきびしかった。
1 表面　2 表情　3 表示　4 表現

9 外でパーティーをしているので、さわがしい。
1 忙　2 騒　3 恐　4 楽

10 雨で試合がちゅうしされることになった。
1 中古　2 中途　3 中止　4 中間

答題時間 4 分鐘

問題3　（　　　）に入れるのに最もよいものを、1・2・3・4から一つ選びなさい。

11　原子力発電の安全（　　）を問われる事故が起きた。

1　的　　2　性　　3　製　　4　化

12　事故の原因がわからないので、（　　）調査が求められた。

1　最　　2　再　　3　高　　4　特

13　この国の少子（　　）は経済に大きな影響を与えている。

1　的　　2課　3　化　　4　性

14　子どもの前でタバコを吸う（　　）常識な親が増えている。

1　不　　2　非　　3　高　　4　低

15　この映画はあの有名な監督の（　　）作だ。

1　特　　2　優　　3　好　　4　名

問題4　（　　　）に入れるのに最もよいものを、1・2・3・4 から一つ選びなさい。

16　あの人は今年オリンピックに（　　）するらしい。
　1　出席　　2　出場　　3　出発　　4　出勤

17　今年旅行に行ったときの（　　）についてお話しましょう。
　1　テーマ　　2　エピソード　　3　タイトル　　4　タイプ

18　荷物が多いので、ホテルに（　　）行こう。
　1　あずけて　　2　あたえて　　3　うけいれて　　4　あげて

19　（　　）山道だったが、なんとか頂上まで登ることができた。
　1　難しい　　2　厳しい　　3　険しい　　4　苦労な

20　今ある大切な資源をできるだけ（　　）していくことが必要だ。
　1　作用　　2　活用　　3　応用　　4　不用

21　最近の携帯電話にはいろいろな（　　）がついている。
　1　機能　　2　作用　　3　多用　　4　能力

22　今日は雨が降る（　　）70％と高い。
　1　機会　　2　確率　　3　回数　　4　可能

答題時間５分鐘

問題５　＿＿＿の言葉に意味が最も近いものを、1・2・3・4から一つ選びなさい。

23　チケットは<u>各自</u>で用意しておいてください。
1　ほかの人　2　おのおの　3　お互いに　4　全員

24　２時の飛行機に乗るなら、そろそろ<u>支度</u>したほうがいい。
1　到着　2　出発　3　準備　4　乗車

25　多くの人は自分で弁当を<u>持参</u>していた。
1　持って出かける　2　持って来る
3　持ち去る　4　持って入る

26　彼は<u>しばしば</u>約束を守らないので、信用できない。
1　ぜんぜん　2　あまり　3　よく　4　まったく

27　夜になって、彼女は<u>こっそりと</u>家を出た。
1　ただちに　2　そっと　3　ゆっくり　4　さっと

問題6　次の言葉の使い方として最もよいものを、1・2・3・4から一つ選びなさい。

28　はずれる

1　彼の話していることは現実とはずれている。
2　今、山田さんははずれています。
3　二番目のボタンがはずれているよ。
4　私の成績は友だちの成績よりはずれている。

29　普及する

1　この本は人気があるので、普及している。
2　この地域ではサラリーマンが普及している。
3　最近、若い人の間でスマートフォンが普及している。
4　事故で電車が止まっていたが、もうすぐ普及するそうだ。

30　のんびり

1　もう遅いので、のんびり帰ろう。
2　ひさしぶりの休日なので、のんびり過ごそう。
3　3時ごろは仕事も少なくのんびりする時間だ。
4　もう時間がないので、のんびり出発しよう。

31　本番

1　山田さんの次はいよいよ私の本番だ。
2　みんな並んでいるので、本番は守らなければならない。
3　試合の本番になると、いつも緊張して失敗してしまう。
4　あの本番にはいつも警察官がいるので、近所の人は安心だ。

32　あいにく

1　あいにくの天気で旅行は延期になってしまった。
2　あいにく来てくれたのに、会えなくて残念でした。
3　仕事が多かったが、あいにく同僚が手伝ってくれたので、今日中に終えることができた。
4　あいにく出発まで時間があったので、市内を見物できた。

答題時間 8 分鐘

問題7　次の文の（　　）に入れるのに最もよいものを、1・2・3・4から一つ選びなさい。

33　約束した（　　）、守らなければならない。

1　結果　　2　からには　　3　あげく　　4　にしろ

34　手伝ってもらった（　　）、今日中に仕事を終えることができた。

1　かぎりは　　2　おかげで　　3　ばかりに　　4　次第で

35　デパートへ買い物に行った（　　）、休みだった。

1　とたん　　2　ばかりで　　3　ところ　　4　ものだから

36　山田部長が休んだこと（　　）プロジェクトが進められなくなった。

1　末に　　2　によって　　3　に伴って　　4　からして

37　このレストランは値段が高い（　　）、おいしくない。

1　一方で　　2　うえに　　3　わりに　　4　ばかりに

38　あのアメリカ人は日本語（　　）、中国語も話すことができる。

1　ばかりか　　2　ばかり　　3　ばかりで　　4　ばかりに

39　子どものころ、よくこの川で泳いだ（　　）。

1　わけだ　　2　ものだ　　3　ばかりだ　　4　ことだ

40 雨が降って困っていたが、幸いな（　　）、友だちが車で家まで送ってくれた。

1 のに　　2 わりに　　3 ことに　　4 ように

41 真面目な彼がうそを言う（　　）。

1 わけがない　　2 わけだ

3 わけではない　　4 つもりがない

42 先生の研究室に行ってみた（　　）、先生には会うことができなかった。

1 もとで　　2 うえ　　3 かぎり　　4 ものの

43 今まであの人はいたようだ。テーブルの上に読み（　　）の本が置いてある。

1 出し　　2 かけ　　3 すぎ　　4 ばかり

44 大雨（　　）、予定どおり旅行に行くことになった。

1 を問わず　　2 にかかわらず

3 にもかかわらず　　4 をめぐって

答題時間 6 分鐘

問題8　次の文の ＿★＿ に入る最もよいものを、1・2・3・4から一つ選びなさい。

45 地震のエネルギーの＿＿＿ ＿★＿ ＿＿＿ ＿＿＿揺れ方は異なる。

1 深さに　2 大きさは　3 ともかく　4 よって

46 今晩は ＿＿＿ ＿＿＿ ＿★＿ ＿＿＿ ので、早く家に帰ったほうがいい。

1 接近する　2 ある　3 おそれが　4 台風が

47 ＿＿＿ ＿＿＿ ＿＿＿ ＿★＿ すぐにお金がなくなりますよ。

1 買っては　2 たくさん　3 安い　4 とはいえ

48 夜はあぶないので、＿★＿ ＿＿＿ ＿＿＿ ＿＿＿ ことにしよう。

1 帰る　2 暗く　3 うちに　4 ならない

49 この計画は ＿＿＿ ＿＿＿ ＿★＿ ＿＿＿ ことになった。

1 進められる　2 沿って　3 会社の　4 方針に

問題9　次の文章を読んで、文章全体の内容を考えて、 50 から 54 の中に入る最もよいものを、1・2・3・4から一つ選びなさい。

経済が発展する 50 、人々のライフスタイルも変わった。それにともない、忙しく働く人が多くなり、食生活にも変化が見られるようになった。ハンバーガーやフライドポテト 51 ファーストフードが食べられるようになり、おにぎりやスープの種類も多くなっている。最近では、コンビニなどで売られ、忙しい人 52 非常に手軽に利用できる。

しかし、 53 食べ物はカロリーが高いため、人々の間に生活習慣病も 54 。生活習慣病はカロリーが高い食べ物が原因の一つだとされている。そのため、今では健康のことを考えて、カロリーが低い食べ物が好まれるようになっている。外食産業もカロリーが低いメニューを増やしたり、カロリーを表示したりしている。

50

1　とともに　　2　からには　　3　にしては　　4　といっても

51

1　という　　2　といった　　3　と言われる　　4　と呼ばれる

52

1　に対して　　2　について　　3　によって　　4　にとって

53

1　このような　　2　そのような　　3　あのような　　4　どのような

54

1　広まるべきだ　　2　広まりつつある
3　広まらざるをえない　　4　広まるに決まっている

答題時間 12 分鐘

問題１０ 次の（1）から（5）の文章を読んで、後の問いに対する答えとして最もよいものを、1・2・3・4から一つ選びなさい。

（1）

現地採用のアメリカ人や日本人の部下にたいして日本でそうであったように“お前は仕事とデートとどっちが大切か”とどなっても、かえってバカにされ、彼らとの折り合いが悪くなる。また若い妻と幼い子どもを残しての単身赴任の理由も「子どもの教育のことを考えて」のことだが、このこともストレスの原因となっている。土日も仕事に没頭することで気を紛らわすしかない、そのことがかえって孤独感をつのらせることになる。

堀尾輝久『現代社会と教育』p.36（岩波新書）1997

55 筆者はなぜ孤独感が増す結果となってしまったのか。

1 単身赴任によってストレスがたまるから。

2 残した若い妻と幼い子どものことを忘れるために働くから

3 現地採用のアメリカ人や日本人の部下と折り合いが悪くなるから

4 部下をどなってもバカにされるから。

(2)

以下はある会社が出したメールである。

お客様各位

いつも「いずもや」をご利用いただきまして、誠にありがとうございます。

さて、弊社では、この度新しいタイプの家具を発売いたしました。ご購入されるお客様には定価の5%引きでご提供させていただいておりますが、7月中にホームページよりご購入のお申し込みをされたお客様に限りまして、さらにお買い得の特別割引価格でお届けいたします。皆様、この機会に是非ともご利用いただければと存じます。詳しくは同封いたしましたパンフレットあるいはホームページをご覧ください。

http://www.izumo.ne.jp

今後とも「いずもや」をご愛顧のほどよろしくお願い申し上げます。

56 会社の割引サービスについて正しいものはどれか。

1 「いずもや」の家具を7月注文する人は5%引きで買うことができる。

2 「いずもや」の家具を7月に注文すれば、5%引きより安く買うことができる。

3 「いずもや」のホームページを見た人は5%引きで家具を買うことができる。

4 「いずもや」のホームページで7月に家具を注文すれば、5%引きより安く買うことができる。

(3)

マスコミや教育の影響だろうが、現代では多くの人が同じような意見を持っている。「自然環境」についての意見を求めると、10人中10人までが、「自然を壊さないで、もっと大事にしよう」と書く。それをひねって、もっと違った意見を書いてくれないと、読み手も楽しみを感じないのに、みんながありきたりの良い子ぶったことを書いてしまう。

つまり、現代では「ありのままの自分」というのは、「マスコミや教育によって作られた自分」でしかないのだ。「書く」ことによって、それを見直し、もっと別の自分を作っていくことのほうが、むしろ、重要なことと言えるだろう。

樋口裕一『ホンモノの文章力ー自分を売り込む技術』p.22（集英社新書）2000

57 筆者はなぜ多くの人が同じ意見を持っていると考えているか。

1 みんなが同じ意見を書かないと不安に思っているから。

2 多くの人は別の自分を作るのが難しいと思っているから。

3 多くの人が自分をマスコミや教育によって作られたと思っているから。

4 ありのままの自分を表現するのは重要だと思っているから。

(4)

人生を四季にたとえると、「春」に当たるのが、青春時代ということでしょう。でも、じつは私はいまでも四季の中で春がいちばん苦手です。卒業式や入学式があるように、人間が何かを卒業し、次のステップへ進んでいく季節です。しかし、みなが先へ進んでいくのを横目に見ながら、立ち往生したまま動けない人もいます。つまり、春というのはある意味で残酷な季節であるとも言えます。

姜尚中『悩む力』p.84（集英社新書）2008

58 筆者は「春」をどのようにとらえているか。

1 「春」は分かれて次のステップへ進むので残酷な季節だ。

2 「春」は次のステップへ進む過程なのである意味で残酷な季節だ。

3 「春」は次のステップへだれが進めるかだれが進めないかわかるので残酷な季節だ。

4 「春」は次のステップへ進めない人もいるので残酷な季節だ。

(5)

社会というのは、基本的には見知らぬ者同士が集まっている集合体であり、だから、そこで生きるためには、他者から何らかの形で仲間として承認される必要があります。そのための手段が、働くということなのです。働くことによって初めて「そこにいていい」という承認が与えられる。

働くことを「社会に出る」と言い、働いている人のことを「社会人」と称しますが、それは、そういう意味なのです。「一人前になる」とはそういう意味なのです。

姜尚中『悩む力』p.122-123（集英社新書）2008

59 筆者は「働く」をどうとらえているか。

1 「働く」ことは仲間に理解されるということだ。

2 「働く」ことは社会人になるためのステップだ。

3 「働く」ことは仲間になるための必要な条件だ。

4 「働く」ことは「社会に出る」ためであり、「一人前になる」ためだ。

問題１１ 次の（1）から（3）の文章を読んで、後の問いに対する答えとして最もよいものを、1・2・3・4から一つ選びなさい。

（1）

季節風のおかげで、わが国では、一年を通じて四季の移り変わりがきわだっています。そしてその移り変わりにしたがって、私たちの生活をとりまく野山の景色が美しく変わっていきます。日本人が昔から、特に季節の移り変わりに敏感で、自然を愛する気持ちが強いのは、そのためだと言えるでしょう。文学のうえでも昔から、その季節季節の自然の美しさをえがき、その中に人々の喜びや悲しみ、さびしさやあきらめの気持ちを表す、そういった作品が多いのです。

春は桜や桃や菜の花、ちょう、夏は青葉、ほたる。秋は名月、もみじ、きく。そして冬は雪景色。こうした自然のすがたと、①それに伴う祭りや年中行事、それらがみんな文学の題材に採り入れられています。ことに日本独特の短詩の形式である和歌や俳句の世界では、それが大事な要素になっています。

岡田章雄『日本人のこころ』（筑摩書房）1971

60 筆者は日本人がなぜ自然を愛する気持ちが強いと考えているのか。

1 季節風があるから。
2 四季の移り変わりがきわだっているから。
3 四季の自然が美しいから。
4 四季にはそれぞれの景色があるから。

61 筆者はなぜそういった作品が多いと考えているのか。

1 季節のなかにさびしさやあきらめの気持ちを表すから。
2 野山の景色が美しく変わっていくから。
3 季節季節の自然の美しさをえがくから。
4 日本人は自然を愛する気持ちが強いから。

62 ①「それ」とは何か。

1 祭りや年中行事

2 四季の移り変わり

3 さびしさやあきらめの気持ち

4 自然のすがた

(2)

自動車は文明の利器と呼ばれ、人類の発明のなかで、もっともすばらしいものの一つであると一般に考えられた時代がありました。自動車はまさに、20世紀の物質文明をそのまま象徴するといってもよいと思います。

自動車を利用することによって、これまで想像できなかったようなはやいスピードで、遠くにまで移動することができるようになりました。また、人力や牛馬ではとても運ぶことができないような重いものを遠くにまで運ぶことができるようになりました。自動車の発明によって、人類の活動範囲は飛躍的に拡大したわけです。産業革命にはじまった新しい科学技術の時代を象徴するのが自動車だった。

しかし、自動車の普及は、思いがけない問題をひきおこすことになりました。自動車がもたらした大きな害毒は、自動車によって私たちが得ることのできる価値よりはるかに大きいことがはっきりしてきました。

自動車もたらした一番大きい毒害はいうまでもなく交通事故による犠牲です。交通事故はなにも自動車にかぎったものではありません。飛行機、鉄道、船舶でも、また自動車でも交通事故の危険はあります。しかし、自動車による交通事故は、他の交通手段とはまったく比較にならないぐらい、ひろい範囲にわたり、深刻な被害をもたらしています。

宇沢弘文『地球温暖化を考える』（岩波新書）1995

63 自動車はどのようなものに変わったか。

1 科学技術を象徴するものに変わった

2 文明の利器に変わった

3 交通事故の危険性をもたらすものに変わった

4 はやいスピードで移動することができるものに変わった

64 「私たちが得ることができる価値」とはどんなことか。

1 20世紀の物質文明を象徴する自動車の普及

2 交通事故による犠牲

3 自動車によってもたらされた害毒

4 活動範囲が飛躍的に拡大したこと

65 筆者は「ひろい範囲にわたり」をどのように考えているか。

1 思いがけない問題をひきおこすようにまでになったこと

2 飛行機、鉄道、船舶にまで交通事故が広がったこと

3 交通事故による犠牲が増えたこと以外に広がったこと

4 自動車以外で交通事故の危険性が増したこと

(3)

以前住んでいた家の前にいつも「ルーモア」という名前のファッション・メーカーの車が駐車していた。「ルーモア」（うわさ）というのはなかなかユニーク名前だなと感心して見ていたのだが、ある日ふと車の反対側にまわってみると、これが実は「アモール」だった。というのは、僕がいつも車の右側面だけを見ていたからである。

時々そういうことがある。人々は車の右側面に限って右から左に字を書きたがるのである。何故そんなことをするのか僕はよくわからない。車の後ろから前に向かって字を書くことに抵抗があるのかもしれない。それとも、車は前方に向かって走っているから、「ア」が最初に目的地に到着し、「ル」が最後に来て、理屈としてはあうかもしれない。

そこまでは、まあ習慣の問題として百歩ゆずって許してもいい。しかし、そのような車でも、どういうわけか電話番号だけは左読みなのである。グンニーリク田島（404）0352などという車が堂々と街を走っているのである。これだけでは許せない。筋もとおっていないし、まぎらわしい。

僕はこういうのを見るたびに、その電話番号をまわして「グンニーリク田島」という人を呼びだしてみたくなる。しかし、意外に本当のノルウェーの二世だったりするのかもしれない。

村上春樹『日記から』（朝日新聞）1982.4

66 筆者はなぜファッション・メーカーの名前を「ルーモア」だと思っていたのか。

1 車の反対側にまわって見たから。
2 ユーモアな名前だと思って見ていたから。
3 車の後ろから前に向かって書いているのを見たから。
4 車の右側面だけを見ていたから。

67 筆者は電話番号だけは左から書くのをどう思っているか。

1 習慣の問題としては許してもいいと思っている。

2 車の後ろから前に向かって字を書くことに抵抗があるのかもしれないと思っている。

3 なかなかユニークだと思っている。

4 理屈としてはあっていないと思っている。

68 筆者はなぜ車の右側面に右から左に字を書くのだと思いますか。

1 車は前方に向かって走っているから。

2 ファッション・メーカーの車だから。

3 反対側には右から左に字を書きたがらないから。

4 本当のノルウェーの二世だったから。

問題１２　次のＡとＢはそれぞれ、距離について書かれた文章である。二つの文章を読んで、後の問いに対する答えとして最もよいものを、１・２・３・４から一つ選びなさい。

A

日本人学生に外国人との話し方について聞いたところ、多くの学生が初対面では話しにくいという声が返ってきた。その理由を聞いてみたところ、日本人同士だと、ある程度距離をとって話すが、外国人と距離が近すぎて話しにくく、その場合、日本人学生のほうが距離をとって話しているということだった。社会心理学の先生によると、これは「パーソナルスペース」というもので自分の領域を守りたいという心理が働いたものだろうということだった。

B

日本人は満員電車の中でも雑誌や新聞を読んでいる。大学のクラスメートに満員電車の中でも雑誌や新聞を読んでいるか聞いてみたところ、ほとんどのクラスメートが読んでいると答えてくれた。さらに、集中して読めるかとの質問に集中して読めるが大半を占めたという意外な結果であった。実際に立ったままで雑誌や新聞を読んでいる人をよく見かけるが、どうしてだろうか。心理学専攻の友人によると、人は満員電車のような「パーソナルスペース」を保てないような場合、何かに集中することによって仮想「パーソナルスペース」を確保してその状態から避けようとしているのだそうだ。

69 AとBのどちらの文章にも触れられている点は何か。

1 学生の距離の必要性

2 集中することができる距離の必要性

3 自分の距離の必要性

4 他人の距離の必要性

70 AとBの筆者は何について話しているか。

1 AもBも実際の距離ついて話している。

2 AもBも実際ではない物理的距離について話している。

3 Aは実際の距離、Bは実際ではない距離について話している。

4 Bは実際ではない距離、Aは実際の距離について話している。

問題１３　次の文章を読んで、後の問いに対する答えとして最もよいものを、1・2・3・4から一つ選びなさい。

現在の日本では汚職に絡んだ事件が毎日のように報道されています。そして、このような現状を指して、「戦後、日本人は道徳的に退廃してしまった」と批判する向きがあります。しかし、過去の日本に汚職や腐敗がなかった訳ではありません。汚職に関する報道をよく目にするのは、道徳心の問題とは無関係に、以前であれば告発されずに揉み消されたり、全く問題にされなかったような汚職が厳しく摘発されるようになったからだと考えるべきでしょう。

汚職を、人々が道徳心を持ち合わせているかどうかという視点からではなく、人々が汚職をすることに関してどのような利害に直面しているかという視点から捉えることができます。

つまり、人々が道徳心を持っていようがいまいが、どんな些細な汚職であっても確実に摘発され、厳しく罰せられるのであれば、誰も汚職に手を出そうとはしません。反対に、見つかる可能性が低く、見つかったとしても大して厳しい罰を受けないのであれば、汚職の誘惑はそれだけ大きくなる訳です。ですから、「周りでは、みんな汚職で儲けているのに、誰も捕まっていないから…」と一人一人が考えるのならば、誰もが汚職に手を染め、結果として社会全体が腐敗してしまったとしてもまったく不思議ではありません。つまり、汚職の蔓延というのは、「赤信号、みんなで渡れば怖くない」という状況そのものなのです。

汚職の問題をこのように捉える背後には、「人間は利益と費用を考えた上で、自分が最も得するように行動する」という経済学の考え方があります。また、取るべき行動を決める際に、人々がどのような損得勘定（つまり、利益と費用の関係）に直面しているかということを、経済学では行動誘因（または、インセンティブ）と呼びます。

人々がどのような行動を取るかを決める上で「制度」が重要な役割を果たすと考えられています。汚職の問題を改善するためには、腐敗の温床となっている制度的側面を変えることで、汚職から得られる利益を引き下げる必要があります。

高橋和志、山形辰史『「平和と公正を実現するために　汚職―みんなでやれば怖くない？湊一樹」国際協力ってなんだろう一現場に生きる開発経済学―』（岩波ジュニア新書668）

71　毎日のように汚職の報道がされるようになったのはどうしてか。

1　戦後、日本人は道徳的に退廃してしまったから。
2　汚職が厳しく摘発されるようになったから。
3　過去の日本に汚職や腐敗がなかったから。
4　以前であれば告発されずに揉(も)み消されたり、全く問題にされなかったから。

72　汚職がなくならないのはどうしてか。

1　人々が道徳心を持ち合わせていないから。
2　みんな汚職で儲けているから。
3　社会全体に汚職が蔓延しているから。
4　確実に摘発され、厳しく罰せられないから。

73　内容と正しいものはどれか。

1　日本にも汚職があるのだから、どこの国にも汚職はあるだろう。
2　汚職は道徳心のなさから起こるのだろう。
3　汚職をなくすためにはまず、制度を変えなければならないだろう。
4　汚職がなくならないのは「赤信号、みんなで渡れば怖くない」という状況になっているからだろう。

問題１４　次は、Ａ社の携帯電話プラン表である。下の問いに対する答えとして最もよいものを、１・２・３・４から一つ選びなさい。

Ａ社　携帯電話　プラン表

	プラン①	プラン②
基本料金	９８０円	２０００円
割引	午前９時～午後３時 １分２０円 家族割なし	午前９時～午後７時 ０円 家族割５０％
ネット	１５００円から段階的	一律　１０００円
メール	１件：５円	１件：０円
	プラン③	プラン④
基本料金	１５００円	５０００円
割引	午後 12 時～午後５時 ０円 家族割３０％	午前９時～午後 11 時 ０円 家族０円
ネット	１０００円から段階的	０円
メール	１件：３円	１件：０円

リンさんはよくネットを使いたいと考えているが、家族と毎日話すことにしている。

メールはよく使用するが、電話はあまり夜遅くは使わない。

ヤンさんは仕事の関係で朝から晩まで携帯電話をよく利用するが、ネットはあまり使わないし、たまにしか家族に電話をかけない。

74　リンさんは携帯電話がほしいと思っているが、どのプランで契約するのが最も安いか。

1　プラン１
2　プラン２
3　プラン３
4　プラン４

75 ヤンさんはどのプランで契約したらいいですか。

1 プラン1
2 プラン2
3 プラン3
4 プラン4

第 1 回

聽解

考試科目 ＜考試時間＞	
言語知識 （文字・語彙・文法）・讀解 ＜ 105 分鐘＞	聽解 ＜ 50 分鐘＞

Listening

問題用紙

N2

聴解

(50分)

注意
Notes

1. 試験が始まるまで、この問題用紙を開けないでください。
   Do not open this question booklet until the test begins.
2. この問題用紙を持って帰ることはできません。
   Do not take this question booklet with you after the test.
3. 受験番号と名前を下の欄(らん)に、受験票と同じように書いてください。
   Write your examinee registration number and name clearly in each box below as written on your test voucher.
4. この問題用紙は、全部で13ページあります。
   This question booklet has 13 pages.
5. この問題用紙にメモをとってもかまいません。
   You may make notes in this question booklet.

受験番号　Examinee Registration Number	

名前　Name	

問題 1

MP3 1-1

問題 1 では、まず質問を聞いてください。それから話を聞いて、問題用紙の 1 から 4 の中から、最もよいものを一つ選んでください。

1 番

1　コピーする
2　資料を準備する
3　パンフレットを用意する
4　椅子と机を並べておく

2 番

1　メールで確認します
2　友だちに聞きます
3　研究室の前の掲示を見ます
4　リンさんに確認します

3番

1 資料をコピーする

2 みんなにメールする

3 会議の日を決める

4 教室を予約する

4番

1 漢字の間違いを直す

2 言葉を付け加える

3 写真を付け加える

4 データをグラフにする

5番

1　6,500円
2　5,500円
3　6,000円
4　4,000円

問題2

問題2では、まず質問を聞いてください。そのあと、問題用紙のせんたくしを読んでください。読む時間があります。それから話を聞いて、問題用紙の1から4の中から、最もよいものを一つ選んでください。

1番

1 宿題が大変で寝られなかったから
2 試験の準備が大変で寝られなかったから
3 レポートが大変で寝られなかったから
4 本を読むのが大変で寝られなかったから

2番

1 花見に行く
2 ボーリングする
3 映画を見に行く
4 家でのんびりする

3番

1 宿題を出す
2 宿題を受け取ってもらう
3 先生に叱られる
4 先生に謝る

4番

1 仕事がたくさんある
2 女の人に悪いと思っている
3 自分の体調が悪いと思っている
4 迷惑だと思っている

5番

1 1錠

2 2錠

3 3錠

4 4錠

6番

1 今週の金曜日か土曜日

2 今週の土曜日か日曜日

3 来週の金曜日か土曜日

4 来週の土曜日か日曜日

問題 3

問題 3 では、問題用紙に何もいんさつされていません。この問題は、全体としてどんな内容かを聞く問題です。話の前に質問はありません。まず話を聞いてください。それから、質問とせんたくしを聞いて、1 から 4 の中から、最もよいものを一つ選んでください。

—メモ—

問題4

問題4では、問題用紙に何もいんさつされていません。まず文を聞いてください。それから、それに対する返事を聞いて、1から3の中から、最もよいものを一つ選んでください。

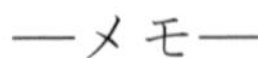

問題5

MP3 1-5

問題5では、長めの話を聞きます。この問題には練習はありません。メモをとってもかまいません。

1番、2番

問題用紙に何もいんさつされていません。まず話を聞いてください。それから、質問とせんたくしを聞いて、1から4の中から、最もよいものを一つ選んでください。

—メモ—

3番

まず話を聞いてください。それから、二つの質問を聞いて、それぞれ問題用紙の1から4の中から、最もよいものを一つ選んでください。

質問1

1 友ともだちにノートを借りる
2 講義を録音する
3 黒板を撮影する
4 よく聞く

質問2

1 友だちにノートを借りる
2 講義ぎを録音する
3 黒板を撮影する
4 よく聞く

第 2 回

言語知識
（文字・語彙・文法）・讀解

考試科目 ＜考試時間＞	
言語知識 （文字・語彙・文法）・讀解 ＜ 105 分鐘＞	聽解 ＜ 50 分鐘＞

Language Knowledge(Vocabulary / Grammar)・Reading

問題用紙

N2

言語知識（文字・語彙・文法）・読解

（105分）

注意
Notes

1. 試験が始まるまで、この問題用紙を開けないでください。
   Do not open this question booklet until the test begins.
2. この問題用紙を持って帰ることはできません。
   Do not take this question booklet with you after the test.
3. 受験番号と名前を下の欄（らん）に、受験票と同じように書いてください。
   Write your examinee registration number and name clearly in each box below as written on your test voucher.
4. この問題用紙は、全部で31ページあります。
   This question booklet has 31 pages.
5. 問題には解答番号の1、2、3…が付いています。解答は、解答用紙にある同じ番号のところにマークしてください。
   One of the row number 1, 2, 3…is given for each question. Mark your answer in the same row of the answer sheet.

受験番号　Examinee Registration Number	

名前　Name	

答題時間 4 分鐘

問題1　＿＿＿＿＿の言葉の読み方として最もよいものを、1・2・3・4から一つ選びなさい。

1　平凡な日々を送っている。
　1　へいかい　2　へいぼん　3　へいこう　4　へいたい

2　朗らかな人柄だ。
　1　ろうらか　2　あきらか　3　ほがらか　4　はきらか

3　色が微妙に違っている。
　1　びみょうに　2　ひしょうに　3　きしょうに　4　きみょうに

4　その町は盆地だから、夏は暑くて冬は寒いそうだ。
　1　ぼんち　2　ぶんち
　3　へいち　4　きゅうりょう

5　車の進行を妨げる。
　1　たずさげる　2　ぼうげる　3　つげる　4　さまたげる

問題２　＿＿＿＿の言葉を漢字で書くとき、最もよいものを１・２・３・４から一つ選びなさい。

6　大家さんは家賃のさいそくをしている。

１　最速　　２　再測　　３　催促　　４　債捉

7　二人の子どもにめぐまれている。

１　顧まれて　　２　命まれて　　３　慰まれて　　４　恵まれて

8　彼の反応がのろい。

１　鈍い　　２　鋭い　　３　素早い　　４　遅い

9　てじなで、宴会を盛り上げる。

１　鉄科　　２　魔術　　３　法力　　４　手品

10　暖房がきいて暖かくなった。

１　聞いて　　２　効いて　　３　期いて　　４　聴いて

答題時間 4 分鐘

問題3　（　　　　）に入れるのに最もよいものを、1・2・3・4 から一つ選びなさい。

11　彼女はいまにも泣き（　　　）そうだ。

1　かけ　　2　だし　　3　こみ　　4　まわし

12　次の駅で乗り（　　　）ください。

1　かえて　　2　はじめて　　3　おりて　　4　あがって

13　開封したらできるだけ早く飲み（　　　）ほうがいいですよ。

1　こんだ　　2　きった　　3　だした　　4　かけた

14　勇気を出して、片思いの彼に話し（　　　）。

1　あった　　2　だした　　3　かけた　　4　かかった

15　発車間際の電車に駆け（　　　）。

1　はじまった　　2　あがった　　3　きった　　4　こんだ

問題4　（　　　）に入れるのに最もよいものを、1・2・3・4から一つ選びなさい。

16　封筒の（　　　）の書き方を教えてください。

1　御中　　2　切手　　3　地点　　4　宛名

17　病気で顔色が（　　　）になった。

1　真っ青　　2　真っ赤　　3　真っ白　　4　真っ黒

18　あの流暢な英語力に（　　　）した。

1　感覚　　2　感心　　3　感想　　4　感受

19　会議はこれにて（　　　）させていただきます。

1　終点　　2　解決　　3　終了　　4　可決

20　息子は大学の（　　　）をしている。

1　講師　　2　老師　　3　教者　　4　談士

21　受賞者の記者（　　　）が生放送された。

1　会面　　2　会話　　3　会見　　4　会合

22　道が縦横に（　　　）している。

1　交通　　2　交流　　3　交会　　4　交差

答題時間 5 分鐘

問題5　＿＿＿＿＿の言葉に意味が最も近いものを、1・2・3・4から一つ選びなさい。

23　彼はいさましい。

1　臆病者だ　2　衝動的だ　3　勇気がある　4　弱気だ

24　会議の打ち合わせをする。

1　下相談　2　表決　3　審査　4　投票

25　恋人がせっかく手作りした料理が冷たくなってしまった。

1　素直に　2　もっぱら　3　わざわざ　4　さらに

26　教室がそうぞうしい。

1　暑い　2　さわがしい　3　人が少ない　4　きたない

27　そっちょくに自分の意見を言う。

1　腹を割って　2　婉曲に　3　そっと　4　間接的に

問題6　次の言葉の使い方として最もよいものを、1・2・3・4から一つ選びなさい。

28　手前

1　あの電子辞書は手前な値段だ。
2　手前の交差点を右に曲がってください。
3　手前に会議の予定を記入しておく。
4　そちらで入会手前を済んでください。

29　電柱

1　誕生日に祖母から電柱が届いた。
2　夏場の深刻な電柱不足で大停電が起きた。
3　前の携帯電話に比べて電柱の減りが早い。
4　犬が家の前にある電柱に尿をかけている。

30　峠

1　峠でダイビングする。
2　人生とは山あり峠ありだと言われる。
3　下り峠をとことこと歩く。
4　寒さも峠を越した。

31 快復

1 快復はがきで出欠の返事をする。
2 骨折の快復まで１週間がかかる。
3 病気が快復した。
4 絶え間ない快復で学生に教える。

32 粗末

1 粗末な部屋に住んでいる。
2 大連が日本の粗末地だった。
3 彼とはしばらく連絡を取らず、すっかり粗末になった。
4 粗末ゴミを出すのは有料だ。

答題時間 8 分鐘

問題7　次の文の（　　　）に入れるのに最もよいものを、1・2・3・4 から一つ選びなさい。

33 その条件（　　　）判断して、この取引はやめたほうがいいだろう。

1 まで　　2 から　　3 に　　4 さえ

34 いったん自転車の乗り方を＿＿＿、一生忘れません。

1 覚えれば　　2 覚えるなら

3 覚えるとしても　　4 覚えることにしたら

35 部下に用事を（　　　）。

1 言いかける　2 言い始める　3 言い出す　4 言いつける

36 読みたい本であれば、どんなに（　　　）買うつもりです。

1 高かったら　2 高いのに　3 高いので　4 高くても

37 言いにくいことを（　　　）言った。

1 かわって　2 どうして　3 あえて　4 かえって

38 足が痛くて、立って（　　　）はいられない。

1 だけ　　2 ばかり　　3 さえ　　4 こそ

39 その提案にどうしても賛成（　　　）。

1 しかねる　　2 してならない

3 してたまらない　　4 してしょうがない

40 今年のクリスマスイブは土曜日に（　　　）。

1 なす　　2 する　　3 あたる　　4 なる

41 4年に1度のイベントだ。（　　　）ぜんぜん盛り上がっていない。

1 それがゆえに　　2 そのおかげで

3 それにしても　　4 そうしたら

42 この道を（　　　）左に曲がると病院があるよ。

1 通りあたって　　2 突き当たって

3 行き当たって　　4 走りあたって

43 （　　　）今週中には終わらせなければならない。

1 よぽっど　　2 たちまち　　3 とうてい　　4 何しろ

44 最大限の努力を（　　　）安全で安心なサービスを提供いたします。

1 もって　　2 ふまえて　　3 こめて　　4 めぐって

問題8　次の文の＿★＿に入る最もよいものを、1・2・3・4から一つ選びなさい。

45 彼は事故で病院に運ばれたが、＿＿　＿★＿　＿＿　＿＿だ。

1 よう　2 入院は　3 すむ　4 しなくて

46 そのパーティーには＿＿　＿＿　＿★＿　＿＿ができない。

1 でなければ　2 こと　3 参加する　4 新入生

47 こんな暑い日＿＿　＿＿　＿＿　＿★＿。

1 限る　2 かき氷　3 は　4 に

48 ＿＿　＿＿　＿★＿　＿＿サラリーマンもいる。

1 は　2 大学生も　3 いれば　4 メンバーに

49 彼＿★＿　＿＿　＿＿　＿＿がいないだろう。

1 高い人気を　2 政治家　3 ほど　4 もつ

答題時間 8 分鐘

問題 9　次の文章を読んで、文章全体の内容を考えて、 50 から 54 の中に入る最もよいものを、1・2・3・4から一つ選びなさい。

私たちは毎日、移動するために「歩く」。スポーツジムにあるウォーキングマシンの上を歩いたりするのではない 50 、歩けばその分、私たちの身体は移動する。

もちろん、歩くこと以外にも、私たちは身体を移動させる手段を持っている。鉄道、自動車、自転車、飛行機。これらは、人間があらたに発明した移動手段である。今日の日本で、これらを 51 利用せずに生活しているという人は、ごく少数だろう。私たちは、交通機関の発達のおかげで、かつては不可能であったほどの長距離を短時間で移動することができるようになった。京都から歩いて一週間以上かかる東京まで、新幹線なら日帰りできる。

鉄道や自動車などを総称して、「乗りもの」という。「乗る」 52 、自分の足で「歩く」ことなく移動すること、「立つ」「座る」「寝る」といった、本来は「その場から移動しない身体の状態」のままで移動することだ。つまり、鉄道や自動車などを発明することによって、私たちは自分の足で歩かなくなったといえる。じっさい、自宅から自動車で通勤する人は、ほとんど 53 何十キロも移動する。歩かないために、人間は鉄道や自動車を発明したともいえるかもしれない。極論すれば、文明の進歩とは、自分の足に本来備わっている 54 を、別の装置に代替させることなのである。

鵜飼正樹『「歩く」日常——万歩計からわかること』（昭和堂）

50

1 ほど　2 より　3 には　4 かぎり

51

1 まったく　2 あまり　3 すこし　4 多少

52

1 とは　2 いわば　3 といったら　4 ときたら

53

1 歩くまいと　2 歩かないほど
3 歩かないままで　4 歩かなければ

54

1 機能　2 機関　3 器材　4 器具

答題時間 12 分鐘

問題１０　次の（1）から（5）の文章を読んで、後の問いに対する答えとして最もよいものを、1・2・3・4から一つ選びなさい。

（1）

◆若い人間を育てるときは「まずほめろ」といわれる。◆学校教育では「五つほめ、三つ教えて、二つ叱る」のが基本だという。◆ところが、私はほめるのが大の苦手である。◆楽天のマーくんこと田中将大にしても、面と向かってほめたことはほとんどない。これにはテレもあるが、本心は「叱ってこそ人は育つ」と私は考えているからだ。◆「人は、無視・賞賛・非難の段階で試される」という。◆まったく話にならない段階では無視。少し見込みが出てきたら賞賛する。そして中心になった時点で非難するのである。

野村克也『野村再生工場』（角川書店）

55　選手を叱る理由はどれか。

1　期待するから叱るのだ。

2　人をほめるのが恥ずかしいと思うから、その代わりに叱るのだ。

3　無視するより叱るほうが効果的だと思うからだ。

4　ほめたり、教えたりした後は、必ず叱らなければならないからだ。

(2)

◆5年間使用した電子レンジと炊飯器が同時に壊れた。修理を依頼すると、新品が購入できそうな見積金額。◆驚いたが、私の嫁入り道具で、愛着があり、何より、ごみになるのが可哀そうで修理することにした。◆また夫の靴底が擦り減り、修理をお願いしようと靴屋を訪れると、店の主人が開口一番、「新品を買われた方が安いです」といった。◆履きなれた靴なのに、底が擦り減ったら捨てろと言うのか。一つでも商品を販売したいという気持ちも分からなくはないが、一つ一つの品物への思い入れのある消費者の気持ちも分かって欲しい。

『毎日新聞』「みんなの広場」1998.7.14

56 新品の購入より修理にした理由はどれか。

1 店の人が多ければ多いほどの商品を売りたいといったからだ。

2 品物が壊れたら捨てろと教えられたからだ。

3 新品購入に必要な金額とほとんど変わらないからだ。

4 深く思いを寄せており、品物を大事にしたいからだ。

(3)

◆このたびは、春三月の南フランスの小都市とその周りを一週間、歩いた。ここは以前から、わたしの調査地の一つであり、古い友だちもいる。勝手知りたる行き先ゆえ、荷物は少ない。出立ちの日、おおいそぎで本箱から文庫版になった日記本ばかりをぬきだした。時間の経過をたどる日記を読む感覚は、空間の移動感覚に似ているからなのか。日記は一日一日の記述が読みきりで、どの頁を開いてもかまわないところが旅の読書に向いているのか。あまり考える余裕はなかった。正岡子規『仰臥漫録』、無着成恭編『山びこ学校』、清沢洌著、山本義彦編『暗黒日記』の三冊にした。これ以上は重すぎる。

西川祐子『旅の日記ではなく、旅の道中に読んだ日記たちのこと』（岩波文庫）

57 文庫版の日記本を旅に持ってゆく理由はどれか。

1 旅の日記の参考になるからだ。

2 軽くてコンパクトなので、何冊も持ち歩けるからだ。

3 気分によって途中のページから読んだりすることができるからだ。

4 好きな時に自分の感想を書き込むことができるからだ。

(4)

◆私たちが子供のころは、公衆電話の色は赤いと決まっていた。遠くからでも見えるためには、目立つ色が最適だったのだ。だが、やがてピンク電話の数が増え、それが緑色に変わり、現在ではほとんどの公衆電話が灰色である。◆理由は、公衆電話が目立たなければならない時代が終わったからである。かつては必要不可欠だったから、最も目立つ赤である必要があった。しかし現在では、ほとんどの人が携帯電話を持っているため、公衆電話はどこも赤字である。当然、街角からつぎつぎと消えていく。

竹内一郎『人は見た目が9割』（新潮社）

58 公衆電話の色が赤色だった理由は何だと考えられるか。

1 公衆電話が目立たなければならなかったから。

2 法律で決まられていたから。

3 公衆電話が赤字だったから。

4 ほとんどの人が携帯電話を持っているから。

(5)

◆2007年に結婚届出をした初婚者の平均年齢は夫30.1歳、妻28.3歳で、夫婦ともこの100年間で最も高い。夫婦とも戦後の15年間に初婚年齢が上昇、1960～74年の安定期を経て、75年以降再び上昇を始めた。とくに夫の初婚年齢は2000年から、妻は1972年から上昇を続けている。◆初婚年齢の上昇は日本だけの現象ではない。欧米先進国でも同様の傾向にあり、スウェーデンでは04年に妻30.7歳の高水準に達している。しかし、この国では「サンボウ」とよばれる同棲ののちに法律婚に至る経過をたどるカップルが少なくないことを勘案すると、実質上の結婚年齢はこの数字より2～3歳低く見積もって（注）考えたほうがよい。

湯澤雍彦、宮本みち子『新版　データで読む家族問題』（日本放送出版協会）

（注）見積（みつ）もる：目分量や心づもりではかっておおよその見当をつける。

59 初婚年齢について正しいものはどれか。

1 1945年から1960年までの間、日本の初婚年齢が安定していた。

2 スウェーデンでは結婚をせずに、同棲の後に法律婚になるケースが多い。

3 欧米先進国と異なり、日本の初婚年齢の上昇が続いている。

4 スウェーデンでの初婚年齢の上昇問題は日本より深刻だ。

問題１１ 次の（1）から（3）の文章を読んで、後の問いに対する答えとして最もよいものを、1・2・3・4から一つ選びなさい。

（1）

資源小国といわれる日本だが、実は豊富な金属資源が存在する。それらが眠る“鉱山”と呼ばれる。眠る“鉱山”とは、家電や携帯電話などの廃棄機器のことだ。例えば、携帯電話1台からは0.03gのほど金が抽出される。07年度に回収された使用済み携帯電話は約644万台だから、ざっと（注1）190kgの金が含まれる計算だ。

物資・材料研究機構の調べによれば、日本の“都市鉱山”に蓄積されている金は約6800tに上り、全世界の埋蔵量（まいぞうりょう）の16％に相当する。液晶パネルの製造などに使われるインジウム（注2）も16％が日本の都市鉱山にあり、これは全世界の消費量の約4年分を賄える（注3）量だ。インジウムやニッケル（注4）などは世界的に埋蔵量が少なく、レアメタル（注5）と呼ばれる。近年、需要の急拡大によって価格は高騰、インジウムはここ5年で5倍ほどに暴騰している。しかも、インジウムやニッケルの累積需要量は2050年までに「潜在的な埋蔵量」を超えると予測されており、今後、世界的な供給不足は避けられない。

日本に眠る豊かな鉱脈を生かすには、レアメタルなどを効率的に分離する技術の確立が急務。DOWAホールディングスなどリサイクル事業を手がける企業は、100億円規模の投資によって回収設備を整備している。

『日経トレンディ　別冊付録』2008年12月

（注1）ざっと：だいたい、およそ。

（注2）インジウム：ホウ素族元素の一。元素記号In。

（注3）賄える：事を処理することができる。

（注4）ニッケル：鉄族元素の一。元素記号Ni。

（注5）レアメタル：産出量が少ない金属。

60 日本には豊富な金属資源が存在する理由はどれか。

1 インジウムの価格が需要の拡大によって高騰しているから。

2 まだ開発されていない「眠る鉱山」がいくつかあるから。

3 廃棄機器から抽出できる金属の量が多いから。

4 全世界の16%に相当するインジウムが大都市の地下に存在しているから。

61 日本に眠る金属資源をうまく利用するため、何が必要だとされるか。

1 レアメタルなどを効率的に分離する技術の確立。

2 積極的に「眠る鉱山」に対する開発。

3 廃棄機器への需要拡大。

4 液晶パネルの製造設備の拡大。

62 今後、世界的な供給不足は避けられないとあるが、その理由はどれか。

1 使用済み携帯電話の回収がうまく進まないから。

2 レアメタルに対する累積需要量が大幅に増加しているから。

3 リサイクル事業をする企業の回収設備が悪いから。

4 日本の都市鉱山が4年分の消費量を賄っているから。

(2)

1990年代以降相次いだ少年事件などが大きく報道された影響から、若者たちの「心」の問題が叫ばれています。モラルの低下や自己中心的な行動、コミュニケーション力の低下などが指摘され、その原因として、学校や地域、家庭における「教育力」の低下が取り上げられるようになりました。ひきこもり（注1）や不登校、いじめ、少年事件などへの対処として、スクールカウンセラーやスクールソーシャルワーカー（注2）の配置が進められるなど、子どもたちの「心のケア」をめぐる動きも進んでいます。また、問題の解決のためには子どもたちの心を育てる教育を強化すべきであるといった主張も見られます。こうした流れの中で、国や自治体が力を入れているものの一つが道徳教育です。

現在、学校教育における道徳の時間は、小中学校で1学年あたり年間35時間ほど設定されていますが、先に述べたような「心の教育」の主張は、以下で述べる『心のノート』の導入に見られるような学校内における道徳教育の強化だけでなく、地域ぐるみ（注3）の「心の教育」の動きをもたらしています（注4）。

久冨善之、長谷川裕、山崎鎮親『教育の論点』（旬報社）

（注1）ひきこもり：長期間にわたり自宅や自室にこもり、社会的な活動に参加しない状態が続くこと。

（注2）ソーシャルワーカー：社会福祉士。

（注3）～ぐるみ：～を含んですべて。

（注4）もたらしている：もたらす、引き起こす。

63 若者たちの「心」の問題が叫ばれていますとあるが、そうでないのはどれか。

1 モラルの低下。
2 自己中心的な行動。
3 スクールソーシャルワーカーの配置。
4 ひきこもりや不登校の現象。

64 若者たちの「教育力」の低下が注目されるようになった契機はどれか。

1 スクールカウンセラーが流行になったこと。
2 道徳教育の時間数が増やされたこと。
3 『心のノート』が導入されたこと。
4 相次いだ少年事件が大きく報道されたこと。

65 子どもたちの心を育てる教育を強化する方法は次のどれか。

1 「心のケア」をめぐる動きの展開。
2 『心のノート』の導入と地域ぐるみの「心の教育」の動きの展開。
3 少年事件の報道を少なめにすること。
4 コミュニケーション力の養成。

(3)

レストランに「飲食物を持ち込むな」というのなら、話はわかる。食べ物を売り物にしている場所に、食べ物持参で居すわられた（注1）のでは、商売にならないだろう。

しかし、レジャー施設や野球場に、「飲食物もち込み不可」の貼り紙があるのはいかがなものか。値段が高く、あまりおいしくもない施設内の売店やレストランのものしか口にできないというのは、納得できない話である。

手作り弁当を頬張り（ほおば）ながら（注2）家族で野球観戦ができるなら、それは最高のレジャーになりうるのに、飲食物のもち込み禁止のプロ野球球場もある。理由は表向き、大量のゴミがでるためとされているが、ほんとうは、施設内の売店、飲食店の売り上げを伸ばそうとしてのことだろう。

某テーマパークのように、「非日常的な夢の世界に、おにぎりなど日常的なものをもち込んでほしくないから」という理屈を語るところもあるが、これにもやはり現実的な計算は働いているはず。

ところで、「飲食物もち込み不可」ではあっても、健康ランドのようなところでは、オバサンたちが堂々と弁当を広げていることがよくある。「お客様…」と従業員から注意されても「何よ、入場料払ってるんだから、いいじゃない」と、<u>オバサンたちは意に介さない</u>（注3）。それくらの度胸があれば、飲食物もち込み不可の“おふれ（注4）”はかなりのところまで無視できるようだ。

素朴な疑問探求会『1億人の大疑問』（河出書房新社）

（注1）居すわられた：居座れる、その場を占めて動かないでいる。

（注2）頬張りながら：頬張る、口にいっぱい食べものを入れる。

（注3）意に介さない：気にしない。

（注4）おふれ：命令や通知。

66 球団側にとって野球場への飲食物持参を禁止しようとする理由はどれか。

1 球場内の飲食店の売り上げを上げたいから。
2 家族での野球観戦を便利にしたいから。
3 大量のゴミが出てしまうから。
4 夢の世界に日常的なものをもち込んでほしくないから。

67 普通に納得できるのは次のどれか。

1 健康ランドのようなところへの飲食物の持ち込み不可。
2 テーマパークへの飲食物の持ちもち込み不可。
3 飲食店への飲食物の持ち込み不可。
4 レジャー施設への飲食物の持ち込み不可。

68 オバサンたちは意に介さないとあるが、その理由はどれか。

1 店員の態度が悪いから。
2 オバサンたちがまえもって許可を取っておるから。
3 店の説明が足りないから。
4 オバサンたちが規定を無視することにしたから。

問題１２　次のＡとＢはそれぞれ、高齢者ドライバーについて書かれた文章である。二つの文章を読んで、後の問いに対する答えとして最もよいものを、１・２・３・４から一つ選びなさい。

A

高齢者ドライバーを中心に、アクセル（注1）とブレーキの踏み間違えによる交通死亡事故が増えている。警察庁のまとめでは、11年は43件発生し、01年の31件から4割増えた。65歳以上の高齢者でみると、15件から33件と2倍以上になっており、専門家は対策の必要性を訴える。

警察庁によると、こうした踏み間違え事故で死亡事故となる割合は昨年、65歳未満では0.23％だったのに対し、高齢者は1.6％だった。

中京大の向井希宏教授（交通心理学）は高齢者について「アクセルを間違えて踏んだ後、ブレーキを踏み直す反応が悪いのかもしれない」と推測している。ただ、踏み間違えに関する研究は進んでおらず、詳しい原因は分からないという。

（http://headlines.yahoo.co.jp/hl?a=20120406-00000050-mai-soci、をもとに編成）

B

高齢者は以前は歩行者として被害に遭うケースがほとんどだったが、いまはドライバーとして加害者側になることもまれではなくなっています。

地方では、子どもが独立して、年寄り二人。電車もバスもなく、車がないと買い物や病院にも行けないという状況が多いのも背景のひとつ。

高齢者事故の特徴について「身体的機能の低下が自覚できていないため、それに起因する事故が目立つ」と分析しています。身体機能の低下を実感しながらも、「身分証明書に」との理由で運転免許証を所持し続ける高齢者も多いそうです。2002年の道交法改正で、高齢や健康上の理由から免許証を返納（へんのう）した人を対象に「運転経歴証明書」を発行する制度ができています。一般への浸透はいまひとつ（注2）ですが、以前、免許証を持っていたことを証明し、身分証明書として使えます。

（「高齢者の交通事故を防止する安全運転ガイド」
http://koureisya.11joo.biz/005/、をもとに編成）

（注1）アクセル：自動車などの加速装置。

（注2）いまひとつ：もうちょっと。期待に対して、少し不足している状態。

69 AとBのどちらの文章にも触れている点は何か。

1 近年、高齢者による交通事故が増えてきた。
2 高齢者が交通事故の被害者になりやすくなった。
3 高齢者たちは運転免許証を身分証明証として使われる傾向がある。
4 アクセルとブレーキの踏み間違えは高齢者交通事故の最も主な原因だ。

70 AとBの筆者は、高齢者の交通事故の原因が何だと推測していますか。

1 運転免許証を所持し続けたい高齢者が多いこと。
2 心身機能の衰えによって反応が鈍くなったこと。
3 交通手段が不便な田舎では、自分で運転せざるを得ない高齢者が多いこと。
4 「運転経歴証明書」制度がまだ広く知れ渡っていないこと。

問題１３　次の文章を読んで、後の問いに対する答えとして最もよいものを、1・2・3・4から一つ選びなさい。

人は皆、それぞれ個性が違います。自分に関係があるすべての人について、その個性を完全に把握することは不可能です。そこで私たちは、誰かと接するとき、性別、年齢、国籍、職業など、その人の属性に基づき、自分がすでにもっているそれらの属性についてのイメージを当てはめて（注1）、相手の行動を予想したり、接し方を変えたりしています。

銀行の現金自動支払い機は、誰が前に立っても味気(あじけ)ない（注2）同じパターンのメッセージしかできませんが、商店街の八百屋さんなら、お客さんによって応対の仕方を変えるでしょう。たとえば、相手がお使いにきた小さな子どもなら、釣銭を落とさないようビニール袋に入れてやるかもしれませんが、大人に向かって同じことをすることはありえません。子ども連れのお父さんに丸のままの大きな西瓜をすすめることはあっても、徒歩(とほ)で買い物にきた高齢の女性に「丸ごと一個もっていって」とはいわないはずです。「子どもらしさ」や「おばあさんらしさ」の観念をもっているからこそ、いちいち体力テストや注意力のテストをしなくても、相手にふさわしい対応ができるのです。

「らしさ」は、他人の行動を予測するときに役立つばかりではありません。自分自身がどのように振る舞うべきか迷うとき、自分が属している集団のほかの人たちの行動を目安（注3）にして、それに似たことをしていれば、なんとなく安心感があるものです。特に思春期には、親や大人の価値観には反発し始めたものの、まだ自分に自信がないため、周囲の同年代の仲間の行動に同調しやすい傾向があります。若者特有のファッションや言葉遣いなどが生じるのは、そういった理由によります。また、学生たちが、ある時一斉にリクルートスーツ（注4）に身を包むのも同様です。初めての就職活動に対する不安から、無難（ぶなん）な線を求めて一様な格好になってしまうのでしょう。自己確立ができていない若者だけではありません。大人であっても、不慣れな場面では何らかの指標が欲しくなるものです。たとえば、初めて仲人を引き受けたとき、どのように振る舞うのが「仲人らしい」のか、まったく気にならない人がどれほどいるでしょうか。

関智子『「男らしさ」の心理学—熟年離婚と少年犯罪の背景』（裳華房）

（注1）あてはめて：うまく合うようにする。

（注2）味気ない：つならない。

（注3）目安：おおよその基準。

（注4）リクルートスーツ：就職活動中の学生が就職面接などのときに着る紺色やグレーのスーツ。

71 筆者は、どうして人は相手の行動を予想したり、接し方を変えたりしていると考えていますか。

1 人間は同じパターンのメッセージしかできないから。

2 人々の個性を把握することがありうるから。

3 体力テストや注意力のテストを行ったから。

4 人々の属性に基づき、できるかぎり相手にふさわしい対応をしたいから。

72 筆者はどうして若者用語が生じると考えていますか。

1 大人に認めてもらいたいから。

2 自分の賢さをアピールしたいから。

3 仲間と同じ言葉遣いをし、仲間に認めてもらいたいから。

4 大人と違う用語のほうが、より安心感を感じられるから。

73 筆者の述べたことと異なるものはどれか。

1 若者でも大人でも、慣れていないことには何らかの基準を求めている。

2 八百屋さんはみずから高齢者に重たい果物の販売を控えている。

3 人は「〜らしさ」の観念が常にもっている。

4 人によって対応の仕方を変える人がめったにいない。

答題時間 6 分鐘

問題１４　次のページは、A 旅館と B 旅館の案内である。下の問いに対する答えとして最もよいものを、1・2・3・4 から一つ選びなさい。

74　東さんはこの春休みに、奥さんと、7 歳の息子さん、そして 75 歳になるおばあちゃんと一緒に、1 泊の温泉旅行を計画しています。ペットのモモ君も連れていくと思っていましたが、預かってくれる友だちがいるので、今回はやめると決めました。おばあさんはいい年をしているのに、健康的にはまったく問題がありません。奥さんはなるべく洋室のほうがいいと言っていますが、それよりも家族ともに入れる露天風呂が絶対欠けられないと。では、東さんはどの旅館を選びますか。そして、主な理由は何ですか。

1　A 旅館、展望風呂が付いているから。
2　B 旅館、ペットと一緒に泊まれるから。
3　A 旅館、貸切風呂があるから。
4　B 旅館、和室の部屋が選べるから。

75　加藤さんは一人の温泉旅行をしようとしています。日々の疲れを取る旅行にしたいので、自分で運転するより、早めに着くことのできる電車にしました。午後の 1 時半に最寄り駅に着く乗車券を手に入れました。また、旅館の施設を存分に楽しもうと考えているため、加藤さんは退室の時間について、遅ければ遅いほどいいと考えています。では、加藤さんはどの旅館を選びますか。そして、主な理由は何ですか。

1　A 旅館、旅館の近くに有料駐車場があるから。
2　B 旅館、駐車場がついているから。
3　A 旅館、旅館内にレストランがあるから。
4　B 旅館、チェックインとチェックアウトの時間が希望に合うから。

A 旅館の案内

館内施設	食事処、展望風呂、自動販売機、共用パソコン1台、マッサージチェア（一部客室のみ）
客室数	和室30室、洋室5室（走行リフト・身障者用ファックス等の設備が付いた身障者対応洋室1室）
展望風呂	泉質：アルカリ性低張性低温泉、カルシウム・ナトリウム・塩化物温泉 効能：神経痛・筋肉痛・関節痛・五十肩など ご利用時間：15：00～23：30　6：00～9：30
館内サービス	送迎バス、ルームサービス、マッサージサービス（有料）、モーニングコール、宅配便、子供用作務衣・お風呂セット
チェックイン/チェックアウト	チェックイン 15：00～（17：00を過ぎる場合はご連絡下さい）/チェックアウト10：30 ※宿泊プランごとにチェックアウト時間の設定がある場合は、そちらが優先されます。
駐車場	なし（しかし、旅館の近くに有料駐車場がある）

B 旅館の案内

客　　室	6畳間（5）8畳間（2）全和室
設　　備	駐車場完備　（約16台）、洗濯機完備、全室冷暖房完備、テレビ（地デジ対応）、大浴場、貸切露天風呂（ご入浴時間15：00～24：00／6：00～9：45）
お食　事	朝夕食付（ご夕食はお部屋でごゆっくり。 朝食はお食事処にて、和食になります。）
チェックイン	PM2：00 ご到着が予定時刻よりも遅れる場合は、お手数ですが、前もってご連絡くださるようお願いいたします。
チェックアウト	AM12：00
＊ペット大歓迎、	お泊りデビューＯＫ
ペット条件	小型犬、中型犬＝2匹まで、もしくは、大型犬1匹まで

第 2 回

聽解

考試科目 ＜考試時間＞	
言語知識 （文字・語彙・文法）・讀解 ＜ 105 分鐘＞	聽解 ＜ 50 分鐘＞

Listening　　　　問題用紙

聴解

(50分)

注意
Notes

1. 試験が始まるまで、この問題用紙を開けないでください。
   Do not open this question booklet until the test begins.
2. この問題用紙を持って帰ることはできません。
   Do not take this question booklet with you after the test.
3. 受験番号と名前を下の欄に、受験票と同じように書いてください。
   Write your examinee registration number and name clearly in each box below as written on your test voucher.
4. この問題用紙は、全部で13ページあります。
   This question booklet has 13 pages.
5. この問題用紙にメモをとってもかまいません。
   You may make notes in this question booklet.

受験番号　Examinee Registration Number	

名前　Name	

問題 1

問題 1 では、まず質問を聞いてください。それから話を聞いて、問題用紙の 1 から 4 の中から、最もよいものを一つ選んでください。

1 番

1　女の子こから借りた辞書
2　辞書コンテンツのある携帯電話
3　新しく買った電子辞書
4　図書館から借りた辞書

2 番

1　よい時間管理をすること
2　学校に遅れないこと
3　徹夜をしないこと
4　インターネットゲームをしないこと

3番

1　「頓服」の薬をぬるま湯で飲む

2　「食前」の薬を熱い湯で飲む

3　「頓服」の薬を牛乳で飲む

4　「食前」の薬を水で飲む

4番

1　書類に名前と住所を記入する

2　ネームタグを書く

3　荷物をはかりに載せる

4　航空券を渡す

5番

1　飲食物の業者

2　まだ返事をしていないお客様

3　会場セッティングの業者

4　返事をしたお客様

問題 2

問題 2 では、まず質問を聞いてください。そのあと、問題用紙のせんたくしを読んでください。読む時間があります。それから話を聞いて、問題用紙の 1 から 4 の中から、最もよいものを一つ選んでください。

1 番

1　明日から 1 週間
2　今日から 1 週間
3　来週から 5 日間
4　今日から 5 日間

2 番

1　A チームの圧勝
2　B チームの逆転勝ち
3　B チームの圧勝
4　A チームの逆転勝ち

3番

1　お金がないから
2　体の具合が悪いから
3　帰りが遅くなるから
4　終電に間に合えないから

4番

1　12時10分
2　12時25分
3　12時40分
4　12時55分

5番

1　その本が所蔵されていないから
2　その本が貸し出されているから
3　その本が紛失したから
4　その本を予約しなかったから

6番

1　自分のベストを尽くして頑張ること
2　やるべきことを一つ、一つ丁寧にやっていくこと
3　明日は明日の風が吹くから気楽に頑張ること
4　今度お茶を飲みながら、対策を話し合うこと

問題3

問題3では、問題用紙に何もいんさつされていません。この問題は、全体としてどんな内容かを聞く問題です。話の前に質問はありません。まず話を聞いてください。それから、質問とせんたくしを聞いて、1から4の中から、最もよいものを一つ選んでください。

—メモ—

問題4

問題4では、問題用紙に何もいんさつされていません。まず文を聞いてください。それから、それに対する返事を聞いて、1から3の中から、最もよいものを一つ選んでください。

―メモ―

問題 5

問題 5 では、長めの話を聞きます。この問題には練習はありません。メモをとってもかまいません。

1 番ばん、2 番

問題用紙に何もいんさつされていません。まず話を聞いてください。それから、質問とせんたくしを聞いて、1 から 4 の中から、最もよいものを一つ選んでください。

—メモ—

3番

　まず話を聞いてください。それから、二つの質問を聞いて、それぞれ問題用紙の1から4の中から、最もよいものを一つ選んでください。

質問1

1　北京のツアー旅行にした
2　北京の個人旅行にした
3　ほかの旅行代理店へ問い合わせすることにした
4　妻と相談してから決めることにした

質問2

1　車窓観光が多いこと
2　混み合う観光スポットは待たずに入れること
3　ホテルが郊外にあるケースが多いこと
4　長距離の移動が多いこと

第 3 回

言語知識
（文字・語彙・文法）・讀解

考試科目 ＜考試時間＞	
言語知識 （文字・語彙・文法）・讀解 ＜ 105 分鐘＞	聽解 ＜ 50 分鐘＞

Language Knowledge(Vocabulary / Grammar)・Reading　　問題用紙

N2

言語知識（文字・語彙・文法）・読解

（105 分）

注意
Notes

1. 試験が始まるまで、この問題用紙を開けないでください。
   Do not open this question booklet until the test begins.
2. この問題用紙を持って帰ることはできません。
   Do not take this question booklet with you after the test.
3. 受験番号と名前を下の欄(らん)に、受験票と同じように書いてください。
   Write your examinee registration number and name clearly in each box below as written on your test voucher.
4. この問題用紙は、全部で 31 ページあります。
   This question booklet has 31 pages.
5. 問題には解答番号の1、2、3…が付いています。解答は、解答用紙にある同じ番号のところにマークしてください。
   One of the row number 1, 2, 3…is given for each question. Mark your answer in the same row of the answer sheet.

受験番号　Examinee Registration Number	

名前　Name	

答題時間 4 分鐘

問題 1　＿＿＿＿の言葉の読み方として最もよいものを、1・2・3・4 から一つ選びなさい。

1　湖の水面を月が静かに照らしていた。

1　ひからして　　2　あまてらして

3　しょうして　　4　てらして

2　アウンサンスーチーの演説には人を納得させるものがある。

1　えんせつ　　2　えんぜつ　　3　えんせん　　4　えんぜん

3　あの映画の主人公はまだ子供なのに、大人に負けないほどすばらしい演技を見せてくれた。

1　えんき　　2　えんぎ　　3　えんきょ　　4　えぎ

4　311 地震の被害は金額にして、およそ３兆円に相当したという。

1　ぞうとう　　2　そうとう　　3　そうどう　　4　ぞうどう

5　妹は優柔不断なところがあるので、何か選ぶとき、始終迷っている。

1　じじゅう　　2　ししゅ　　3　しじゅう　　4　しじゅ

問題2　＿＿＿＿の言葉を漢字で書くとき、最もよいものを1・2・3・4から一つ選びなさい。

6　女性の働く環境を改善してほしいと会社に求めたが、まだ<u>かいとう</u>がない。

1 解答　　2 回答　　3 解決　　4 解説

7　<u>へいきな</u>顔をしてうそをつく彼には皆、ものが言えないほどあきれている。

1 平気な　　2 弊気な　　3 平癖な　　4 平着な

8　事故の原因を<u>ぶんせき</u>して、対策をたてる。

1 分斥　　2 分析　　3 分跡　　4 分解

9　細かいところまで詳しく説明してあるので、簡単に<u>くみたて</u>られます。

1 設み立て　　2 折み立て　　3 接み立て　　4 組み立て

10　<u>さしつかえ</u>があるので、依頼人の名字は関係者以外の人にはお知らせできません。

1 指し使え　　2 査し使え　　3 差し支え　　4 済し支え

答題時間４分鐘

問題３　（　　　）に入れるのに最もよいものを、1・2・3・4から一つ選びなさい。

11　地震による核災害が手に負えないぐらいに深刻になったので、どうしたらいいのか首相が（　　　）しまった。

1　思い込んで　2　取り込んで　3　考え込んで　4　話し込んで

12　いま仕事に取り（　　　）ところだが、社長に呼び出されてできなくなった。

1　あげた　2　いった　3　こんだ　4　かかった

13　わたしがこの学校で教えて以来、ずっと歴史を受け（　　　）いた。

1　とって　2　もって　3　うけつけて　4　いれて

14　若者たちは憧れのアイドル歌手が現れるのを待ち（　　　）ないのだ。

1　かまえ　2　くたびれ　3　かね　4　きれ

15　人気のない道では、（　　　）気味な物音がした。

1　好　2　無　3　悪　4　大

問題4　(　　　)に入れるのに最もよいものを、1・2・3・4から一つ選びなさい。

16 あの人は、同僚と（　　　）を起こすのを恐れて、自分の意見を言わないことが多い。

1 競争　　2検討　　3 摩擦　　4 損害

17 山に住んでいる動物が、ふもとに（　　　）現れてえさをもらうようになった。

1 だんだん　　2 ふわふわ

3 しばしば　　4 ところどころ

18 語学習得だけでなく、物事を学ぶには根気が（　　　）だ。

1 関心　　2 感動　　3 肝心　　4 安心

19 何をするにも、（　　　）方法をとっていては、成功はむずかしい。

1 安静な　　2 安定な　　3 安易な　　4 安価な

20 坂道を歩いているとき、石に（　　　）転んでいたが、たいした怪我はなかった。

1 あたって　　2 つまづいて　3 ぶつかって　4 すべって

21 入院していた生徒が亡くなったことを伝えると、教室の中が（　　　）なった。

1 しみじみ　2 しいんと　3 がっかり　4 びっくり

22 どんなスポーツでも一流の人は皆、つらい（　　　）を体験している。

1 レベル　2 クリーニング

3 トレーニング　4 プラン

問題5　＿＿＿＿の言葉に意味が最も近いものを、1・2・3・4から一つ選びなさい。

23　証券界では相次ぐ不祥事でトップが次々辞任するというぜんだいみもんの事態になった。

1　非常に重大な　　2　非常にたいへんな
3　非常に珍しい　　4　非常に激しい

24　東京駅で新幹線ホームがわからずまごまごしてしまった。

1　落ち着いて　2　慌てて　3　通り過ぎて　4　追いかけて

25　あの子は20歳だと偽って成人映画を見たことがあるそうだ。

1　あやまって　　2　いつわって
3　ねつぞうして　　4　けいけんして

26　彼は気を失っていたが、なんとか気がついたようだ。

1　まるで　2　いまにも　3　どうやら　4　どうにも

27　昨日は会合が二つダブった。

1　重なって　2　繰り返して　3　取り消して　4　上回って

答題時間 6 分鐘

問題6　次の言葉の使い方として最もよいものを、1・2・3・4から一つ選びなさい。

28　懸念

1　雇い主の不興を買うのを懸念して本当のことが言えなかった
2　知り合いもないところで一人心細い懸念をしていることだろう。
3　仕事をやめたら懸念がぬけてしまった。
4　うちの子は、勉強に懸念して熱を出してしまった。

29　ひとりでに

1　人間はいつかひとりでに死んでいくものだ。
2　一人暮らしの李さんは時間があるときはひとりでに国へ電話かけている。
3　その国の言葉ができるようになると、ひとりでにその国の文化が分かってくる。
4　いくら勉強しても中国語がひとりでに上手にならない。

30　控える

1　寝たきりの彼の後ろに看護師が控えていた。
2　この薬に含まれるビタミンCはレモン10個分に控える。
3　ぼくが行って、事情を控えてこよう。
4　身のまわりはいつも控えておくべきだ。

31 強いて

1 あの人は強いて私の考えを理解してくれるだろう。

2 もう決定したことだったら、強いて変更しろなんて言わない。

3 彼が都合がいいかどうかわからないが、強いて誘ってみたら、どう？

4 彼のような病気が短期間で回復するのは強いてまれだ。

32 退く

1 この生地は決して色が退かない。

2 あの大地震でこの辺の地盤が退いた。

3 彼の収入は国民所得の標準より退いている。

4 阿部氏は仕事の第一線を退いて相談役になった。

答題時間 8 分鐘

問題7　次の文の（　　　）に入れるのに最もよいものを、1・2・3・4から一つ選びなさい。

33 あんなまずくてサービスの悪い店なんか、二度と（　　　）まい。

1 行か　　2 行き　　3 行く　　4 行こう

34 授業中だったが、先生の話がおもしろくて、みんな（　　　）。

1 笑うのではなかった　　2 笑わないではいられなかった

3 笑ってはいられなかった　　4 笑わないのではなかった

35 一生懸命がんばって、それでもダメだったら、あきらめる（　　　）だろう。

1 ほかない　　2 にすぎない　3 せいではない　4 に合わない

36 さあ、国のためにみんなで立ち上がって（　　　）。

1 戦わざるをえませんか　　2 戦おうではありませんか

3 戦うべきでしょうか　　4 戦うべからずでしょうか

37 年齢的にはまだ未成年である（　　　）、彼のやったことはあまりにもひどすぎて許せないものだ。

1 にすれば　　2 にされて　　3 にして　　4 にせよ

38 事件のおこった時間に彼は私といっしょにいました。（　　　）
彼は絶対に犯人ではありません。
1 だが　2 したがって　3 やはり　4 それでは

39 この承諾書に判を押した（　　　）、必ず守っていただきます。
1 のには　2 からには　3 ことには　4 わけには

40 結婚相手（　　　）、彼は絶対だめだ。だって無責任だもの。
1 ならともかく　2 からして
3 としても　4 にしてみれば

41 15年も乗り続けているうちのオートバイは、あちこち傷（　　　）になってしまった。
1 だらけ　2 なんか　3 ぬき　4 まみれ

42 言いたいことがないという（　　　）が、ただ言い出す勇気はないだけだ。
1 わけはない　2 わけだ
3 わけではない　4 わけには行かない。

43 幸ちゃんはかわいくてかわいくて目に入れても痛くない（　　　）だ。

1 より　　2 ころに　　3 かぎり　　4 くらい

44 夫婦が別々に暮らすようになった（　　　）、もう離婚するしかないだろう。

1 うちに　　2 うえは　　3 よりは　　4 あいだに

問題8　次の文の＿★＿に入る最もよいものを、1・2・3・4から一つ選びなさい。

45　転んで足を折ったせいで、大好きな野球がもうできなくなってしまった。残念だが、＿＿＿ ＿＿＿ ＿★＿ ＿＿＿趣味を探そう。

1 何か　　2 ほかの　　3 上は　　4 こうなった

46　いつも＿＿＿ ＿★＿ ＿＿＿ ＿＿＿信じられるもんか。

1 君の話　　2 言っている　　3 うそばかり　　4 なんか

47　あなたが何を恐れているのか＿＿＿ ＿★＿ ＿＿＿ ＿＿＿られない。

1 助け　　2 言って　　3 ことには　　4 くれない

48　お金があれば、＿＿＿ ＿＿＿ ＿★＿ ＿＿＿と私は思います。

1 買える　　2 ものではない
3 何でも　　4 という

49　先生のお宅の近くまで来たので、＿＿＿ ＿＿＿ ＿★＿ ＿＿＿。

1 あいにく　　2 お出かけだった
3 ところ　　4 たずねてみた

答題時間８分鐘

問題９　次の文章を読んで、文章全体の内容を考えて、 50 から 54 の中に入る最もよいものを、１・２・３・４から一つ選びなさい。

『タテ社会の人間関係』は中根千枝氏が 1967 年に書いた大ロングセラーである。中根はこの著書の中で、社会集団を構成する要因として「場」と「資格」という概念を提示している。どのような社会であれ、個人は資格と場によって社会集団に属している。この両者が 50 一致して一つの社会集団を構成する場合はなきにしもあらずであるが、たいてい交錯して各々二つの異なる集団を構成している。社会によって資格と場のいずれかを優先したり、両者が互いに匹敵する機能をもっている場合があることである。

中根氏の言うには、日本では、外 51 自分を社会的に位置づける場合、

好んでするのは、 52a よりも 52b を優先することである。記者であるとか、エンジニアであるということよりも、まず、A 社、S 社の者ということである。

日本人の集団意識と 53 対照を示しているのは、インドの社会である。周知のように、インドの社会は、基本的に職業・身分によって厳しく分けられている 54 カースト制度である。

日本人のこの集団意識のあり方は、自分の属する職場、会社とか官庁、学校などを「ウチの」、相手のそれを「オタクの」などという表現を使うことにもあらわれている。

中根千枝『タテ社会の人間関係』（講談社現代新書）

（註）中根千枝（なかね　ちえ、1926 年 11 月 30 日生まれ）は有名な日本の社会人類学者である。

50

1　まったく　　2　おそらく　　3　ずいぶん　　4　一向に

51

1 に基づいて　　2　において　　3　にむかって　4　に向く

52

1　a 資格　b 資格　　　　　　2　a 資格　b 場

3　a 場　b 資格　　　　　　　4　a 場　b 場

53

1　極端な　　　2　不思議なの 3　新奇な　　　4　素敵な

54

1　いわゆる　　2　いかなる　　3　あらゆる　　4　たんなる

答題時間 12 分鐘

問題１０ 次の（1）から（5）の文章を読んで、後の問いに対する答えとして最もよいものを、1・2・3・4から一つ選びなさい。

（1）

読者にわかりやすく、印象に残るような文章を書きたい、という気持ちは、プロの作家であろうと、しろうとの物書きであろうと、たいした違いはないと思われます。

しかし、そうするには、どこから手をつけたらよいのかと悩む人がさぞ少なくはないでしょうか。

プロの作家だったら、接続詞から考えるという。接続詞が、読者の理解や印象に強い影響を及ぼすか経験的に知っているからです。

55 この文章の内容と合っているものはどれか。

1 いろいろな経験をしたプロの作家こそ、印象に残る文章が書ける。

2 読者にわかりやすく、印象に残るような文章を書くことができるのは、プロの作家しかできないという。

3 接続詞をうまく使えば、どんな人でも人を感動させる文章が書ける。

4 接続詞をうまく使えるのは、いろいろな経験をした作家だけである。

(2)

好奇心の強い外国人に、「I love you.」って日本語でなんていうの？と言われて悩んだことがありますか。「愛してる」と言えばそれまでですが、日本人同士でこんなことをふつう言わないようです。

I love you. に当たる最も自然な日本語はおそらく「好き（だ）よ」の一言でしょう。若者や新婚夫婦なら「愛しているよ」と言うかもしれないが、日本人は、外国人のように、いちいち「僕（私）は君（あなた）が好き（だ）よ」とか「僕（私）は君（あなた）を愛しているよ」と言うことはまずないと思われます。「好き（だ）よ」で、どうしても「君」を明示したくば、せめて「君のこと」とオブラートをかけた方がまだ自然に聞こえる。「好きよ／好きだよ」という文はそれだけで「誰が誰を好いているか」の全ての意味的多様性を可能性として含んでいる。それでいいのだ。「好きだよ」はこれだけで立派な文なのである。

（注）オブラート：「遠まわしに言う」は、かなり近いと思いますが、「遠まわし」は、「話者にとって言いにくいこと」について、直接的でない言い方をすることです。

56 「I love you」に当たるもっとも自然な日本語は「好きだ」となるが、なぜか。

1 愛の告白として日本人は、「好き（だ）よ」としか言わないから。

2 「私はあなたを愛しています」というより、「私はあなたのことを愛しています」とオブラートをかけて言ったほうがいいから。

3 日本人の愛の告白は、いちいち主語や目的語を明示する必要はないから。

4 「君のこと」を言っただけでじゅうぶんです。全ての意味的多様性を可能性として含んでいるから。

(3)

お正月の楽しみである「お年玉」。そのお年玉は、昔は「お年魂」と書かれ、新年のあらたまった霊（精神）を目上の者が目下の者に分かち与えるのが、本来のお年玉でした。例えば、家長から家族へ、店の主人から使用人へと渡したりしていました。

お年玉の始まりは鎌倉時代のころからで、そのころはお年玉として金銭を子供にあげることではなかったようです。

時代が下がるにつれて、神様に供えるものが丸餅に変わり、新年の魂が宿ってから、これを一族の人数に割り、紙に包んだり袋に入れたりして、家長から分かち与え、新たな年の繁栄祈願するようになっていきました。やがて、小遣い銭も渡すようになったいきます。

57 お年玉について正しいものはどれか。

1 お年玉は、そもそも新たな年の繁栄祈願として家族みんなもらえるものだった。

2 お年玉は、昔からお金だけではなく、丸餅ももらえたのだった。

3 お年玉は、そもそも夫婦仲をよくするためのものだった。

4 お年玉は、そもそも、神様の心霊を一族に分かち与えたことが起源だった。

(4)

料理研究家の土井善晴先生をはじめ、料理のプロがこぞって愛用するのがこのフランス産の海塩・ゲランドの塩。塩は本来しょっぱいだけではなく、こんなにも旨みがあるものかと思わせてくれる塩です。

フランスはブルターニュ地方。千年以上の歴史を持つ塩田に大西洋の海水を引き込み、太陽と風の力だけでゆっくり時間をかけて結晶にします。今も昔も変わらない製法で収穫された塩にはフランス有機農業推進団体が認定するナチュール・エ・プログレのマークが授けられています。

（注）残らずそろう。→挙（こぞ）って

58　『ゲランドの塩』について正しいものは、どれか。

1　『ゲランドの塩』は、土井善晴先生のご推薦により、料理のプロたちにも愛用されるようになった。

2　『ゲランドの塩』は、塩田に海水を引き込み、太陽と風の力だけを使うというせんたん技術でつくられるものだ。

3　『ゲランドの塩』は、しょっぱいという味ばかりでなく、うまみも入っているものだ。

4　ナチュール・エ・プログレのマークが授けられるものは、今も昔も『ゲランドの塩』だけである。

(5)

この番組は、0歳児から2歳児を対象に、乳幼児に直接働きかける「映像」と「音」で構成しています。その映像と音で感覚を揺さぶる事により、子どもたちの持つさまざまな可能性と能力を引き出すことをねらいとしています。子どもどうしはもちろん、親子がより豊かにかかわりあうきっかけとなるようにも配慮しています。

59 この番組の制作目的について、正しいものは何か。

1 0歳児から2歳児を主な対象に音を認識させるために作られた。

2 親子がより豊かに気持ちを分かち合えるために作られた。

3 0歳児から2歳児を対象に映像を見て感覚揺さぶることができるように作られた。

4 乳幼児の持ついろんな可能性や能力を引き出せるように作られた。

問題１１　次の（1）から（3）の文章を読んで、後の問いに対する答えとして最もよいものを、1・2・3・4から一つ選びなさい。

（1）

海のミルクといわれるほど、完全な栄養分を備えたかき。ひんやり冷えたかきに、レモンをキュット絞って一口ですすり込むうまさは極上な味。

ところで、かきを漢字で書くと「牡蠣」。なぜ「牡」という字が入っているのでしょうか。それは、昔は、カキは牡しかいないと思われていたからなのです。なぜかというと、一般に貝は雌雄で色の異なる部分］があり、白い物が雄と考えられていたのに対し、カキは全身が白いことから「牡しかいない貝」と誤解されたことに由来するという。

不思議なことに、カキは、はんしょくきの間だけオスとメスの違いがあるのですが、繁殖期を過ぎるあたりからオス、メスがなくなって中性化してしまいます。そして次のはんしょくきが来る頃に再びオスとメスに分かれて生殖を行って、それが終わるとまた中性化してしまうという、なんとも不思議な生き物なのです。しかし、カキの性別は、前年の栄養摂取量によって決まるようです。たっぷりと栄養を取ったカキは、メスになりますが、その反対、栄養が不十分だったカキは、雄になる傾向がつよいのだとか。

市場に出てる牡蠣は、はんしょくきを過ぎたものですから、オスとメスの違いはありません。

カキには食べごろがあり、外国では「R」のつく月が食べごろ。英語では 10 月～ 4 月が R のつく月。この時期のカキは繁殖期を終えたばかりで、たしかに、カキはすべてオス化しています。

ところで、カキのうま味成分はグリコーゲンという、脳を活性する成分ですから、頭の働きをよくしたかったら、カキを大いに食べるべし。

60 カキの性別について正しいものはどれか。

1 カキは、性別の区別はなく、全ては中性を保つ。

2 カキには、栄養摂取量によって性別が分かれる。

3 外国では、カキは全てオスだと考える傾向があるという。

4 カキには、子孫を作る間だけでは、性別の区別がつく。

61 カキを『牡』蠣と書くのは、なぜか。

1 メスのカキは、オスよりいつもたっぷり栄養を取れるから。

2 オスのカキより、メスのカキのほうがずっと栄養があっておいしいから。

3 カキはオスしかいないと思われていたから。

4 カキは繁殖期を終えてから、すべてオス化しているから。

62 不思議なことにとあるが、それはどんなことを意味するか。

1 カキは、オスだったり、メスだったりしているということ。

2 カキは、オスになるのか、メスになるのか、自分でもわからないということ。

3 カキを食べると、頭の働きがよくなるということ。

4 冬のとき、ひんやり冷えたかきに、レモンを絞って一口ですすり込むそのうまさのこと。

(2)

お盆休みが明けて、きのうから仕事に戻った方もあろう。月曜の通勤は、誰もどこか浮かないふうだ。そのうえ各地で雨だった。（中略）スイッチが入らず、握った傘に引かれるように歩く物憂さも、月曜の朝はひとしおだ。そんな大人の **63** よりずっと深刻に、夏休みが終わるのを思い悩む子らがいることを、先日の本紙記事で知った。

夏休みをはじめ長期休暇明けの前後は、 **64** 子が増えることが内閣府の調査でわかった。過去42年間にわたって18歳以下のケースを調べた結果だという。原因をみると、小中学生では「家族からのしつけ・しっせき」「学校の友人との不和」が目立った。高校生になると学業や進路の悩みが増えるそうだ。思いつめる若い心が痛々しい。お盆を過ぎれば夏休みは駆け足で過ぎる。 **65** 周囲は、異変やSOSに敏感になったほうがいいときかもしれない。問いただすのではなく、打ち明けやすいように寄り添ってほしいと専門家はアドバイスをする。

「つらい時は泣けよ」って力強くいって下さいとか、無理やりいいとこさがしてほめて下さいとか、「あした宇治金時食べよう」とか。ちょっと先の／未来の話をして下さいとか、と、小林育子さんの詩「ピンチの時のお願い」はいう。ふわりと包む言葉とまなざしが、こんな時は必要だ。

63 に入る最もよいものを、1・2・3・4から一つ選びなさい。

1 ゆううつ
2 しんぱい
3 なやみ
4 くのう

64 に入る最もよいものを、1・2・3・4から一つ選びなさい。

1 駆け落ちをする

2 非行に走る

3 自ら命を絶つ

4 薬物乱用になる

65 ここで言う「周囲」とは、何を指すか。

1 人々

2 環境

3 家の周辺

4 社会

66 この文章で筆者が言いたいことは何か。

1 長期休暇明けの前後は、大人だけでなく、子供も誰も敏感になりやすいから、心のケアーがひつようです。

2 長期休暇明けの前後は、子供に元気付けるために、未来のことでも話してやったほうがいい

3 長期休暇明けの前後は、子供が心理的に異変が起きやすいから、周りの大人たちは、もっと温かく見守ってやるべきです。

4 長期休暇明けの前後は、悩みを抱え、思いつめる若者が必ず増えるということが内閣府の42年間にわたった調査でわかった。

(3)

1997年8月4日に、122歳で天寿を注①まっとうした、南フランス生まれのジャンヌ・カルマンさんは、その日までギネスブックに掲載されていた、長寿世界一の女性でした。彼女が、老いても健康で、85歳からフェンシングを始め、100歳までは自転車を乗り回し、110歳までは一人暮らしをしていたというのだから、驚きだ。

このカルマンさん、「一週間に約900グラムのチョコレートを食べ、117歳までタバコを吸っていた」といいますから、日本のお年寄りのように、タバコはいけない、塩分や糖分は控え目に、というような人生を送っていたわけではなさそうです。

チョコレートは、古代アステカでは、神様の食べ物を意味する「テオブロマ・カカオ」と呼ばれ、王侯貴族しか口にできないものだったという。

最近、医学的にチョコレートの効用を研究したところ、チョコレートには、体の老化の原因である、細胞の酸化を防ぐ成分・ポリフェノールが豊富に含まれていることがわかったのです。

ほかにチョコレート中のポリフェノールには、ガンや心臓発作、動脈硬化などを防ぐ効果もあります。

健康で長生きの秘訣はチョコレートの名が挙げられるのは、けっして根拠のない話ではなかったのです。

（注）まっとうする：完全に終わらせる。「天寿をまっとうする」

67 筆者によると、長寿の秘訣はチョコレートにあるのだという、それはなぜか。

1 チョコレートは、神様の食べ物を意味するから。
2 世界一の長寿者は、毎日チョコレートを食べていたから。
3 チョコレートには、老化を防ぐ成分がはいっているから。
4 チョコレートには、塩分や糖分を抑える効果があるから。

68 筆者によると、長生きするにはどうすればよいか。

1 毎日チョコレートを食べるとよい。

2 塩分や糖分を控えめに、タバコも止めにするとよい。

3 毎日ではなく、一日に約900グラムチョコレートを食べるとよい。

4 チョコレートに運動などを加えるとよい。

問題１２　文章を読んで、後の問いに対する答えとして最もよいものを、１・２・３・４から一つ選びなさい。

エイズ患者が最初に報告されてから30年が過ぎた。エイズはかつて不治の病とされていたが、新薬の開発によりコントロール可能な慢性疾患へと変化してきた。治療は日々進化しているが、社会的な理解はなかなか進まない。12月1日の「世界エイズデー」を前に、治療、患者の置かれている現状をリポートする。

1981年、米国の男性同性愛者5人に、世界初のエイズ症例が見つかった。日本は85年から統計を取り始め、2011年は新たに1529人の感染者が報告された。うちHIV（ヒト免疫不全ウイルス）感染者は1056人。免疫低下によって肺炎などの合併症が発症したエイズ患者は473人で、全体の31％を占める。がん・感染症センター都立駒込病院（東京都文京区）の感染症科医長、今村顕史さんは「感染者は08年をピークに減っているがエイズ患者は増え続けている」と話す。

96年に開発された「HAART」（ハート）療法（抗HIV薬を多剤併用する治療。現在はARTと呼ばれる）によって、死亡率が大幅に低下し、予後も改善された。ウイルスを消すことはできないが、血液中のウイルスを計測できないほど減らすことが可能になり、エイズ発症前の早期に治療を始めれば発症はほとんどない。「現在は長期医療が必要な慢性疾患とみなされるようになってきました」

70　、新たに問題となっているのが患者の高齢化と療養の長期化だ。同院は今夏、HIV感染者672人を調査した。平均年齢は49歳で、60歳以上が23％を占め、通院が10年以上の人は39％に上った。歯科、眼科など複数の科の受診が必要になってきている。「HIV感染者はエイズ拠点病院が診察してきたが、予後の改善に伴い地域で担う医療も必要」と指摘する。東京では、ネットワーク作りや専門家の研修、育成を行っているが、全国的には進んでいない。拠点病院に1～2時間かけ通院する患者は多い。「知識不足で、治療を断る医療機関も少なくない。こうした現状を変えることが大切」と今村さんは強調する。

毎日新聞『東京朝刊』2012.11.29

69 エイズについて正しいものは何か。

1 エイズは知識不足で治療を断る機関が多く、今でも不治の病とされている。

2 早期に治療を始めれば、全治する可能性が高い。

3 ハート療法でウイルスを消すことができることによって、エイズの死亡率が低下した。

4 新開発療法によって、エイズは抑制できる慢性疾患に変わりつつある。

70 今村さんがエイズについて言いたいことは何か。

1 もっともっと治療機関を増やして欲しいこと。

2 エイズによる感染者はエイズ患者より増え続けいてることを関係者に注意を呼びかけている。

3 新薬の開発によってエイズの治療は日々に進化していること。

4 エイズに対する社会的な理解や知識を深めてほしいこと。

問題１３ 次の文章を読んで、後の問いに対する答えとして最もよいものを、1・2・3・4から一つ選びなさい。

患者にガンであることを知らせるかどうかの問題がマスコミの話題となっている。つい最近まで、家族には告知し本人には告知しないのが普通でした。その理由として癌の治癒率が低くて、告知による本人のショックが大きいと考えられていたからです。

しかし、最近では患者本人へ告知をすることが当然であるという考え方が優勢になってきたようです。

告知が増えてきている背景には、次のよう要因なが考えられます。

医療技術の進歩によって治癒率が上がってきていることと、QOL（生命・生活の質）という概念も導入され患者自身が、さまざまな治療方法の中から希望に合ったものを選択できると医療側が考えています。

しかし、がん告知を受けた患者側は、どう考えいるのでしょうか。

某社のC課長（五十一歳）は、このようなケースです。胃ガンである事を告げられ、一時はやはり死を覚悟したそうです。幸いにも術後の経過は順調です。二年間を経て、何ら再発兆候が見られません。しかし、主治医が心配ないといっているにもかかわらず、C課長は術前とくらべのようなものと考ていまだに本来の活動性を取り戻していません。その理由は、次のように考えられます。

どうしても再発の不安がつきまとい、再びガンのために命を失うのではないかという考えがC課長の心を占めていることです。もしそうなったら、今から少ない人生をどうしたらよいのか。ところがもう一方の心は、どうやらこれで無事に危機を乗り越えて生きのびることができそうだ。早く元の仕事のペースを取り戻して、これからも大いにやっていきたいという気持ちが起こって仕事に復帰してみたところ、会社を休んだ間に自分の仕事にはすでに後輩が引き継いだ。職場にいても力を持て余しなんとなくさびしくユウウツになってしまうのである。

このようにして、人間の心は実に複雑である。ガンで死んでしまうことと比べれば新しい人生を恵まれたという喜びと感謝で、さぞ充実した余生を送るかと思われるが、いざこの立場におかれると、「不幸の中の幸い」ならぬ「幸い中の不幸」とでもいうべきそれなりの悩みに、改めて出会わねばならないもののようである。

71 C課長は術後に主治医から心配が無いといわれても、また新しいストレスがたまる。それはなぜか。内容とあっているものを一つ選びなさい。

1 残る少ない人生をどう生きればよいのか心配するから。
2 病気で会社を休んだそのブランクをどう埋めたらいいのか心配するから。
3 自分の元の仕事は後輩が引き継いだから。
4 ガンの次にまた心筋梗塞、糖尿病、高血圧などの病気にかかる恐れがあるから。

72 人間の心は複雑であるとあるが、それはどういうことを意味するか。

1 お医者からガンであることを告知してもらうべきかどうかということ。
2 ガンで死なかったこと、喜ぶべきところを喜ばない。
3 ガンの再発にいつも不安が付きまとうから、お医者から告知しないでほしい。
4 会社に戻れたとしても、うれしい半分、さびしい。

73 患者にガンであることを告知すべきかどうかについて正しいものは何か。

1 患者に余計な心配をかけないように家族には告知したが、本人には告知しない。
2 ガンの治癒率が低いので、本人に告知しても、ショックを与えるよりほかないので、告知しない。
3 医療技術の進歩によってガンの治癒率が上がってきているから、患者に告知すべきだ。
4 患者自身が自分の望んでいる治療方法を選べる権利があるとされるから告知すべきだ。

答題時間６分鐘

問題１４ 下の問いに対する答えとして最もよいものを、1・2・3・4から一つ選びなさい。

山形で夏といえば！いや、夏でも冬でも一年中人気なご当地グルメは河北町谷地（かほくちょうやち）の『冷たい肉そば』！B級グルメでも人気のご当地グルメで、わざわざ遠方から食べに訪れるファンも多いのです。

「あの味は谷地に行かないと食べられないよね」というのが山形県人の常識になっているほど、現地でしか出せない味の冷たい肉そば。

冷やしたつゆをかけた「冷たい肉そば」。つゆのだしは鶏、しかも若鶏ではなく親鶏で、鰹節や昆布、いりこなどとは一線を画す個性的なかつ深い味わいです。具の肉も親鶏。こりこりとした食感で噛めば噛むほど味が出ます。

だったのですが！「かほく冷たい肉そば研究会」が長年の研究の末に、そのままの美味しさをぎゅっと閉じ込めてご家庭用につくりました！酒のつまみにもよくあう河北町ならではの「ご当地グルメ」をそば、つゆ、具の肉を冷凍にした5食セットで販売。最安値は2,500円。！ぜひ一度お試しください！

74 『冷たい肉そば』について正しいものは何か。

1 河北町でしか食べられないものである。

2 こりこりとした食感で歯ざわりがよい。

3 節を問わず一年中『冷たい肉そば』を食べるのは山形県人の常識である。

4 『冷たい肉そば』は、冷凍にして食べたほうがよりおいしい。

75 『冷たい肉そば』を食べるには、どうしたらよいか。

1 河北町谷地へしか行けない。
2 かつてのもので、今は「かほく冷たい肉そば研究会」でしか食べられない。
3 冷凍食品として販売されるから、いつでもどこでも食べられるようになった。
4 夏しか食べられないから、食べるなら、夏のうちに。

第 3 回

聽解

考試科目 ＜考試時間＞	
言語知識 （文字・語彙・文法）・讀解 ＜ 105 分鐘＞	聽解 ＜ 50 分鐘＞

Listening

問題用紙

N2

聴解

(50 分)

注意
Notes

1. 試験が始まるまで、この問題用紙を開けないでください。
   Do not open this question booklet until the test begins.
2. この問題用紙を持って帰ることはできません。
   Do not take this question booklet with you after the test.
3. 受験番号と名前を下の欄(らん)に、受験票と同じように書いてください。
   Write your examinee registration number and name clearly in each box below as written on your test voucher.
4. この問題用紙は、全部で 13 ページあります。
   This question booklet has 13 pages.
5. この問題用紙にメモをとってもかまいません。
   You may make notes in this question booklet.

受験番号 Examinee Registration Number	

名前 Name	

問題1

問題1では、まず質問を聞いてください。それから話を聞いて、問題用紙の1から4の中から、最もよいものを一つ選んでください。

1番

1　薬を飲んで仕事をします。

2　に帰って薬を飲みます。

3　家に帰って寝ます。

4　薬を買いに行きます。

2番

1　男の人がコーヒーを飲んでいるからです。

2　男の人がコーヒーを捨てに行くからです。

3　男の人がコーヒーを会議室に持っていくからです。

4　男の人がコーヒーを買っているからです。

3番

1　あと15分です。
2　あと10分です。
3　あと40分です。
4　今、すぐです。

4番

1　女の人の仕し事を手伝います。
2　自分の仕事を続けます。
3　一人で家に帰ります。
4　女の人と一緒に帰ります。

5番

1　男の人は女の買った服が似合わないと言われたから。
2　男の人は女の人の買った新しい服が好きではなかったから。
3　女の人は男の人のカードを使ってしまったから。
4　男の人が女の人の話に乗らなかったから。

問題 2

問題 2 では、まず質問を聞いてください。そのあと、問題用紙のせんたくしを読んでください。読む時間があります。それから話を聞いて、問題用紙の 1 から 4 の中から、最もよいものを一つ選んでください。

1 番

1　ただの切符が手に入はいったからです。
2　評判の映画だからです。
3　一人で映画を見るのはつまらないからです。
4　今度の金曜の夜はひまだからです。

2 番

1　振り込みをすることです。
2　住所を書くことです。
3　電話番号を書くことです。
4　手数料を払うことです。

3番

1 2冊です。
2 3冊です。
3 5冊です。
4 10冊です。

4番

1 朝7時です。
2 朝7時半です。
3 朝8時です。
4 朝8時半です。

5番

1 若い人が選挙に出てほしいです。
2 若い人が選挙に関心を持ってほしいです。
3 選挙に出ている人の意見をまとめた資料がほしいです。
4 選挙に出ている人が相手を非難するのをやめてほしいです。

6番

1 男の人がちこくをしたことです。
2 男の人が髪を切ったり、髭を剃ったりしたことです。
3 男の人がジーンズをするたことです。
4 男の人がきちんとした格好で行かなかったことです。

問題3

問題3では、問題用紙に何もいんさつされていません。この問題は、全体としてどんな内容かを聞く問題です。話の前に質問はありません。まず話を聞いてください。それから、質問とせんたくしを聞いて、1から4の中から、最もよいものを一つ選んでください。

—メモ—

問題4

問題4では、問題用紙に何もいんさつされていません。まず文を聞いてください。それから、それに対する返事を聞いて、1から3の中から、最もよいものを一つ選んでください。

—メモ—

問題5

問題5では、長めの話を聞きます。この問題には練習はありません。メモをとってもかまいません。

1番、2番

問題用紙に何もいんさつされていません。まず話を聞いてください。それから、質問とせんたくしを聞いて、1から4の中から、最もよいものを一つ選んでください。

—メモ—

3番

まず話を聞いてください。それから、二つの質問を聞いて、それぞれ問題用紙の1から4の中から、最もよいものを一つ選んでください。

質問1

1 肉です。
2 鍋です。
3 日本酒です。
4 ワインとビールです。

質問2

1 肉です。
2 鍋です。
3 日本酒です。
4 ワインとビールです。

第 4 回

言語知識
（文字・語彙・文法）・讀解

考試科目 ＜考試時間＞	
言語知識 （文字・語彙・文法）・讀解 ＜ 105 分鐘＞	聽解 ＜ 50 分鐘＞

Language Knowledge(Vocabulary / Grammar)・Reading　　問題用紙

N2

言語知識（文字・語彙・文法）・読解

（105 分）

注意
Notes

1. 試験が始まるまで、この問題用紙を開けないでください。
   Do not open this question booklet until the test begins.
2. この問題用紙を持って帰ることはできません。
   Do not take this question booklet with you after the test.
3. 受験番号と名前を下の欄（らん）に、受験票と同じように書いてください。
   Write your examinee registration number and name clearly in each box below as written on your test voucher.
4. この問題用紙は、全部で 31 ページあります。
   This question booklet has 31 pages.
5. 問題には解答番号の1、2、3…が付いています。解答は、解答用紙にある同じ番号のところにマークしてください。
   One of the row number 1 , 2 , 3 …is given for each question. Mark your answer in the same row of the answer sheet.

受験番号　Examinee Registration Number	

名前　Name	

答題時間４分鐘

問題1 ＿＿＿＿の言葉の読み方として最もよいものを、1・2・3・4から一つ選びなさい。

1 巨大な熱気球が立ち上がる姿が圧倒的だった。

1 きょうたい　2 きょたい　3 きょだい　4 きょうだい

2 二辺の長さが等しい。

1 とおしい　2 ひとしい　3 いとしい　4 とよしい

3 自分の目を疑うくらい驚かされてしまいました。

1 あらそう　2 うばう　3 したがう　4 うたがう

4 毎日朝から晩まで研究室で実験するので、本当に大変です。

1 じっけん　2 じけん　3 じつけん　4 しっけん

5 急な用事で友達との約束を断った。

1 こだわった　2 ことわった　3 ともなった　4 したがった

問題２　＿＿＿＿＿の言葉を漢字で書くとき、最もよいものを１・２・３・４から一つ選びなさい。

6　両国はそうごに援助することを約束した。

１　相互　　２　相合　　３　相違　　４　相好

7　マフラーがこいしい季節がやってきた。

１愛しい　　２恋しい　　３懐しい　　４好しい

8　親は子どもたちの健康と幸せをいつもいのっている。

１願って　　２望って　　３祈って　　４祝って

9　本日の仕事も無事にしゅうりょうした。

１完了　　２修了　　３終了　　４校了

10　彼は家族思いの親孝行な子だとかんしんした。

１関心　　２甘心　　３用心　　４感心

答題時間 4 分鐘

問題3　（　　　）に入れるのに最もよいものを、1・2・3・4から一つ選びなさい。

11　最近、（　　　）常識な社員が増えてきた。
1　不　　2　無　　3　非　　4　未

12　念願の甲子園（　　　）出場を果たした。
1　新　　2　初　　3　始　　4　一

13　あの歌手は若者中心に人気（　　　）上昇だ。
1　急　　2　速　　3　高　　4　近

14　後で医療（　　　）を払わなければならない。
1　賃　　2　代　　3　費　　4　料

15　世界（　　　）人口は70億人も到達した。
1　全　　2　現　　3　総　　4　超

問題4　（　　　）に入れるのに最もよいものを、1・2・3・4から一つ選びなさい。

16　あの会社の収益が悪化する一方で、（　　　）かもしれない。
　1　たおれる　　2　しまる　　3　やすむ　　4　つぶれる

17　長距離の移動で疲れたでしょうが、今日は（　　　）休んでください。
　1　のんびり　　2　ゆっくり　　3　こっそり　　4　しっとり

18　彼はもう二度とたばこを吸わないと（　　　）した。
　1　決定　　2　結論　　3　決心　　4　結束

19　最近は何かいいことでもあるのか、弟は毎日（　　　）している。
　1　へとへと　　2　いらいら　　3　いきいき　　4　はらはら

20　制度は作ったが、（　　　）するのにまた先のことだ。
　1　実施　　2　演習　　3　実用　　4　使用

21　姉はプライドが高くて、なかなか人に（　　　）を見せない。
　1　暗み　　2　低み　　3　弱み　　4　重み

22　学生評価の（　　　）が定められた。
　1　基礎　　2　基準　　3　基本　　4　基盤

答題時間 5 分鐘

問題5　＿＿＿＿の言葉に意味が最も近いものを、1・2・3・4から一つ選びなさい。

23　最近治安が悪くなったので、泥棒に<u>用心した</u>ほうがいい。
1　気を付けた　2　声をかけた　3　避けた　4　心をこめた

24　<u>一応</u>やるべきことをやった。
1　すべて　2　だいたい　3　かなり　4　ようやく

25　このドラマ<u>シリーズ</u>は視聴者に大きな反響を呼んだ。
1　系列　2　番組　3　状態　4　一部

26　万一の災害に<u>そなえて</u>非常口を確認してください。
1　起きて　2　呼び掛けて
3　応じて　4　準備しておいて

27　彼はこの難しい仕事を<u>見事</u>にこなした。
1　手間　2　一瞬　3　立派　4　見た目

問題6　次の言葉の使い方として最もよいものを、1・2・3・4から一つ選びなさい。

28　気配

1　このお茶の気配がとてもいい。
2　彼はよく気配できて、みんなに気に入られる。
3　景気がよくなる気配がみえる。
4　今日のパーティーの気配はまだできていない。

29　しょうじる

1　先月、数多くの竜巻がしょうじた。
2　結婚してから、いいことばかりしょうじている。
3　あの公園に花がいっぱいしょうじた。
4　申し込み期限に間に合わない事態がしょうじた。

30　深刻

1　あの子の料理のうまさは深刻な印象を残る。
2　両国の関係は深刻に友好だ。
3　温暖化問題が深刻になっている。
4　彼女の顔を深刻に覚えている。

31　いまだに

1　いまだに計画が完成していない。
2　いまだに仕事が終わった。
3　その子どもは、いまだに笑い出しそうだった。
4　このテレビはいまだに壊れるかもしれない。

32 雰囲気

1 この花の雰囲気がとてもいい。

2 この部屋の雰囲気が汚い。

3 「先に帰ります」とは言えない雰囲気だ。

4 この携帯電話は雰囲気がきれいでデザイン性も最高だ。

答題時間 8 分鐘

問題7　次の文の（　　）に入れるのに最もよいものを、1・2・3・4から一つ選びなさい。

33 パーティーに出席するかどうか（　　）明日までに返事をください。

1 ところを　　2 にかかわらず

3 ばかりか　　4 ものだから

34 この家では、朝6時に起きないといけない（　　）。

1 ものになっている　　2 話になる

3 ことになっている　　4 ことになる

35 昨夜、早く寝た。（　　）疲れが取れた。

1 ところを　　2 すると　　3 だが　　4 そこで

36 A：貸していただいた本、来週（　　）ね。

B：うん、分かった。

1 お返しになります　　2 返されます

3 お返しします　　4 返させます

37 あの話を聞くと、友だちが感動（　　）。

1 しなければならない　　2 せずにはいられない

3 しかねない　　4 する恐れがある

38 新人歓迎会で先輩にお酒をたくさん（　　　）ので、翌日は二日酔いだった。

1 飲ませた　　　2 飲んだ

3 飲まされた　　　4 飲んでくれた

39 客のニーズに（　　　）、品物の種類を増やした。

1 対して　　2 つれて　　3 よって　　4 答えて

40 彼女の部屋はまるでゴミ置き場（　　　）汚い。

1 らしい　　　2 かのように

3 に相違ない　　　4 ようもない

41 あのデパートは品物が揃えている（　　　）いつも客でいっぱいだ。

1 末に　　　2 を問わず

3 だけあって　　　4 上で

42 あのまじめな子が授業をさぼるなんて、（　　　）ことだ。

1 信じやすい　　　2 信じられる

3 信じがたい　　　4 信じるほどの

43 この不況下で仕事が見つかったのなら、それに（　　　）。

1 しらべるものはない　　　2 こしたことはない

3 たいしたことはない　　　4 ほかならない

44 お忙しい（　　　）手伝っていただいてありがとうございます。

1 ものの　　　2 ところを

3 にあたって　　　4 ところで

問題8　次の文の＿★＿に入る最もよいものを、1・2・3・4から一つ選びなさい。

45　ここに住んでいると、＿＿　＿★＿　＿＿　＿＿はないとよく思う。品物が揃えているし、夜遅くまで買い物ができるし、本当に便利だ。

1　ほど　　2　もの　　3　スーパー　　4　ありがたい

46　小さい頃よく父に「＿＿　＿★＿　＿＿　＿＿しなさい。」とよく言われた。今、同じことを自分の子どもに言っています。

1　大切に　　2　粗末に　　3　するな　　4　食べ物を

47　「＿＿　＿＿　＿＿　＿★＿」たくさんの調査が行われてきた。

1　重要なのか　　2　第一印象は
3　について　　4　どれほど

48　部長は「＿★＿　＿＿　＿＿　＿＿」と宣言した。

1　させなければならない　　2　成功
3　今度こそ　　4　この計画を

49　先生は「今回の＿＿　＿★＿　＿＿　＿＿」と励ましてくれた。

1　を踏まえて　　2　失敗
3　次に　　4　生かそう

答題時間 8 分鐘

問題9　次の文章を読んで、文章全体の内容を考えて、 50 から 54 の中に入る最もよいものを、1・2・3・4から一つ選びなさい。

以下は、ある新聞の社説である。

公園とデモ

反原発デモを企画した市民に思わぬ壁が立ちはだかった。

これまでと同じく、国会や官邸に近い日比谷公園にまず集まろう 50 、管理する東京都が不許可にしたのだ。裁判所でも認められず、あす１１日のデモは中止となった。国会周辺での抗議活動だけにするという。

憲法が定める「集会の自由」はどこにいってしまったのか。

裁判所が訴えを退けた理由はいくつかある。

数万人の人出が予想される別の催しが、同じ日に公園で開かれる。集合場所とされる広場では、市民団体が見こむ１万人は入りきらない。現に7月に同様の集会があったときに、一部で混乱を招いた——などだ。

51 に迷惑がかからぬよう、不許可をふくめ、一定の調整がなされること自体を否定する 52 。

見すごせないのは、都が最近になって、園内では有料の大音楽堂と公会堂以外での集会を禁止すると言い出したことだ。ずっと大目にみてきたが、本来の決まりどおりにするという。

市民の集会やデモの抑えこみをねらった、運用方針の改悪であるのは明らかだ。

裁判所は判例を踏まえ、「当日の公園の利用状況や収容能力を前提とする限り、不許可も 53 」と述べているのであって、包括的な規制にお墨付きを与えたわけではない。

過去に若干の混乱があったとしても、締めだしに走るのでなく、次はそうならぬように主催者とともに手立てを講じる。 54 、市民を助け、支える自治体のとるべき道ではないか。

『朝日新聞デジタル』2012.11.10

50

1　となると　　　2　としたら
3　であろう　　　4　であるものの

51

1　政府　　　2　別の公園利用者
3　市民団体　　　4　公園

52

1　つもりはない　　　2　わけにはいかない
3　べきだ　　　4　一方だ

53

1　分かる　　　2　やむを得ない
3　当然だ　　　4　周知のことだ

54

1　それなら　　2　このように　　3　それが　　4　それなのに

答題時間 12 分鐘

問題１０ 次の（1）から（5）の文章を読んで、後の問いに対する答えとして最もよいものを、1・2・3・4から一つ選びなさい。

（1）

一番人気の名前は男の子は「蓮（れん）」、女の子は「結衣（ゆい）」。明治安田生命保険は 3 日、2012 年に生まれた赤ちゃんの名前調査の結果を

発表した。「蓮」は 2 年連続、「結衣」は初めての首位になった。同社の個人保険の契約者の子どもで、今年生まれた 6,610 人の名前を集計。男の子の上位では「大」や「太」が入る名前が目立った。同社は「不安定な時代に、たくましく育って欲しいと考えたのでは」とみる。今年のえと「龍」が入った名前も人気だった。

女の子では「結」や「心」を使った名前が目立った。同社は「東日本大震災後、人との結びつきを大切にして欲しいと願う親が増えているのでは」。ひら

がなの名前の人気も上がっているという。

『朝日新聞デジタル』2012.12.3

55 女の子の赤ちゃんの人気名前にどのような意味合いが含まれているのか。

1 東日本大震災後、人との絆を大切にして欲しい
2 不安定な時代にたくましく育って欲しい
3 不安定な時代に人との絆を大切にして欲しい
4 東日本大震災後、たくましく育ってほしい

(2)

社会の仕組みに完璧さを求めることは不可能だ。不具合はそのかしこに見つかる。迅速、適切に対処し手直しできるか、てをこまぬいて後れをとるか。社会の力量が問われるところだろう。

比較的うまく行った例を私たちは一昨年に目撃している。認知症などで判断力が低下した人の財産を守るための成人後見制度。2000年に始まったが、後見人がつくと選挙権が失われるという訴えに東京地裁が応え、憲法違反と断じた。国会も全会一致で選挙権を認める法改正を実現した。

『朝日新聞国際版天声人語』2015.7.24

56 社会の仕組みの不具合はどう改善するのか。

1 政府の力によって改善される

2 国会の力によって改善される

3 裁判所によって改善される

4 社会全体の動きのよって改善される

(3)

梅雨が明ければセミが鳴き、王者カブトムシやクワガタもお出ましになる。ところが昨今、昆虫を嫌う子が増えているという。小学校の新人先生にも、虫にさわれないなど苦手な人が少なくないらしい。

おなじみの「ジャポニカ学習帳」の表紙から昆虫写真が消えたのは気持ち悪いという声に配慮したためだ。人気の高い昆虫写真を限定復刻するとの記事を先日読んだが、それでも寂しい話である。

「昆虫採集も昔のように『科学への第一歩』などと言われなくなった」と、ファーブル昆虫記を訳した奥本大三郎さんが嘆いていた。近づく夏休み、虫かごをたすき掛けにした子らの姿を見てみたい。むしろ男子だけでなく女子も。

『朝日新聞国際版天声人語』2015.7.11

57 この文章の主旨は何か。

1 「ジャポニカ学習帳」の表紙に昆虫写真を載せてほしい
2 子どもたちがもっと昆虫に接することを呼びかける
3 小学校の新人教師は昆虫を怖がるべきではない
4 昆虫の出まわしを待つべきだ

(4)

経営再建への針路は示されたが、前途はなお視界不良である。

破綻した国内航空会社3位のスカイマークが、最大手の全日本空輸を擁するANAホールディングスなどの支援を受け、再生を目指すことになった。

米デルタ航空も支援に名乗りを上げ、債権者集会で支持を競い合う異例の展開となった末に、ANA陣営が大差で勝利を収めた。

新生・スカイマークは、ANAと複数の国内ファンドの出資を受け、5年以内の再上場を目指す。支援策を巡る迷走に終止符が打たれ、再生への枠組みが固まったことを歓迎したい。

『YOMIURI ONLINE　社説』2015.8.10

58 支援策を巡る迷走に終止符が打たれ、とはどういうことなのか。

1 援助を受けることを迷う

2 援助を受けることが決まる

3 援助を受けることがだめになる

4 援助を受けることが嫌になる

(5)

子供たちが受け身ではなく、主体的に課題の解決に取り組む。豊かな思考力を育むには、そんな授業が理想だろう。

文部科学省が、次期学習指導要領の原案を中央教育審議会に示した。2020年度以降の小中高校における教育の方向性を定めるものだ。中教審は原案を基に議論を深め、来年度中に答申をまとめる。

原案の特徴は、「どのように学ぶか」という授業方法の在り方にまで踏み込んだ点である。

過去の指導要領の改定では、授業時間の増減など、学習の「量」を巡る議論が主だった。今回は、学習の「質」の向上をこれまで以上に重視していると言える。

『YOMIURI ONLINE 社説』2015.8.9

59 次期学習指導要領の原案は、何を中心に提案されているのか。

1 何を学習するか

2 学習内容を減らすこと

3 いかに学習するか

4 学習時間を減らすこと

問題１１ 次の（1）から（3）の文章を読んで、後の問いに対する答えとして最もよいものを、1・2・3・4から一つ選びなさい。

(1)

先月、科学者ら１万2000人以上が署名した国連あての手紙が公開されました。「人工知能（AI）兵器を開発しないで」と呼びかける内容です。ホーキング博士や、アップルの共同創業者であるウォズニアック氏らの名前もありました。

AI兵器は、人の手を借りずに戦地へ行き、敵を探し出して殺す「殺人ロボット」です。手紙は「現在の技術で実現は可能だ」と指摘し、AI平気の開発を「火薬と核兵器に次ぐ第三の革命」とたとえました。どういうことでしょうか。

火薬の仲間であるダイナマイトは、第一次世界大戦で武器として使われました。第二次世界大戦では、アメリカが科学者に開発させた原爆が広島と長崎に投下され、20万人以上が亡くなりました。

AI兵器はダイナマイトや核兵器に比べ、作るお金と手間が少なくてすみます。なぜなら、心臓部分はコンピューターのプログラムなので、簡単にコピーできてしまいます。さらに、AI兵器はロボットですから、火薬や核兵器とちがって兵士が危険な目にあう心配もありません。軍事産業がAI平気を大量生産し、貧しい国が買って簡単に戦争を始めることも考えられます。

人工知能技術そのものは、日常生活で使われ始めています。感情を理解するヒト型ロボット「ペッパー」や、いろいろなことを調べて教えてくれるアイフォーンの秘書機能アプリ「Siri」などです。グーグルが開発中の「自動運転システム」は、人間が操作しなくても自動車を運転する技術で、実用に向けて研究が進んでいます。

暮らしを便利にするために人間が考え出した技術が、人間を苦しめるとしたら皮肉なことです。科学者や軍事産業に、今回の手紙の内容を守る義務はありませんが、先端技術をどう使うか、本当の賢さが問われています。

『毎日小学生新聞』2015.8.9

60 AIは元々どのような目的で作られたのか。

1 人を代替するために作られた

2 日常生活に便利さをもたらすために作られた

3 武器として使われるために作られた

4 自動車を運転するために作られた

61 暮らしを便利にするために人間が考え出した技術が、人間を苦しめるとしたら皮肉なことです、とはどういうことなのか。

1 生活を便利にするために作られたものはかえって世の中に悪い影響を与えるのは考えもしないことだ

2 生活を便利にするために作られたものはかえって世の中に悪い影響を与えるのはおもしろいことだ

3 生活を便利にするために作られたものはかえって世の中に悪い影響を与えるのは損だ

4 生活を便利にするために作られたものはかえって世の中に悪い影響を与えるのは笑われることだ

62 以下の記述、間違っているのはどれか。

1 この手紙はAI兵器の開発をやめてほしいと呼びかける

2 将来AI兵器は主な武器として利用される可能性が高い

3 AI兵器は大量に使用されている

4 この手紙は科学者や軍事産業への呼びかけだ

(2)

子どもの頃から法螺話を作るのが特技たった。文を編む能力のない幼児の頃は、家にあるアルバムの写真を何枚も抜き出し、紙芝居風にめくっては即興で話を作るという遊びを、幼い弟に向かって何度もした。家族や身近な人間の写る写真は現実にあった過去の瞬間を切り取っているのに、登場人物は同じであっても、そこから遠く離れて語られる話を、小さな弟はことのほか喜び、飽くことなくねだり転げまわって笑った。

やがて文字を得て、日々の鬱屈をノートに叩きつけて激情を吐きだすようになり、思春期を迎え、物語を書き始めた。

それでも、小説を書いている事実をほとんど誰にも言ったことがなかった。十代の後半から働くばかりで、とくに文学の勉強をしたこともなければ、学ぼうと思って本を読んだこともない。読み、書いていないと文字通り死んでしまうからそうしていただけだ。他者の感想すら一切容れない自分だけの読書があり、誰に届かせようとも思わない創作があった。そこではなりたい完全な孤独になり得た。

『週刊読書人』2015.7.17

63 筆者はどういう話を作るのが得意だったのか。

1 面白い話

2 大げさな話

3 退屈な話

4 怖い話

64 「文字を得て」とはどういうことなのか。

1 人から文字をもらった
2 識字ができて、文字を書くことができるようになった
3 人に文字を作ってもらった
4 人に文字を教えてもらった

65 筆者は、なぜ小説を書いていることを公表しなかったのか。

1 仕事が忙しかったから
2 自分の作品に自信がなかったから
3 人の感想を聞きたくなかったから
4 あの時、完全な孤独になりたかったから

(3)

古代、女性にその名を問うことは求婚を意味した。万葉集巻頭の雄略天皇の歌も、菜を摘む娘に「あなたはどちらの家の人か。名前を教えて」と迫っている。名前にはその人の魂がこもり、名乗ることは魂を相手に渡すこと、結婚を受け入れることだったという。

確かに名前には不思議な力が宿る。作家三島由紀夫の本名は平岡公威。若々しいペンネームに比べ、荘重な感じだ。もし本名で書いていたら、あの若さで死を遂げることはなかっただろうという見方を、どこかで読んだ記憶がある。

名前に人生を大きく左右される。あるいは呪縛される。そこまではいかなくても、微妙な影響を受けることはあるかも知れない。名前の方も、時代の影響を被らざるをえない。「子」のつく名の女子が多かった昭和は随分遠のいた。

名づけには子どもの幸せを願う親の愛が映る。他人と間違えられないために、が命名の根本条件だといったのは批判家の小林秀雄だが、世の中にたった一つという個性の追求も昨今は当たり前だ。

『朝日新聞国際版天声人語』2015.7.6

66 名乗ることは魂を相手に渡すこと、結婚を受け入れることだったという、どういうことか。

1 相手に自分の名前を告げると、命が相手のものになる
2 相手に自分の名前を告げたら、すぐに相手と結婚する
3 相手に自分の名前を告げることは相手と結婚することを認める
4 相手と結婚するとき、自分の名前を告げる

67 <u>名前の方も、時代の影響を被らざるをえない</u>とはどういうことか。

1　名づけは時代の変化とともに変わる

2　名づけは時代の影響を受けるべきだ

3　名づけは時代の変化とは関係ない

4　名づけは時代の影響を受けなければならない

68 筆者は、名前と人の関係はどうとらえているか。

1　安定したようで不安定な関係だ

2　表裏一体の関係だ

3　互いに干渉しない関係だ

4　距離を置いた関係だ

答題時間 8 分鐘

問題１２　次のＡとＢはそれぞれ、親の悩みについて書かれた文章である。二つの文章を読んで、二つの文章を読んで、後の問いに対する答えとして最もよいものを、１・２・３・４から一つ選びなさい。

A

私の娘のことで相談させてください。娘は高校２年生なのですが、最近は恋人ができたらしいです。平日は食事の時間以外は自分の部屋で彼氏と長電話をしています。休日など学校がないときは、ほとんど家にいません。娘に話しかけても、口を聞いてくれません。あと１年で大学受験ですし、恋愛のことばかり考える娘はどうなるか本当に心配です。何かいいアドバイスがあったら、お願いします。

B

私の息子のことで相談させてください。息子は大学３年生なのですが、とても明るい性格の持ち主です。しかし、ここ最近、急に無口になって、家に帰ったらすぐに自分の部屋に入ります。昔私たち夫婦とよくおしゃべりしたり、一緒にテレビを見たりしました。何かがあったのかとても心配で何回も息子に聞きました。しかし、まったく答えてくれません。何かいいアドバイスがあったら、お願いします。

69 相談者Aと相談者Bの「心配」は何なのか。

1 相談者Aは娘の大学受験が心配で、相談者Bは息子の無口が心配です。

2 相談者Aは娘は恋愛のことばかり考えるのが心配で、相談者Bは息子の性格が心配です。

3 相談者Aは娘は恋愛のことばかり考えるのが心配で、相談者Bは息子の態度の異変が心配です。

4 相談者Aは娘は大学受験が心配で、相談者Bは息子の性格が心配です。

70 相談者Aと相談者Bの悩みについて正しいのはどれか。

1 相談者Aは娘に自由にさせたいができないのだ。

2 相談者Bは息子の性格が変わったのに気付いた。

3 相談者Aは娘に恋愛の相手をもっと慎重に選んで欲しいと思う。

4 相談者Bは息子の進路について悩んでいる。

問題１３　次の文章を読んで、後の問いに対する答えとして最もよいものを、1・2・3・4から一つ選びなさい。

主人公は勤め先の役所がひけて帰宅してから風呂に行く。その時間といえば＜丁度人の立て込む夕食前の黄昏である＞。漱石の『門』の一節だ。ここに言及して政府高官は言った。「夜遅くまで働くのは、決して日本の伝統文化ではない」。

先月、各省庁の次官級を集めた会議でのこと。議題は「ゆうやけ時間活動推進」。略して「ゆう活」だ。いつもより早く出勤して早々に仕事を終え、夕方からはオフを楽しもうという取り組みである。長時間労働を見直すのだという。

首相肝煎りの朝型勤務が、1日から国家公務員を対象に始まった。8月いっぱい続く。「早く帰ると、フロもゆったり。ごはんもゆったり」「子どもと公園でキャッチボール」。生活を豊かにと政府広報は訴える。

開始後、中央省庁の職員と会食した。17時過ぎに落ち合う、と先方。なるほどこれが「ゆう活」効果か。しかし彼は釈然としない様子だった。もともと霞が関では残業が多い。朝を早める分、働く時間が増えかねないのも確かだ。

では、早帰りをどう励行するのか。幹部が庁舎内を見回り、職員に退庁を促すよう官邸は求める。省庁ごとに見回る人の役職、見回り予定日と予定時刻の一覧表が出来ている。ここまでやるかと思わず見入った。

働き方の見直しはいいとして、どこかにしわ寄せがいかないか。しかも役所だけでなく、国民運動として全国に広げると政権は意気込む。個人的には、見回られる側にも見回る側にもなりたくない気がするが。

『朝日新聞国際版天声人語』2015.7.5

71 夜遅くまで働くのは、決して日本の伝統文化ではないとは、どういうことか。

1 日本だけではなく、他の国も夜遅くまで働く
2 昔の日本は夕方までしか働かなかったことだった
3 夜遅くまで働くのは、政府の高官だけだった
4 夜遅くまで働くのは、いつのまにか消えてしまった

72 17時過ぎに落ち合う、と先方。なるほどこれが「ゆう活」効果かとは、どういう意味なのか。

1 17時過ぎに仕事を終えること
2 17時過ぎに「ゆう活」をすること
3 17時過ぎに帰宅すること
4 17時過ぎに取引先と待ち合わせすること

73 筆者は「ゆう活」についてどう考えているのか。

1 「ゆう活」を励行することに賛成している
2 「ゆう活」を励行することに反対している
3 「ゆう活」を全国に広げる政策に賛成している
4 「ゆう活」の効果はまだ見つめる必要がある

問題１４　右のページは、A 旅館と B 旅館の案内である。下の問いに対する答えとして最もよいものを、1・2・3・4 から一つ選びなさい。

74　A 市と B 市の文化センターの会議室利用の案内に共通している条件はどれか。

1　利用できる人の年齢
2　利用できる時間
3　予約状況を確認する方法
4　利用申込方法

75　A 市や B 市の文化センターの会議室の利用で許可されていないものは、どれか。

1　A 市の市民であれば、だれでも会議室を利用できる
2　B 市の市民であれば、だれでも会議室を利用できる
3　A 市の文化センターの会議室を利用するのに、使用日の半年前から申し込める
4　B 市で働く人なら、だれでも会議室を利用できる

	A市文化センター 会議室利用案内	B市文化センター 会議室利用案内
利用できる方	①A市の市民 ②大学生 ③A市の市役所の職員	①B市の市民（２０歳以上） ②B市で勤務している方
利用料	５００円（施設維持代）	無料
利用日・時間	平日（月曜日～金曜日） １０：００～１６：００ 土曜日 １０：００～１２：００	平日（月曜日～金曜日） ９：００～１７：００
利用申込方法	予約状況を電子メールで確認した後、利用申込書に必要事項を記入して電子メールにてご提出ください	予約状況を電話で確認した上、利用申込書に必要事項を記入して電子メールにてご提出ください
申込受付開始日	使用日の半年前～ 使用日の前日	随時
申込先	総務課　堤・小林	事務室　長谷川・原
駐車場	収容台数：２０台	なし

第 4 回

聽解

考試科目 ＜考試時間＞	
言語知識 （文字・語彙・文法）・讀解 ＜ 105 分鐘＞	聽解 ＜ 50 分鐘＞

Listening

問題用紙

N2

聴解

(50分)

注意

Notes

1. 試験が始まるまで、この問題用紙を開けないでください。
   Do not open this question booklet until the test begins.
2. この問題用紙を持って帰ることはできません。
   Do not take this question booklet with you after the test.
3. 受験番号と名前を下の欄(らん)に、受験票と同じように書いてください。
   Write your examinee registration number and name clearly in each box below as written on your test voucher.
4. この問題用紙は、全部で 13 ページあります。
   This question booklet has 13 pages.
5. この問題用紙にメモをとってもかまいません。
   You may make notes in this question booklet.

受験番号　Examinee Registration Number	

名前　Name	

問題 1

問題 1 では、まず質問を聞いてください。それから話を聞いて、問題用紙の 1 から 4 の中から、最もよいものを一つ選んでください。

1番

1　図書館に行って勉強する。
2　生協に行って晩ご飯を買う。
3　図書館に行って本を借りる。
4　生協に行っておやつを買う。

2番

1　山田さんの家に行く日程を変更する
2　仕事の日程を変更する
3　ショッピングセンターに行く日程を変更する
4　土曜日の予定を来週の日曜日に変更する

3番

1　レポートの内容を書き直す
2　レポートの体裁を修正する
3　資料を調べる
4　表現を確認する

4番

1　資料をコピーする
2　資料を作る
3　営業部に午後会議を開くという連絡をする
4　出張する

5番

1　スーパー
2　銀行
3　クリーニング屋
4　郵便局

問題 2

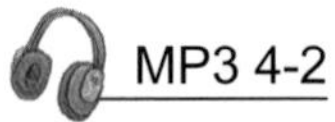

問題 2 では、まず質問を聞いてください。そのあと、問題用紙のせんたくしを読んでください。読む時間があります。それから話を聞いて、問題用紙の 1 から 4 の中から、最もよいものを一つ選んでください。

1番

1　最近知り合った人とデートに行くから
2　オーストラリアへ行くから
3　お見合いに行くから
4　高校時代の友達と食事の約束があるから

2番

1　研究室にいるのが好きだから
2　仕上げないといけない論文があるから
3　パーティーのようなイベントが嫌いだから
4　研究室に残るから

3番

1　文字が小さいから
2　商品の写真がはっきりと写っていないから
3　文字が多いから
4　商品の説明がわかりにくいから

4番

1　普段乗る電車に乗れなかったから
2　電車が人身事故にあったから
3　電車が故障したから
4　電車の中に急病の人がいたから

5番

1　店内で世界各地のコーヒー豆がみられる
2　たくさんのコーヒーの種類がある
3　好きなコーヒーカップが選べる
4　好きなコーヒーが注文できる

6番

1　アルバイトをする
2　アフリカでボランティア活動を行う
3　アフリカで仕事をする
4　日本にいるアフリカ出身の人々を助ける

問題3

問題3では、問題用紙に何もいんさつされていません。この問題は、全体としてどんな内容かを聞く問題です。話の前に質問はありません。まず話を聞いてください。それから、質問とせんたくしを聞いて、1から4の中から、最もよいものを一つ選んでください。

—メモ—

問題 4

問題 4 では、問題用紙に何もいんさつされていません。まず文を聞いてください。それから、それに対する返事を聞いて、1 から 3 の中から、最もよいものを一つ選んでください。

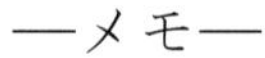

問題5

問題5では、長めの話を聞きます。この問題には練習はありません。メモをとってもかまいません。

1番、2番

問題用紙に何もいんさつされていません。まず話を聞いてください。それから、質問とせんたくしを聞いて、1から4の中から、最もよいものを一つ選んでください。

―メモ―

3番

まず話を聞いてください。それから、二つの質問を聞いて、それぞれ問題用紙の1から4の中から、最もよいものを一つ選んでください。

質問1

1 一つ目のところ
2 二つ目のところ
3 三つ目のところ
4 四つ目のところ

質問2

1 一つ目のところ
2 二つ目のところ
3 三つ目のところ
4 四つ目のところ

第 5 回

言語知識（文字・語彙・文法）・讀解

考試科目 ＜考試時間＞	
言語知識 （文字・語彙・文法）・讀解 ＜ 105 分鐘＞	聽解 ＜ 50 分鐘＞

Language Knowledge(Vocabulary / Grammar)・Reading　　問題用紙

N2

言語知識（文字・語彙・文法）・読解

（105 分）

注意
Notes

1. 試験が始まるまで、この問題用紙を開けないでください。
   Do not open this question booklet until the test begins.
2. この問題用紙を持って帰ることはできません。
   Do not take this question booklet with you after the test.
3. 受験番号と名前を下の欄(らん)に、受験票と同じように書いてください。
   Write your examinee registration number and name clearly in each box below as written on your test voucher.
4. この問題用紙は、全部で 31 ページあります。
   This question booklet has 31 pages.
5. 問題には解答番号の1、2、3…が付いています。解答は、解答用紙にある同じ番号のところにマークしてください。
   One of the row number 1, 2, 3…is given for each question. Mark your answer in the same row of the answer sheet.

受験番号　Examinee Registration Number	

名前　Name	

問題1　＿＿＿＿＿の言葉の読み方として最もよいものを、1・2・3・4から一つ選びなさい。

1　携帯電話は、今では生活<u>必需品</u>です。

1　ひつじゅひん　　2　ひっじゅひん
3　ひっしゅうひん　　4　ひつしゅうひん

2　私は<u>怪しい</u>者ではありません。

1　おかしい　　2　くるしい　　3　うれしい　　4　あやしい

3　毎日髭を<u>剃って</u>いますか。

1　きって　　2　あたって　　3　そって　　4　けずって

4　この穴の<u>直径</u>は6メートルもある。

1　ちょっけい　2　ちょくけい　3　ちょっけん　4　ちょくけん

5　<u>浴衣</u>を着て花火を見に行きます。

1　よくい　　2　ようい　　3　ゆかた　　4　きもの

問題２　＿＿＿＿の言葉を漢字で書くとき、最もよいものを１・２・３・４から一つ選びなさい。

6　していされた時間に受け付けに来てください。

１　特定　　２　測定　　３　肯定　　４　指定

7　税金をおさめるのは国民の義務である。

１　治める　　２　納める　　３　収める　　４　修める

8　例をあげて説明します。

１　載げて　　２　出げて　　３　挙げて　　４　掲げて

9　明日は休日なのにしゅっきんしなければならない。

１　出勤　　２　通勤　　３　出社　　４　通社

10　日本の夏はしつどが高い。

１　顕度　　２　濃度　　３　湿度　　４　温度

答題時間 4 分鐘

問題3　（　　　）に入れるのに最もよいものを、1・2・3・4から一つ選びなさい。

11　国立大学の授業（　　　）が高くなるらしい。

1　料　　2　銭　　3　費　　4　代

12　このレストランで使う野菜は（　　　）農薬で作られています。

1　非　　2　未　　3　不　　4　無

13　多くの科学（　　　）がこの問題について研究してきた。

1　者　　2　人　　3　師　　4　生

14　人の体への安全（　　　）が確認されていません。

1　化　　2　性　　3　能　　4　的

15　こちらの商品とこちらの商品で、（　　　）2,800円です。

1　合　　2　全　　3　計　　4　総

問題4　（　　　）に入れるのに最もよいものを、1・2・3・4から一つ選びなさい。

16　お客様、切符を（　　　）します。

1　参観　　2　見学　　3　拝見　　4　ご覧

17　もうだめだ。我慢の（　　　）だ。

1　制限　　2　限界　　3　範囲　　4　程度

18　関係者以外は入場（　　　）です。

1　防止　　2　禁止　　3　停止　　4　中止

19　大きく三つのタイプに（　　　）できる。

1　分類　　2　分数　　3　分解　　4　分量

20　テストの（　　　）用紙に名前を書く。

1　解答　　2　回答　　3　応対　　4　応接

21　緊張で胸が（　　　）する。

1　うろうろ　　2　はらはら　　3　のろのろ　　4　どきどき

22　ご飯が（　　　）まで少し待ちましょう。

1　焼ける　　2　沸く　　3　炊ける　　4　煮える

問題5　＿＿＿＿＿の言葉に意味が最も近いものを、1・2・3・4から一つ選びなさい。

23　明日のスケジュールはどうなっていますか。

1　予定　　2　決定　　3　決心　　4　予算

24　君は本当にそそっかしいね。

1　頭がいい　　2　慌あわて者だ

3　気が小さい　　4　しっかりしている

25　いよいよ最後の一日だ。

1　ついに　　2　本当に　　3　まだまだ　　4　これから

26　目上の人の言うことをよく聞きなさい。

1　若い　　2　背が高い　　3　男の　　4　年上の

27　山田君、新しい仕事の担当になって張り切っていますね。

1　緊張して　　2　頑張って　　3　悩んで　　4　喜んで

問題6　次の言葉の使い方として最もよいものを、1・2・3・4から一つ選びなさい。

28　厳重

1　台風の進路に当たる地域では厳重な警戒が必要だ。

2　主婦というのもなかなか厳重な仕事だ。

3　経済の回復が厳重な問題だ。

4　今回の火災で厳重な被害を受けた。

29　線路

1　全ての教室にインターネットの線路が通っている。

2　私の家は線路のそばにある。

3　父の仕事はコンピューターの線路の設計だ。

4　駅から学校までバスの線路がある。

30　ひねる

1　ねじをひねって締しめる。

2　一杯の水を三人でひねる。

3　ハンドルをひねって方向を変える。

4　右の蛇口をひねるとお湯がでる。

31　名人

1　つばさ君は友達にサッカーの名人と呼ばれている。

2　新聞で紹介されたので、その店の主人はすっかり名人になった。

3　さくらさんはクラス中の名人だ。

4　あなたの笑顔は私にとって名人です。

32 くどい

1 上手になるためにはくどい練習が必要です。

2 彼の仕事はくどくて丁寧だ。

3 少しくどいかなと思うぐらい詳しく説明した方がいいですよ。

4 今日の勉強時間はかなりくどかった。

答題時間 8 分鐘

問題7　次の文の（　　）に入れるのに最もよいものを、1・2・3・4から一つ選びなさい。

33　どっちが上でどっちが下だかわかる（　　）。
1　をえない　　2　を問わず　　3　うる　　4　まい

34　先生の説明に（　　）やっていけば難しいことはない。
1　ともに　　2　ともなって
3　したがって　　4　つれて

35　今建設中のこの道路は、来年の9月に（　　）。
1　完成しました　　2　完成します
3　完成しています　　4　完成していました

36　自分でやると言った（　　）、最後までやりなさい。
1　ものなら　　2　以来　　3　一方では　　4　からには

37　基礎が分からないのなら、応用問題なんて（　　）よ。
1　教えようがない　　2　教えざるをえない
3　教えそうにない　　4　教えるほかない

38　あれこれ（　　）、結局いつもの服装で出ていった。
1　騒いだかいあって　　2　騒ぐにあたって
3　騒いだあげく　　4　騒いだところ

39 二本の松の木が生えていた（　　　）、二本松（にほんまつ）という地名がつけられた。

1 ことから　2 ことだから　3 ことなく　4 ことには

40 大会まであと一週間だ。（　　　）、練習時間を倍にすることにした。

1 それが　2 そこで

3 それはそうと　4 そんなことより

41 この小説は事実に（　　　）書かれた。

1 の下で　2 に基づいて　3 に際して　4 に応じて

42 忙しい彼の（　　　）、仕事が長引いているのだろう。

1 ことなく　2 ことから　3 ことには　4 ことだから

43 このままでは、チームが解散することにも（　　　）。

1 なりっこない　2 なりがたい

3 なりかねない　4 なりかねる

44 ここで見たことや聞いたことは、だれにも（　　　）よ。

1 言ってはならない　2 言わねばならない

3 言ってばかりはいられない　4 言っていられない

問題8　次の文の ＿★＿ に入る最もよいものを、1・2・3・4から一つ選びなさい。

45 僕が最後みたいですね。遅れた ＿＿ ＿＿ ＿★＿ ＿＿ 謝ります。

1 会議が　　2 せいで

3 のだとしたら　　4 始まらなかった

46 ＿＿ ＿＿ ＿★＿ ＿＿ ほうがいいと思います。

1 ある　　2 帰った　　3 電車が　　4 うちに

47 太郎が ＿＿ ＿＿ ＿★＿ ＿＿ 、白い煙があたりをつつんだ。

1 箱を　　2 とたん　　3 開けた　　4 その

48 父と ＿＿ ＿＿ ＿★＿ ＿＿ できません。

1 お返事する　2 相談して　3 からでないと 4 ことは

49 急激な ＿＿ ＿＿ ＿★＿ ＿＿ 対策を取るべきだろうか。

1 人口の　　2 対して　　3 増加に　　4 どのような

問題9　次の文章を読んで、文章全体の内容を考えて、 50 から 54 の中に入る最もよいものを、1・2・3・4から一つ選びなさい。

自分が作った小説を全国の人に読んでもらうというのは、一部の人だけに許された特別な権利だった。 50 、インターネットの登場で、大きく変わり 51 。

これまで、小説を読んでもらうためには、本の形にして出版する必要があった。本を大量に印刷して出版するためには、多くの費用がかかる。また、出来上がった本を売るためには全国の書店に本を置いてもらわなければならない。これらを個人で行うことは無理で、出版社でなければできないことである。出版社は企業だから、儲かると判断した小説しか出版しない。 52 、出版社に認められなければ、自分の小説を出版することはできなかったのだ。

しかし、インターネットによって状況は大きく変わった。誰もが自分のWEBサイトやネット掲示板を 53 自分の書いた作品を発表することができるようになったのだ。もちろん、インターネットに作品を発表したからといって必ずしも大勢の人に読まれるわけではない。しかし、少なくとも発表する機会だけはすべての人に平等に与えられるようになったのだ。

そして、インターネットで人気を得た作品が出版社によって本にされるという状況も起こっている。出版社 54 、すでに高い評価を得た作品を出版するのだから、失敗する危険性も少なくお得なわけだ。

50

1　それが　　　　2　それでも
3　それなら　　　4　それはそうと

51

1 つつなる　　2 つつくる　　3 つついく　　4 つつある

52

1 おまけに　　2 要するに　　3 ちなみに　　4 しかも

53

1 こめて　　2 頼って　　3 通して　　4 めぐって

54

1 として　　2 にしろ

3 にしてみれば　　4 ということは

答題時間 12 分鐘

問題１０　次の（1）から（5）の文章を読んで、後の問いに対する答えとして最もよいものを、1・2・3・4から一つ選びなさい。

（1）

何かを記憶しようと身構えた（注1）とたんに、主体のその他の活動は停止する。同じく何かを想起（注2）しようとし始めたとたんに、主体（注3）のその他の活動は停止する。ぼくが一年前の日記を前にして、一年前の生活を想起しようとし始めたならば、ぼくの生活は停止する。もしも想起するのに実際の経験とひとしい時間が必要だとすると、厳密な（注4）意味では一年間を想起するのに一年間が必要になる。（中略）もちろんそれも生活であることに違いはない。しかしそれがほんらいの意味での生活ではないことは明らかだろう。

中山元『人間の記憶と「意識の逆説」』（日経ビジネスオンライン）

（注1）身構える：心や体が準備をする

（注2）想起：思い出す

（注3）主体：ある行動をおこなう人や物

（注4）厳密（げんみつ）：細かく正確なこと

55　なぜほんらいの意味での生活ではないのか。

1　何かを想起するためには実際の経験と同じ時間がかかるから。

2　何かを記憶（きおく）しようとすると活動が止まってしまうから。

3　何かを思い出している間はほかのことができないから。

4　何かを覚えることも生活であることに違いはないから。

言語知識（文字・語彙・文法）・讀解

聽解

(2)

でも、なぜいい大学を出た人がもてはやされるか（注）といえば、そういう人には中学や高校時代にまじめに勉強した人が多いし、会社に入ってからも同じようにまじめに仕事をするだろうっていう予測を立てやすいからです。もちろん、予測がはずれることもあるけれど、当たる確率のほうが高い。

だから、高校や大学の名前というのは、きちんと勉強してきた人間かどうか、信用できる人間かどうかを測る道具に使われることが多いのです。

齋藤孝『ちょっとお金持ちになってみたい人、全員集合！』（PHP）

（注）もてはやす：ほめたたえる

56 筆者は、いい大学を出た人が信用されるのはなぜだと考えているか。

1 まじめに仕事をする人の割合が高いから

2 もてはやされる人が多いから

3 予測がはずれることがあるから

4 中学や高校時代にまじめに勉強しなかったから

(3)

記号消費というのは、商品そのものではなく、商品が持っている社会的価値（記号）を消費するということ。商品がもともと持っている機能的価値とは別に、現在の消費社会ではその社会的な価値のほうが重要視（注1）されるようになっており、その記号的な付加（注2）価値を消費するようになっているということです。たとえば車の機能は「人を運ぶための移動の道具」ですが、メルセデス・ベンツ（注3）などの高級輸入車には「高い外車（注4）に乗っているセレブ（注5）」というような社会的意味が加えられています。

佐々木俊尚『キュレーションの時代』（筑摩書房）

（注1）重要視（じゅうようし）：重要だと考えること

（注2）付加：付け加えること

（注3）メルセデス・ベンツ：ドイツの自動車会社

（注4）外車：外国で作られた自動車

（注5）セレブ：広く注目されている人

57 筆者の言う記号消費に最も近い行動は次のうちどれか。

1 性能ではなく他人に自慢（じまん）できるかどうかで車を選ぶ

2 他人に自慢（じまん）するためではなく値段で車を選ぶ

3 値段は高くても性能のいい車を選ぶ

4 安くてしかも性能のいい車を選ぶ

(4)

漫画は小説など文字だけで書かれたものと比べて、大変読みやすいものだと一般に言われてきた。

しかし最近の少女漫画をほとんど読まない中年の人に読んでもらうと、読みにくくて、先に進むのが苦痛だという感想を聞かされることがある。中身の物語に関心がないからではなくて、少女漫画の形式や構成の仕方に違和感（注 1）があって、拒絶反応（注 2）を起こしてしまうのだ。

これは少女漫画がその表現のために使っているさまざまな「記号」が理解できていなかったことから起こる現象である。

長谷邦夫『漫画の構造学！』（インデックス出版）

（注 1）違和感：ちぐはぐしていてしっくりしない感じ

（注 2）拒絶反応（きょぜつはんのう）：事件や事実を受け入れようとしないこと

58 なぜ中年の人は少女漫画を読むことが苦痛なのか。

1 少女漫画の中身に興味がないから

2 少女漫画は小説と比べて内容が難しいから

3 少女漫画で使用されている記号が理解できていないから

4 少女漫画は子供向けのものだから

（5）

やりたいことを実現するために最も確実な方法は、周りの人に話してしまうことだ。顔を合わせるたびに「あれやった？」「どこまで進んだ？」と聞かれれば、やらざるを得なくなってくる。人に話すことで、自分を追い込むわけだ。そして、思わぬ協力が得られることも多い。「あの本読んだ？」「○○さんを紹介してあげようか」と声をかけてもらえるのだ。自分一人では考えもつかなかったような所から情報が得られるという効果は大きい。

59 筆者の言いたいことは何か。

1 やりたいことは自分の力で実現するしかない
2 やりたいことがある人に協力してくれる人は多い
3 本当にやりたいことは簡単に人に話してはいけない
4 やりたいことを実現するためには、他の人に頼むしかない

問題１１　次の（1）から（3）の文章を読んで、後の問いに対する答えとして最もよいものを、1・2・3・4から一つ選びなさい。

(1)

なぜ卒業論文を書くのか。

それは、安い仕事から抜け出して、知識労働者となるための能力を身に付けるためだ。

必要な情報を集め、それを分析して仮説（注 1）を組み立て、仮説が正しいかどうかを確かめる…卒業論文の作業の過程は、知識労働のそれと同じだ。一度方法を身に付ければ、研究対象が変わっても応用できるはずだ。

文章を書いたり大勢の人の前で発表するのも知識労働者に欠かせない能力だ。企画書（注 2）や報告書の作成はどこに行ってもついて回るし、会議で発表したり取引先（注 3）でプレゼンテーションをしたりするのは知識労働の基本的能力だ。今のうちに卒業論文の作成をしながら慣れておこう。

そして、おそらく一番大切なのが、段取り（注 4）の能力だ。卒業論文の作成では、一年間という長い単位で、どの文献をどこまで読むか・どれだけの資料を集めるか？いつまでにどれだけ書き進むかなどの細かいことを、自分の力で計画し実行していかなければならない。教師には頼れない。一人の教師が、自分の担当する十数人の学生の論文作成を、全て管理するなんてできないからだ。人に命令された作業をやるだけの仕事は安い。上を目指すなら、自分のやらなければならないことをきちんと理解して、確実に実行できるようになろう。

今卒業論文を書いている四年生は、将来の仕事の練習のつもりで制作にあたって欲しい。そうすれば、卒業論文への態度も変わってくるはずだ。

（注 1）仮説(かせつ)：仮(かり)の答え

（注 2）企画書(きかくしょ)：計画を説明するために書かれる書類。

（注 3）取引先：商売を行う相手

（注 4）段取(だんど)り：物事を行う手順

60 企画書や報告書の作成はどこに行ってもついて回るとあるが、どういう意味か。

1 企画書や報告書を自分で書く機会が必ずある、ということ

2 企画書や報告書はどこで書いてもよい、ということ

3 企画書や報告書を書く人と一緒に仕事をすることになる、ということ

4 企画書や報告書は大勢の人の前で発表しなければならない、ということ

61 筆者が考える知識労働者に最も必要な能力は何か。

1 上司に言われたことを正確に実行する能力

2 情報を集めて分析する能力

3 自分自身で仕事の内容を管理し実行する能力

4 たくさんの人の前で発表する能力

62 卒業論文への態度も変わってくるとあるが、どのように変わるのか。

1 これまでまじめに書いていた卒業論文にいい加減に取り組むようになる

2 卒業のために仕方なく書いていた卒業論文に真剣(しんけん)に取り組むようになる

3 将来の仕事と関係のある内容で卒業論文を書くようになる

4 将来の仕事と関係のない内容で卒業論文を書くようになる

(2)

まず第一の点だが、心とは、万人に共通の脳のはたらきをさしている。たとえば日本語は典型的な脳のはたらきであり、日本語を使える人の脳に共通のはたらきである。他人のいうことが理解できるのは、その内容が私の頭にも入ったからである。私の頭のなかにないものを、他人に説明できるはずがないし、私の説明を相手が了解（注 1）したなら、それは共通の理解になったはずである。さらに他者と共感することは、人間にとって、大切な能力である。共感とは、同じ感情を抱くことである。それなら感情もまた、共通であることが大切なのである。

もし他人にまったく理解できない考えを持ち、まったく共感されようもない感情を持っている人がいるとすれば、そういう人はふつう精神科に入院している。そこをよく考えていただきたいのである。個性（注 2）とか、独創性（注 3）とは、より「広く」人間やものごとを理解することであって、他人にまったく理解できない思考（注 4）や感情は、たとえ独創であり個性であったとしても、社会的意味を持たないのである。

養老孟司『異見あり』（文藝春秋）

（注 1）了解：理解し、納得する

（注 2）個性：他の人やものとは違う部分

（注 3）独創（どくそう）：他の真似をせず、自分で作り出すこと

（注 4）思考：考え

63 他者と共感することは、人間にとって、大切な能力であるとあるが、なぜか。

1 他人の感情を理解できなければ、よい人間関係を作っていくことができないから

2 他人に対する思いやりが日本文化の大きな特徴だから

3 人は誰でも他人に全く共感されようもない感情を持っているから

4 自分の頭の中にあるものが説明できてはじめて他人に説明することができるから

64 そことは何か。

1 他人の感情ばかり気にしていると、心の病気になってしまうということ

2 人間らしく生きるためには独創や個性が必要だということ

3 広く人間やものごとを理解できなければ、生きる価値がないということ

4 他人と心を共有できない人は、社会的生活を送ることができないということ

65 筆者の言う「個性」「独創性」に近いものはどれか。

1 他の人が考えたことを全て否定すること

2 他の人がこれまで気づかなかったことを指摘すること

3 他の人の気持ちと同じ気持ちになること

4 他の人には理解できないものを作り出すこと

(3)

勉強ほど、やる人とやらない人の差が大きいものも、なかなかないのではないか。とくに中高生くらいだと、学校から帰って塾や自宅で一日六時間も七時間も勉強している人もいるかと思えば、放課後はいっさいノートを開かないという人もいるはずだ。

そして、勉強ほどその後の人生で役に立たない、と言われるものもない。あれほど一生懸命に学校で勉強した数学や化学は、大人になるとほとんど忘れてしまう。では、そういった知識はいったいいつ消えてしまうのか。それは、自分なりの（注1）目標を達成（注2）したとき、と言ってもよいのではないだろうか。

たとえば「よい大学に入ることが目標」と思いながら勉強を続けてきた若者は、大学に合格した瞬間、気がゆるんで（注3）、それまで学んできた因数分解（注4）の方法や英語の構文（注5）を一気に忘れてしまうだろう。「高校を出て早く就職しなきゃ」と思っている人は、就職が決まった段階ですべてを忘れるのではないか。「ああ、よかった」とほっとひと息ついた瞬間に頭からぱーっと飛び散っていくもの、それが勉強なのではないか、という気がする。

香山リカ『若者の法則』（岩波書店）

（注1）自分なりの：自分が納得できる

（注2）達成：最後までやり終わる

（注3）気がゆるむ：安心して注意力がなくなること

（注4）因数分解（いんすうぶんかい）：数学の学習項目の一つ

（注5）構文：文の構造

66 放課後はいっさいノートを開かないとはどういう意味か。

1 学校の授業で習ったことを全て忘れてしまう

2 復習するときは教科書しか使わない

3 学校の授業以外には全然勉強しない

4 学校で習ったことは社会に出ると全く役に立たない

67 ほっとひと息ついた瞬間とはどんな瞬間か。

1 中学や高校を卒業して喜びがあふれてきた瞬間

2 長い時間勉強した後に少し休憩を取る瞬間

3 大人になってから学生時代を思い出した瞬間

4 大学に合格したり就職が決まったりして安心した瞬間

68 筆者は勉強をどのようなものだと考えているか。

1 学校を卒業した後の目標になるもの

2 目標を達成して安心すると頭から消えてしまうもの

3 一生懸命にやるほどの価値はないもの

4 毎日六時間以上頑張らなければ身につかないもの

問題 12　次のAとBはそれぞれ、救急車の有料化について書かれた文章である。二つの文章を読んで、後の問いに対する答えとして最もよいものを、1・2・3・4から一つ選びなさい。

A

例えば、料理をしていて指の先を少し切ってしまったとか、かぜをひいて頭が痛いなどの軽いけがや病気で救急車を呼ぶ人が増加しているらしい。また、いたずらで救急車を呼ぶ人も少なくない。そのため、消防署に連絡しても救急車は出動中（注）ですぐに患者の所に行けない、という状況が生まれている。

このような状況を改善するためには、アメリカや中国のように救急車の利用を有料化するのが一番効果的だ。救急車の利用にお金が必要になれば、これまで軽いけがや病気で救急車を無料のタクシー代わりに利用していた人たちが、救急車の利用をやめる。そうすれば、本当に救急車が必要な重いけがや病気の人が救急車を利用しやすくなるはずだ。

B

救急車の有料化は、公共サービスの公平さという点から見て、大いに問題だと言わざるを得ない。けがや病気が重いか軽いかの判断は、医者であっても間違うことがあるのだから、けがや病気になって慌（あわ）てている本人やその周囲の人に正確な判断が出来るわけがない。料金を払うのを嫌がって救急車を呼ぶのをためらった結果、命を落とすようなことになれば、誰（だれ）が責任を取るのか。

確かに、救急車の不正利用は問題だし、有料化すれば効果はあるだろう。しかし、これについては市民に注意を呼びかけることでも状況を改善できるのではないか。それより、「誰でも利用できる公共サービス」が崩れ、救急車が一部の金持ちにしか利用できないものになってしまうことの方が大きな問題だ。

（注）出動：活動のために出かけること

69 AとBのどちらの文章でも改善したほうがよいと考えられている点は何か。

1 軽い病気やけがの人が無料で救急車を利用している点
2 アメリカや中国の救急車が有料である点
3 重い病気やけがの人が救急車を利用しにくくなっている点
4 一部の金持ちしか救急車を利用できなくなっている点

70 AとBの筆者は、救急車の有料化についてどのように考えているか。

1 Aは誰でも救急車が利用できるようにするために無料のままがいいと考え、Bは不正使用を減少させるために有料化した方がいいと考えている。
2 AもBも、軽いけがや病気で救急車を利用する人が多いことは問題だと考えている。
3 AもBも、救急車を有料化すれば、軽いけがや病気で救急車を利用する人が増加すると考えている。
4 Aは救急車の有料化で不正使用が減少すると考え、Bは不正使用がかえって増加すると考えている。

問題１３ 次の文章を読んで、後の問いに対する答えとして最もよいものを、1・2・3・4から一つ選びなさい。

いくら口をすっぱくして言っても、うちの子はほとんど本を読みません。本を読ませるにはどうしたらいいんでしょう。

私が小学生を相手にした作文教室をやっていると知って、そんな質問をするお母さんがいる。作文がある程度うまく書けるようになるためには、その子が本をたくさん読んでなきゃいけません、という話をした後にだ。多く読んでいれば、言葉の数も多いからまずまず（注 1）の作文が書けるんです、と言った後。

その質問を受けたら、ちょっと意地悪なようになってしまうが、そのお母さんにこう問い直すしかない。

「お母さんは本を読んでいますか。最近、何を読みましたか。家に、どんな本がありますか。本棚はありますか。図書館へ行きますか」

嫌味を言うつもりはなくて、本当にそれをきく必要があるのだ。だって、子供というものは、親が本ばかり読んでいるならば、自然にその真似をして本を読むんだから。お母さんが週に一度は図書館へ行くならば、まだ幼くたってついてきて、絵本の棚の前にすわりこんでどれか一冊のページをめくり始めるのである。

ところがそういうことはまったくなく、結婚して以来その女性が読んだ本は、家庭医学の本と、腹いっぱい食べて痩せる、という内容の本だけで、家には本棚がなく、冊子（さっし）（注 2）と呼べるものであるのは、新聞代を払ったときにもらう家庭便利帖（べんりちょう）だけ、という環境の中で、どうして子供が本を読むであろうか。

周りの大人が、教育しているに決まっているじゃないですか、ということを私は言っている。

そういう意味で、私が図書館のことに触れているのは重要である。

本も安くはないし、不況風の吹くこのご時勢（注3）に、そうそう買えるものではない。だから、家に本棚がなく、ほとんど本がないことだけをもってして問題ありとは言わない。その場合には、図書館へ行って借りればいいのだ。

その意味で、あなたの家からそう遠くないところに図書館はありますか、というのが重要な質問になる。我々の住む国は（市町村は、と言うほうが正確だ。普通、図書館は地方自治体（注4）が運営している（注5）から）我々に十分な図書館活動をしてくれているのかが、我々の読書力に関わってくるのだ。

清水義範『行儀よくしろ。』（筑摩書房）

（注1）まずまず：まあまあ

（注2）冊子（さっし）：紙を本の形にして一冊にまとめたもの

（注3）不況風の吹くこのご時勢：世の中の景気が悪い様子

（注4）地方自治体：県や市町村を治める政府機関

（注5）運営する：維持管理する

71 ちょっと意地悪とあるが、なぜか。

1 質問した母親の個人的な読書の趣味を探ることになるから

2 質問をした母親自身が本を読んでいないことがわかっていて問い返すから

3 母親の質問に直接答えず、逆に質問しているから

4 子供が母親の真似をしていないことが明らかになってしまうから

72 周りの大人が、教育しているとあるが、ここではどういう意味か。

1 筆者が作文教室で小学生の母親に本の読み方を教えている、ということ

2 先生が学校で小学生に本を読むよう指導している、ということ

3 国は国民が本を読む必要はないと考えている、ということ

4 母親が普段本を読んでいなければ、その子供も本を読む習慣は身につかない、ということ

73 その意味とあるが、ここではどういう意味か。

1 図書館で本を借りて読んでも、家にほとんど本がないのはよくない、ということ

2 家に本がたくさんあっても、図書館で本を借りて読まなければ意味がない、ということ

3 家にお金がなくても、図書館で本を借りて読めば問題ない、ということ

4 家に本棚がない人は、図書館に行って本を借りることもない、ということ

答題時間 6 分鐘

問題 14　次のページは、新浜大学から送られてきたスピーチ大会の案内である。下の問いに対する答えとして最もよいものを、1・2・3・4から一つ選びなさい。

74　去年の9月から新浜市にある新浜工業大学でコンピューターエ学を学んでいるフランス人留学生のバトーさんは、スピーチ大会や交流会に参加できるか。

1　スピーチ大会にも交流会にも参加できない。
2　大会の参加はできないが、スピーチ大会の見学と交流会への参加はできる。
3　A部門には参加できないが、大会見学とB部門・交流会に参加できる。
4　A部門・B部門・大会見学・交流会のすべてに参加できる。

75　新浜大学法学部で法律を学んでいる日本人学生の荒巻さんは、スピーチ大会や交流会に参加できるか。

1　スピーチ大会にも交流会にも参加できない。
2　大会の参加はできないが、スピーチ大会の見学と交流会への参加はできる。
3　A部門には参加できないが、大会見学とB部門・交流会に参加できる。
4　A部門・B部門・大会見学・交流会のすべてに参加できる。

新浜大学日本語スピーチ大会のお知らせ

新浜市で学ぶ留学生のみなさん、これまで学んだ日本語の実力を試してみませんか。新浜大学では、下記の要領で留学生スピーチ大会を行います。ぜひご参加ください。会場でのお友達の応援も大歓迎です。

また、スピーチ大会の終了後、簡単な交流会を予定しています。他の大学で学ぶ留学生と出会って、友達の輪を広げませんか。交流会には、大会出場者だけでなく、すべての留学生が参加できます。

日本人学生のみなさんも、会場での応援や交流会への参加が可能です。

新浜大学は、みなさまのお越しをお待ちしています。

記

日　　時：3月10日（日）午前10時～午後2時（正午から交流会の予定）

会　　場：新浜大学東キャンパス小体育館

大会方式：どちらか一方を選んでください。

A部門　テーマ「10年後の日本と私」・スピーチ時間5分

B部門　テーマは自由・スピーチ時間5分

参加資格：新浜市の短大・大学で学ぶ留学生

※日本に2年以上留学している方は、B部門に出場することはできません。

参 加 費：無料

賞　　金：各部門　優勝1万円・2位5千円

申し込み：Eメール

方　　法　※タイトルを「スピーチ大会参加」とし、本文に氏名・大学名・参加部門を記入して mkusanagi@niihama-u.ac.jp にお送りください。

申し込み：3月3日（日）
締（じ）めきり

以上

第 5 回

聽解

<table>
<tr><th colspan="2">考試科目
<考試時間></th></tr>
<tr><td>言語知識
（文字・語彙・文法）・讀解
< 105 分鐘></td><td>聽解
< 50 分鐘></td></tr>
</table>

Listening　　　　問題用紙

聽解

(50分)

注意
Notes

1. 試験が始まるまで、この問題用紙を開けないでください。
Do not open this question booklet until the test begins.
2. この問題用紙を持って帰ることはできません。
Do not take this question booklet with you after the test.
3. 受験番号と名前を下の欄に、受験票と同じように書いてください。
Write your examinee registration number and name clearly in each box below as written on your test voucher.
4. この問題用紙は、全部で 13 ページあります。
This question booklet has 13 pages.
5. この問題用紙にメモをとってもかまいません。
You may make notes in this question booklet.

受験番号　Examinee Registration Number	

名前　Name	

問題1

問題1では、まず質問を聞いてください。それから話を聞いて、問題用紙の1から4の中から、最もよいものを一つ選んでください。

1番

1　海の見える西洋風の部屋
2　山の見える西洋風の部屋
3　海の見える日本風の部屋
4　山の見える日本風の部屋

2番

1　デパートの前まで行きます。
2　バスの切符を買います。
3　細かいお金を用意します。
4　バスの時刻を確認します。

3番

1 950円
2 1,300円
3 1,400円
4 1,650円

4番

1 居間
2 トイレ
3 風呂
4 台所

5番（ばん）

1 食（た）べ物（もの）や飲（の）み物（もの）を予約（よやく）する
2 お花見（はなみ）の日（ひ）にちをメールで連絡（れんらく）する
3 先生（せんせい）の予定（よてい）を聞（き）きに行（い）く
4 お花見（はなみ）の場所（ばしょ）を取（と）る

問題２

問題２では、まず質問を聞いてください。そのあと、問題用紙のせんたくしを読んでください。読む時間があります。それから話を聞いて、問題用紙の１から４の中から、最もよいものを一つ選んでください。

１番

1　個人成績が一番優秀だから
2　売上金額が伸びているから
3　自分の仕事をきちんとしているから
4　チーム全体の能力を育てているから

２番

1　同僚を手伝わなかったから
2　レジを打つのが遅かったから
3　商品を間違えて出したから
4　客から苦情が来たから

3番

1 前のものより小さいところ
2 画面が大きく見やすいところ
3 水に濡れても壊れないところ
4 使用料が安いところ

4番

1 店の中がお洒落だから
2 テレビで紹介されたから。
3 料理がおいしいから
4 料理の量が多いから

5番

1　公共交通が発達したから
2　車を買うお金の余裕がないから
3　自動車以外の趣味を持つ人が増えたから
4　恋に積極的な男性が少なくなったから

6番

1　青いスカートは値段が安かったから。
2　青いスカートのほうが気に入ったから。
3　太って赤いスカートがはけなかったから。
4　ほかの人が赤いスカートを買ってしまったから。

問題 3

問題 3 では、問題用紙に何もいんさつされていません。この問題は、全体としてどんな内容かを聞く問題です。話の前に質問はありません。まず話を聞いてください。それから、質問とせんたくしを聞いて、1 から 4 の中から、最もよいものを一つ選んでください。

—メモ—

問題 4

問題 4 では、問題用紙に何もいんさつされていません。まず文を聞いてください。それから、それに対する返事じを聞いて、1 から 3 の中から、最もよいものを一つ選んでください。

問題5

問題5では、長めの話を聞きます。この問題には練習はありません。メモをとってもかまいません。

1番、2番

問題用紙に何もいんさつされていません。まず話を聞いてください。それから、質問とせんたくしを聞いて、1から4の中から、最もよいものを一つ選んでください。

―メモ―

3番

まず話を聞いてください。それから、二つの質問を聞いて、それぞれ問題用紙の1から4の中から、最もよいものを一つ選んでください。

質問1

1 ゲームの世界が舞台の小説
2 高校が舞台の小説
3 古本屋が舞台の小説
4 なにも買いません

質問2

1 ゲームの世界が舞台の小説
2 高校が舞台の小説
3 古本屋が舞台の小説
4 なにも買いません

第 6 回

言語知識
（文字・語彙・文法）・讀解

考試科目 ＜考試時間＞	
言語知識 （文字・語彙・文法）・讀解 ＜ 105 分鐘＞	聽解 ＜ 50 分鐘＞

Language Knowledge(Vocabulary / Grammar)・Reading　　問題用紙

N2

言語知識（文字・語彙・文法）・読解

（105 分）

注意
Notes

1. 試験が始まるまで、この問題用紙を開けないでください。
   Do not open this question booklet until the test begins.
2. この問題用紙を持って帰ることはできません。
   Do not take this question booklet with you after the test.
3. 受験番号と名前を下の欄（らん）に、受験票と同じように書いてください。
   Write your examinee registration number and name clearly in each box below as written on your test voucher.
4. この問題用紙は、全部で 31 ページあります。
   This question booklet has 31 pages.
5. 問題には解答番号の1、2、3…が付いています。解答は、解答用紙にある同じ番号のところにマークしてください。
   One of the row number 1, 2, 3…is given for each question. Mark your answer in the same row of the answer sheet.

受験番号　Examinee Registration Number	

名前　Name	

答題時間 4 分鐘

問題1 ＿＿＿＿＿の言葉の読み方として最もよいものを、1・2・3・4から一つ選びなさい。

1 この携帯電話は操作しにくい。
　1 そうさ　2 そうさく　3 しょうさ　4 しょうさく

2 1万円以上買うと、1割引になる。
　1 わりびき　2 わりぴき　3 わりびいき　4 わりぴいき

3 姉はいつも地味な服を着ている。
　1 じみ　2 ちみ　3 じあじ　4 ちあじ

4 部長は私を信用して仕事を任せてくれた。
　1 うたせて　2 まかせて　3 もたせて　4 やらせて

5 大人に向かってあんなことを言うなんて、全く生意気な子どもだ。
　1 せいいき　2 せいいぎ　3 なまいき　4 なまいぎ

問題2　＿＿＿＿＿の言葉を漢字で書くとき、最もよいものを1・2・3・4から一つ選びなさい。

6　秋になると、米のしゅうかくが始まる。

1　集獲　　2　集穫　　3　収獲　　4　収穫

7　保健室ですり傷のてあてをしてもらった。

1　手合て　　2　手直て　　3　手当て　　4　手治て

8　先輩のてきせつなアドバイスのおかげでうまくいった。

1　的切　　2　的説　　3　適切　　4　適説

9　いつか自分の本をしゅっぱんしたい。

1　出板　　2　出版　　3　出阪　　4出販

10　けさ昨年度の調査報告がこうひょうされた。

1　公表　　2　広表　　3　公票　　4　広票

答題時間 4 分鐘

問題3　(　　　　)に入れるのに最もよいものを、1・2・3・4から一つ選びなさい。

11　彼は有名な(　　　　)企業で働いている。

1 高　　2 強　　3 大　　4 良

12　彼女は笑顔が魅力(　　　　)だ。

1 感　　2 性　　3 的　　4 風

13　氏名の50音(　　　　)に、一列に並べてください。

1 順　　2 線　　3 番　　4 別

14　午後三時以降の映画はもう(　　　　)席がなかった。

1 可　　2 活　　3 空　　4 無

15　10年前に比べると、携帯電話もずいぶん小型(　　　　)された。

1 形　　2 化　　3 方　　4 製

問題4　（　　　）に入れるのに最もよいものを、1・2・3・4から一つ選びなさい。

16 買い物に行くなら、（　　　）牛乳を買ってきて。
1 そのうち　2 ところで　3 ついでに　4 わざわざ

17 授業中、友達がおもしろいことを言ったので、必死に笑いを（　　　）。
1 おさめた　2 こらえた　3 しまった　4 もどした

18 仕事を選ぶときの大切な（　　　）は何ですか。
1 チェック　2 チャンス　3 レベル　4 ポイント

19 新聞の（　　　）を読めば、今話題になっていることがだいたいわかる。
1 見合い　2 見送り　3 見掛け　4 見出し

20 国民から集めたお金は（　　　）に使うべきだ。
1 有利　2 有能　3 有効　4 有力

21 彼女が何を考えているのか、（　　　）わからない。
1 さっぱり　2 あっさり　3 すっかり　4 すっきり

22 首脳会談のために、日程の（　　　）を行っている。

1 達成　　2 調整　　3 調印　　4 調達

問題5 ＿＿＿＿の言葉に意味が最も近いものを、1・2・3・4から一つ選びなさい。

23 かなり時間がかかるので、<u>覚悟して</u>おいてください。

1 記録して　　2 時間をはかって

3 起きていて　　4 心の準備をして

24 昔のことをいつまでも<u>くよくよする</u>な。

1 悩む　　2 悲しむ　　3 自慢する　　4 懐かしがる

25 <u>要するに</u>、今日の会議は参加できないということですね。

1 やはり　　2 むしろ　　3 つまり　　4 たとえば

26 姉は何事にも<u>冷静に</u>対応する。

1 丁寧に　　2 冷たく　　3 いじわるに　　4 落ち着いて

27 外の様子を見ると、どうも風が<u>おさまった</u>ようだ。

1 やんだ　　2 吹いた　　3 出てきた　　4 弱くなった

答題時間６分鐘

問題６　次の言葉の使い方として最もよいものを、１・２・３・４から一つ選びなさい。

28　しつこい

1　失敗しても、しつこく努力を続けた。
2　今度時間があるときに、しつこく話しましょう。
3　彼は何度断っても、しつこく映画に誘ってくる。
4　お忙し中、しつこく説明してくださって、ありがとうございました。

29　ごまかす

1　答えたくなかったので、笑ってごまかした。
2　すりは男の人のかばんから財布をごまかした。
3　簡単な問題を５問もごまかしてしまった。
4　燃えるゴミと燃えないゴミの日をごまかしてしまって怒られた。

30　いきなり

1　留学生活にも、いきなり慣れてきた。
2　後ろから走ってきた少年に、いきなりかばんをとられた。
3　駅を出ると、いきなり前にタクシー乗り場があります。
4　15分ぐらい待っていれば、いきなり渡辺さんは来ますよ。

31　年上の人はうやまうべきだ。

1　世話する
2　保護する
3　感動する
4　尊敬する

32 バランス

1 この人材派遣会社では、バランスの社員が新入社員を指導している。

2 大学の食堂の料理は栄養のバランスが考えられている。

3 みんなでバランスに合わせて楽しく踊った。

4 テキストの本文の細かいバランスまで、正確に覚えるのは難しい。

答題時間 8 分鐘

問題7　次の文の（　　）に入れるのに最もよいものを、1・2・3・4から一つ選びなさい。

33 台風は今晩から明日の朝（　　）上陸する模様です。

1 に比べて　2 に関して　3 に際して　4 にかけて

34 人の心は、なかなかわからない（　　）だ。

1 もの　2 ひと　3 ほう　4 ところ

35 彼女の作品には、人の心を（　　）。

1 動くものがある　2 動かすものがある

3 動くことである　4 動かすことである

36 彼は目上に対して腰が低い（　　）、目下に対してはいばっている。

1 上に　2 反面　3 わりに　4 くせに

37 落とし物が見つかり（　　）、お知らせします。

1 以来　2 次第　3 あげく　4 結果

38 彼は銀行から金を借りられる（　　）借りて、家を買った。

1 だけ　2 さえ　3 まで　4 ほど

39 その言い訳がうそと（　　　）、わたしは彼にお金を貸した。
1 知って　　2 知るのに　　3 知りつつ　　4 知っても

40 今日中に仕事をやりますと言った（　　　）、とてもできそうにない。
1 ところ　　2 からには　　3 だけに　　4 ものの

41 あの口ぶり（　　　）、彼女は引き下げる気はまったくないようだ。
1 からすると　　2 だらけ　　3 らしく　　4 ことから

42 皆さん、遠慮しないで、どんどん（　　　）。
1 お召し上がってください
2 召し上がらせてください
3 召し上がりなさってください
4 お召し上がりください

43 うまい魚だ。とりたてを送ってもらった（　　　）。
1 うえのことである　　2 だけのことはある
3 ばかりのことはある　　4 はずのことである

44 A：田村商事の山口ですが、鈴木課長お願いします。
B：申し訳ありません。鈴木課長は、ただいま（　　）。
1 いらっしゃいません　　2 お出かけになっております
3 お留守でございます　　4 外出しております

答題時間 6 分鐘

問題8　次の文の＿★＿に入る最もよいものを、1・2・3・4から一つ選びなさい。

45　教室で＿＿ ＿★＿ ＿＿ ＿＿、彼女となかよくなった。

1 座った　2 隣に　3 きっかけに　4 のを

46　＿＿ ＿★＿ ＿＿ ＿＿、私は母の顔を思い出す。

1 見る　2 あの人の　3 たびに　4 顔を

47　この報告書は＿＿ ＿＿ ＿★＿ ＿＿ものです。

1 結果　2 調査の
3 まとめられた　4 をもとにして

48　仕事に＿＿ ＿＿ ＿★＿ ＿＿も忘れた。

1 せいで　2 集中していた
3 友達　4 来るの

49　外国で＿＿ ＿★＿ ＿＿ ＿＿ことは何でしょうか。

1 うえで　2 注意　3 生活する　4 すべき

問題9　次の文章を読んで、文章全体の内容を考えて、 50 から 54 の中に入る最もよいものを、1・2・3・4から一つ選びなさい。

希望学で私たちは岩手県釜石市に通い続けています。多くの方から「どうして釜石に行くことになったの？」ときかれます。実はその 50 にも、挫折と希望の関係がかかわっていました。

希望の研究を始めた比較的早い段階から、挫折そのものはつらい体験だけれど、その挫折がときとして希望のバネになるという関係があることもわかってきました。しかし挫折が苦しいまま、希望につながらないこともあるはずです。だとすれば、挫折を乗り越えて希望につなげるには何が大切なのか。それを、実際の事例や経験 51 考えたい。そう思って、それを考えるのにふさわしい地域を探した結果、釜石にたどり着いたのです。

釜石は、かつて地域の希望の星だった場所です。日本でいち早く製鉄が始まり、高炉 52 産業は活性化し、人々も地域内外をたくさん出入りしました。それは林芙美子の小説に中国の上海 53 にぎわった街だと書かれたりするほどでした。産業だけではなく新日鉄釜石ラグビー部が前人未踏の日本選手七連覇（一九七八年度から八四年度）を達成した歴史もあります。ラグビー部の「炎のジャージ」と称された赤いジャージが東京の国立競技場で躍動する姿は、私のような地方に暮らす一少年 54 も、あこがれの的でした。

玄田有史『希望の作り方』（岩波新書）

50

1 上　2 きっかけ　3 せいで　4 おかげで

51

1 に対して　2 をはじめ　3 に基づいて　4 にしては

52

1 とともに　2 について　3 によって　4 にとって

53

1 を思う　2 を思わせる　3 を思い出す　4 を思い込む

54

1 に対して　2 について　3 によって　4 にとって

問題１０ 次の（1）から（5）の文章を読んで、後の問いに対する答えとして最もよいものを、1・2・3・4から一つ選びなさい。

(1)

お米と中国人をつなぐ歴史はとても長く、その起源は3千年前にさかのぼることができるという説がある。中国の食生活を支えて来たお米が、その成分からご飯を中心にした食生活が見直されつつ、近年では欧米でも健康食のブームとして注目されている。

ご飯は生きるために必須の力を生み出すエネルギー源の糖質が主成分である。そして野菜のビタミンや肉類に含まれるタンパク質と組合せば、栄養素とカロリーをバランス良くとれる。また、お米には微量のミネラル、そして食物繊維などが含まれ、これらの成分が健康を保つことに役立つことが近年の医学研究で明らかにされている。

55 お米の説明について正しいものはどれか。

1 お米をたくさん食べると、体にいい。

2 お米は中国人の食生活を支え、歴史の長い食べ物である。

3 お米は欧米から中国に伝わってきたものである。

4 お米に含まれるタンパク質が野菜のビタミンと組合せば、栄養素が取れる。

(2)

このところ、毎日暖かい日が続いていますが、皆様、いかがお過ごしでしょうか。

このたび、下記の住所へ引っ越しました。小さい家ですが、すぐ裏が桜で有名な飛鳥山公園で、窓からの眺めはかなり気に入っております。皆様にもぜひ見て頂きたく、わが家で花見の会を開くことにしました。これを機会に山陽高校テニス部の同期生で集まりませんか。4月1日のお昼ごろお待ちしておりますので、ぜひお越しください。なお、電車でいらっしゃる場合には駅まで迎えに参ります。お車でおいでになる場合は公園の駐車場をご利用ください。

勝手ながら皆様のご都合を電話またはメールにてお知らせていただければ幸いです。

56 手紙の内容と合っているのはどれか。

1 新しい家は駐車場があります。

2 新しい家は駅に近いから、桜が見えます。

3 来るか来ないか知らせてほしい。

4 駐車場がないから、電車で来てほしい。

(3)

以下はある家具会社がご注文の際に関する注意書きである。

・数量に限りのある商品もありますので、万一品切れの際はご容赦ください。
・掲載商品の仕様・価格は、予告なく変更となる場合や、取り扱いを中止する場合があります。
・転売を目的とされるご注文はお断りさせていただきます。
・当社の商品は、一般家庭用です。業務使用を前提とした構造にはなっておりません。
・在庫状況は日々更新しておりますが、ご注文時に在庫切れとなっている場合があります。
・在庫切れにより、入荷までお待ちいただく場合はお届け日確認時にキャンセルを承ります。

（http://www.nitori-net.jp/shop/contents3/order.aspx#gd_Ttl　より）

57　ご注文の際のご注意について正しいものはどれか。

1　数限定の商品はキャンセル待ちになります。
2　転売を目的とされる注文は売店に断ってからできる。
3　掲載商品につき、事情により、売らなくなることがある。
4　在庫切れの時、入荷までお待ちいただく場合はキャンセルできない。

(4)

四十代になった時、四十代は早いよ、と言われた。五十代はもっと早いと言われ、それはほんとうに正しかった。あと二年余で還暦（注1）だってさ。ウッソー、と若い人を真似て言ってみるけれど、その言葉はもう使われていないそうだ。

十歳の時の一年は全人生の十分の一だから結構長いものだ。しかし五十六歳の一年は、五十六分の一の分量しかないのだ。結局、時間の感覚は、記憶で作られている何かに比較されて、長く感じたり短く感じたりするのかも知れない。同じ大きさの太陽が中天と山際（注2）ではまるで違って見えるように、知らず知らずのうちに、自分の記憶のすべてを目盛んにして、今を測っているのだろう。

日本文芸家協会『「時　過ぎゆくままに　高樹のぶ子」犬のため息』（光村図書出版）

（注1）還暦：60歳のこと。

（注2）中天と山際：空の一番高いところと山の端の日が沈むところ。

58 この文章によると、四十代より五十代はもっと早いのはなぜか。

1 四十代より五十代のほうが記憶がはっきりしなくなっているから。

2 四十代にも見えない若々しい人が五十代に見えるわけがないから。

3 四十代の一年は人生の四十分の一だが、五十代は五十分の一だから。

4 四十代よりも五十代のほうが還暦に近いから。

(5)

読書にはいろいろなスタイルがあり、主に二種類があると私は思う。一つは自分自身を楽しませるための読書である。たとえば小説や雑誌、マンガを読むこと。もう一つは、自分の知りたい、もしくは知らないことを学ぶための読書である。このタイプの読書は時に苦しく感じることがある。それは新しいものを理解するには頭を働かせなければならないし、本に書いてあることがわからなければ何度も読み直して考えるものだからだ。だが、本当の読解力はこのように未知、つまり知らないことを学ぶ読書で鍛えられる。一方、楽しい読書の場合には、話題や知識がそのまま書いてあるから、それほど読解力がなくても読めるのである。

59 筆者は「本当の読解力」をどうとらえているか。

1 書いてあることを楽しむことができる能力。
2 諦めず何度も読み直すことができる能力。
3 知っていることを繰り返すことができる能力。
4 知らない話題でも読んで理解できる能力。

答題時間 18 分鐘

問題１１　次の（1）から（3）の文章を読んで、後の問いに対する答えとして最もよいものを、1・2・3・4から一つ選びなさい。

（1）

先日、ある人にきかれた。どうして、このごろ、ファミリーレストランがこんなにはやるのでしょうね。そんなことが素人にわかるわけもないが、母親が料理をつくりたくないと思っているからではないかということがまずある。そう言った。それには、相手はあまり反応しなかった。

それで、言い方を変えて、いまの家庭、いや家庭だけでなく、社会全般に、給食の思想が広まっているのではないか、と言ったら、相手はひざをたたかんばかりに賛成したのがおかしかった。

小学生のときに給食を経験する。だれが、どうしてつくるのかよくわからない食事をするのになれる。あてがいぶちのものを食べる。面倒でなくていい。うまいかまずいか、より、簡便を喜ぶ。給食の思想はインスタント食品の激増を促した。

インスタントでも自分の手をわずらわすのはおもしろくない。待っていると、さっと、食べ物が出てくる。これが最高であるという。給食思想の延長である。自分のうちで、料理をとって食べているのでは、どうも雰囲気が出ない。レストランのあの生き生きしたムードがいい。おいしいものが食べたい？じゃ、出かけよう、となる。つまり、外食は、給食の思想の行きつく先ということになる。

外山滋比古『空気の教育』（筑摩書房）

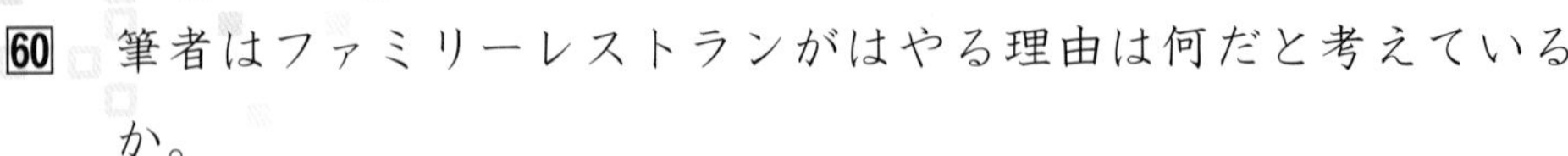

60 筆者はファミリーレストランがはやる理由は何だと考えているか。

1 値段が安いから。

2 待っていると料理が出てきて便利だから。

3 料理の種類が多いから。

4 インスタント食品が食べられるから。

61 「あてがいぶちのもの」とは何ですか。

1 便利な食べ物

2 食べ放題

3 栄養のある食事

4 与えられた食事

62 筆者はなぜ外食は給食の思想の行きつく先だと考えているのか。

1 給食と同じように美味しいから。

2 家でなく外で食べるものだから。

3 待っていると食べ物が出てくるから。

4 母親が料理を作りたくないから。

(2)

日本の男性ほど小物に凝る男たちは、地球上にいないんじゃないでしょうかね。昼食をざるそばですますようなサラリーマンも、スーツの胸ポケットには、モンブランのボールペンを差しているのが、そんなに特別の光景ではないんですから。外国人の重役をインタヴィューに行きますとね、何かを説明するために紙に図を書いて下さるなんていうことが、よくあります。そういうときに胸ポケットやアタッシェケイスから出てくる筆記用具なんですが、本当にたいていの場合、百円もしないようなボールペンやフェルトペンなんですね。それも黒とか紺なんかじゃなくて、緑色とか橙色などを使っている人が非常に多い。多分新聞や雑誌の記事とか、コピーされた書類などに印をつけたりするのに目立つ色の方が便利だからなのでしょう。ちょっとしたメモなどには、ピンクや茶色のフェルトペンを使う人が多いようです。多くの国で、正式な手紙はタイプライターで打つものですから、筆記用具は署名だけにしか使いません。そして署名にはさすがに黒や紺のインクのボールペンや万年筆が使われることが多いのですが、ときには緑や赤のボールペンが使われたりもしています。

千葉敦子『ちょっとおかしいぞ、日本人』（新潮文庫）

63 緑色や橙色などのボールペンやフェルトペンが使われている理由は何か。

1 記事や資料に印をつけるのに便利だから。
2 文具屋は緑色や橙色のしか売ってないから。
3 黒や紺色のインクが使い切れたから。
4 署名するときに使うから。

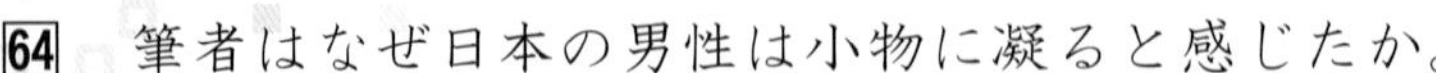

64　筆者はなぜ日本の男性は小物に凝ると感じたか。

1　署名するときは緑や赤のボールペンしか使わないから。

2　違う色のボールペンやフェルトペンを使っているから。

3　日本で売られている筆記文具の種類が多いから。

4　ボールペンやフェルトペンは百円で買えるから。

65　内容と正しいのはどれか。

1　日本人以外の男は小物が嫌いである。

2　サラリーマンは昼食をざるそばですますのが普通である。

3　多くの国で正式な手紙などはタイプライターで打って署名する。

4　日本の男性は黒や紺だけでなくほかの色のボールペンも使っている。

(3)

わたしは階段が、この世で六番目ぐらいに苦手だ。

階段を見ると私の体が緊張し、こわばってくるのがわかる。今まで何度、私は階段でずり落ちたことであろう。だから必ず、手すりに沿って降りていく。すると地下鉄の駅などで、ルールを無視して向こう側から上がってくる人がいる。道を譲るために、私が命の綱とも思う手すりから手を離さなくてはならない。

そういう時、私は決して誇張ではなく。恐怖のあまり心臓が波打っているのがわかるのである。そして腹立たしいことに、これほど気をつけていながら、私はしょっちゅう階段を滑っている。（中略）さて、こんな私であるが、ヒールの高いサンダルには目がない。よせばいいのに、グッチやプラダのものをよく買う。私は大足なので、いつもサイズは苦労していたのであるが、昨年香港で信じられないような光景を目にした。プラダの最新の靴が、ものすごいサイズで揃っていたのだ。

香港に詳しい人に聞いたところ、白人の大きい人が買いに来るので、こういう大きいものを置いてあるのだということであった。さすがに私の足にもゆるめであったが、それはタテのサイズのこと。横幅はぴったりで、喜んだ私は何足もまとめ買いをしたものである。

林真理子『美女の入門』（角川書店）

66 筆者はなぜ階段が苦手か。

1 階段でずり落ちたことがあったから。
2 向こう側から上がってくる人に道を譲らなければならないから。
3 香港で信じられない光景を目にしたから。
4 ヒールの高いサンダルに目がないから。

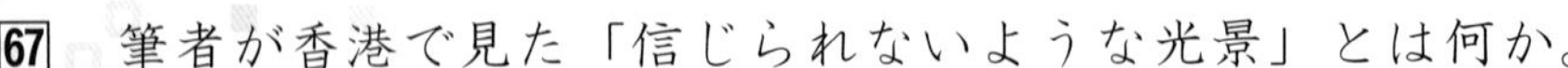

67 筆者が香港で見た「信じられないような光景」とは何か。

1 白人の大きい人が買い物に来る。

2 大足の人も履けるサイズが揃っている。

3 何足もまとめ買いした人がいる。

4 グッチの最新の靴が売られている。

68 筆者はなぜゆるめであった靴を買ったか。

1 せっかく香港に来たから。

2 ファッションだから。

3 横幅はぴったりだから。

4 ゆるめの靴はめずらしいから。

問題１２　次のＡとＢはそれぞれ、和食について書かれた文章である。二つの文章を読んで、後の問いに対する答えとして最もよいものを、１・２・３・４から一つ選びなさい。

A

和食の最大の特徴といえば季節感、いわば、旬の食材が使われていることだ。野菜や果物などの素材を時季に食べることを重視した調理法は、四季がはっきりしている日本だからこそ成立したと言っても過言ではない。また、素材の元味を活かす単純な料理法もその一つだ。それは食材の栄養を損なわず、おいしくいただくためには、素材の持ち味だけで食べるのが一番だからだ。

B

和食はお米を主食とするため、日本人が長寿の一因だと考えられる。ごはんは野菜、肉類や豆類など、様々な食材との組み合わせることが可能で、バランスよい栄養を摂取することができる。しかし、和食がいかにも健康的な食事だと言われようと、人々はレストラン、加工食品やファーストフードなどで、脂質摂取が過剰になったり、味付けが濃くなったりした偏った食生活をしているのが現状だ。

69　ＡとＢのどちらの文章にも触れられている点は何か？

1　和食のデメリット
2　和食のメリット
3　日本人が長寿である原因
4　日本人の食生活の習慣

70 AとBの筆者は何について話しているか。

1 AもBも和食のデメリットについて話している。

2 AもBも和食をたたえている。

3 Aは和食の特徴、Bは和食の変化について話している。

4 Bは季節感の変化、Aは長寿のコツについて話している。

答題時間 8 分鐘

問題１３　次の文章を読んで、後の問いに対する答えとして最もよいものを、１・２・３・４から一つ選びなさい。

（前略）わたしが普段どのようにして書評を書いているかを、できるだけ具体的に述べていく所存です。

一番最初にするのは、カバーをはずすこと。理由は二点。本体だけのほうが読みやすいことと、カバーを汚したくないからです。次に付箋を用意します。愛用しているのは 3M のポスト・イット「スリム見出し（ミニ）」ですが、わたしの場合、それをさらに小さくします。もともとが長さ二十五ミリ×幅七・五ミリというサイズのポスト・イットの、上の部分を七ミリほどカッターで切り取り、さらに幅も二分割に。そうやって、およそ長さ十八ミリ×幅三・七五ミリまで小さくした付箋を、見返し左上の部分に貼っておく。わたしが本を読む前に済ませておく作業です。

本を読みながら手にしているのは三色ボールペンですが、実際は赤と黒しかほとんど使いません。読みながら気になったところを赤いカギカッコ（「　」）で囲んだり、傍線を引いたりしながら、その行の頭に付箋を貼っていきます。どんなところに線を引くかというと、①ストーリーの展開上、重要と思われる箇所、②登場人物の性格や特徴を端的に示す情報、③年月日、年齢といった数字、④引用するのに適当と思われる文章、⑤自分の心にしみる表現の五点。読んだ本は基本的には手放すつもりがないので、必要なら黒のボールペンで書き込みもします。

本を読み終え、「さあ、書評を書くぞ」という段になったら、付箋の箇所だけをもう一度読み返します。そして、書評を書くために本当に必要と思われるページに、今度は適当に切った小さな白い紙をはさんでいくんです。そんな確認のための再読の過程で、脳内でざっとした書評の見取り図を作っていく。下書きともいうべき工程は、わたしの場合ここで完了します。この作業のおかげで、いざパソコンに向かえば、たいていの場合、すぐに書き始めることができるんです。

豊崎由美『ニッポンの書評』（光文社新書）

71 筆者がカバーをはずす理由は何か。

1 付箋を貼りたいから。
2 カバーをきれいなままにしたいから。
3 本体がきれいに見えるから。
4 書評の見取り図を作りたいから。

72 筆者が書評を書く手順はどれか。

1 線引き→カバー外し→下書き→付箋貼り。
2 付箋貼り→線引き→カバー外し→下書き。
3 カバー外し→線引き→付箋貼り→下書き。
4 カバー外し→付箋貼り→線引き→下書き。

73 内容と正しいものはどれか。

1 一番最初にするのは付箋を用意しておくこと。
2 本を読む前に小さな白い紙を挟んでいくこと。
3 傍線を引くときは赤のボールペンを使うこと。
4 本を読み終えたら黒のボールペンで書き込むこと。

答題時間 6 分鐘

問題14 次のページは、各温泉旅館の宿泊プランである。下の問いに対する答えとして最もよいものを、1・2・3・4から一つ選びなさい。

74 鈴木さんは来週末に一泊二日の温泉旅行に行きたいと思っているが、彼はどの旅館で宿泊したがると思うか。

1 A 旅館

2 B 旅館

3 C 旅館

4 D 旅館

75 洋室でも和室でも構わないが、貸切風呂ができることと料理を提供する旅館はどれか。

1 A 旅館と B 旅館

2 B 旅館と D 旅館

3 A 旅館と C 旅館

4 B 旅館と C 旅館

各温泉旅館　プラン表

	A　旅館	B　旅館
基本料金	６１００円／大人１名	７０００円／大人１名
部屋	和室	和室
食事	なし	地元食材を盛り込んだ和食膳
風呂	大浴場：無料 貸切：２０００円／４０分	大浴場：無料 貸切：３５００円／４０分
	C　旅館	**D　旅館**
基本料金	７５００円／大人１名	５０００円／大人１名
部屋	洋室	和室
食事	洋食の高級ビュッフェ	新鮮な魚介類を中心にした会席料理
風呂	大浴場：無料 貸切：１０００円／４０分	大浴場のみ

鈴木さんは温泉だけでなく、旬の和食料理も味わいたいと考えている。できれば和室部屋がいい。そして、大浴場より貸切風呂のほうがいいと思っている。

第 6 回

聽解

考試科目 ＜考試時間＞	
言語知識 （文字・語彙・文法）・讀解 ＜ 105 分鐘＞	聽解 ＜ 50 分鐘＞

Listening 問題用紙

N2

聴解

（50分）

注意
Notes

1. 試験が始まるまで、この問題用紙を開けないでください。
   Do not open this question booklet until the test begins.
2. この問題用紙を持って帰ることはできません。
   Do not take this question booklet with you after the test.
3. 受験番号と名前を下の欄に、受験票と同じように書いてください。
   Write your examinee registration number and name clearly in each box below as written on your test voucher.
4. この問題用紙は、全部で 13 ページあります。
   This question booklet has 13 pages.
5. この問題用紙にメモをとってもかまいません。
   You may make notes in this question booklet.

受験番号　Examinee Registration Number	

名前　Name	

問題 1

問題 1 では、まず質問を聞いてください。それから話を聞いて、問題用紙の 1 から 4 の中から、最もよいものを一つ選んでください。

1 番

1 伊藤さん
2 大宮商事の社長
3 部長
4 田中さん

2 番

1 難しい先生
2 真面目な先生
3 熱心な先生
4 悪い先生

3番

1　10,900円

2　9,900円

3　3,900円

4　11,900円

4番

1　28日

2　25日

3　29日

4　24日

5番

1 今日
2 明日
3 あさって
4 しあさって

問題 2

問題 2 では、まず質問を聞いてください。そのあと、問題用紙のせんたくしを読んでください。読む時間があります。それから話を聞いて、問題用紙の 1 から 4 の中から、最もよいものを一つ選んでください。

1 番

1　雨で寒いです。
2　雨で寒くないです。
3　晴れで寒いです。
4　晴れで寒くないです。

2 番

1　仕事がたくさんあって、残業も多いことです。
2　周りの人から自分の意見を言う必要はないと言われることです。
3　自分も周りの人もやる気がないことです。
4　上司がうるさいことです。

3番

1　客へのあいさつ
2　サービスの案内
3　売り場の案内
4　客の呼び出し

4番

1　パーマをかける
2　カットしてからパーマをかける
3　カットをする
4　パーマをかけてからカットをする

5番

1　土曜の夜
2　日曜の夜
3　土曜の昼
4　日曜の昼

6番

1　体調が悪い
2　急用がある
3　時間がない
4　機嫌が悪い

問題3

問題3では、問題用紙に何もいんさつされていません。この問題は、全体としてどんな内容かを聞く問題です。話の前に質問はありません。まず話を聞いてください。それから、質問とせんたくしを聞いて、1から4の中から、最もよいものを一つ選んでください。

―メモ―

問題 4

問題 4 では、問題用紙に何もいんさつされていません。まず文を聞いてください。それから、それに対する返事を聞いて、1 から 3 の中から、最もよいものを一つ選んでください。

問題5

問題5では、長めの話を聞きます。この問題には練習はありません。メモをとってもかまいません。

1番、2番

問題用紙に何もいんさつされていません。まず話を聞いてください。それから、質問とせんたくしを聞いて、1から4の中から、最もよいものを一つ選んでください。

—メモ—

3番

まず話を聞いてください。それから、二つの質問を聞いて、それぞれ問題用紙の１から４の中から、最もよいものを一つ選んでください。

質問1

1　デザインのいいバッグです。
2　値段の安いバッグです。
3　使いやすいバッグです。
4　飽きないバッグです。

質問2

1　可愛さ。
2　大きさ。
3　安さ。
4　デザイン。

日本語能力試験 解答用紙

N2

言語知識(文字・語彙・文法)・読解

受験番号 Examinee Registration Number	

名前 Name	

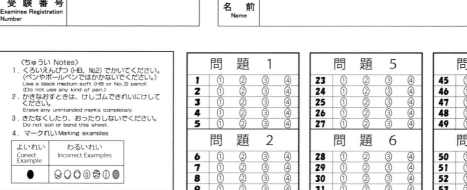

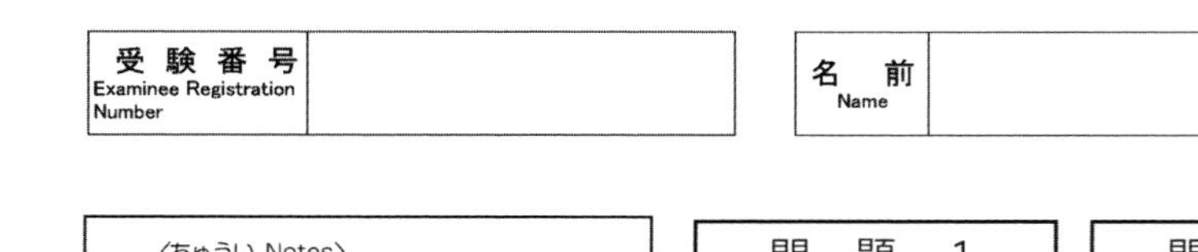

〈ちゅうい Notes〉

1. くろいえんぴつ（HB、No.2）でかいてください。（ペンやボールペンではかかないでください。）
   Use a black medium soft (HB or No.2) pencil.
   (Do not use any kind of pen.)
2. かきなおすときは、けしゴムできれいにけしてください。
   Erase any unintended marks completely.
3. きたなくしたり、おったりしないでください。
   Do not soil or bend this sheet.
4. マークれい Marking examples

よいれい Correct Example	わるいれい Incorrect Examples
●	⊗○⊖⓪⊜◐◉

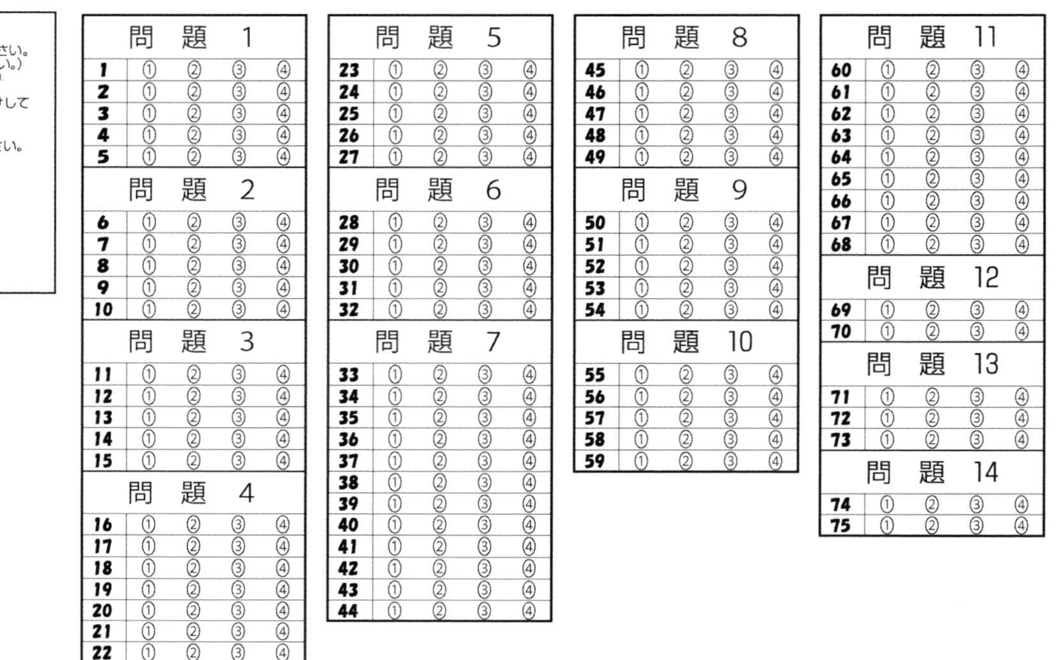

問題 1				
1	①	②	③	④
2	①	②	③	④
3	①	②	③	④
4	①	②	③	④
5	①	②	③	④
問題 2				
6	①	②	③	④
7	①	②	③	④
8	①	②	③	④
9	①	②	③	④
10	①	②	③	④
問題 3				
11	①	②	③	④
12	①	②	③	④
13	①	②	③	④
14	①	②	③	④
15	①	②	③	④
問題 4				
16	①	②	③	④
17	①	②	③	④
18	①	②	③	④
19	①	②	③	④
20	①	②	③	④
21	①	②	③	④
22	①	②	③	④

問題 5				
23	①	②	③	④
24	①	②	③	④
25	①	②	③	④
26	①	②	③	④
27	①	②	③	④
問題 6				
28	①	②	③	④
29	①	②	③	④
30	①	②	③	④
31	①	②	③	④
32	①	②	③	④
問題 7				
33	①	②	③	④
34	①	②	③	④
35	①	②	③	④
36	①	②	③	④
37	①	②	③	④
38	①	②	③	④
39	①	②	③	④
40	①	②	③	④
41	①	②	③	④
42	①	②	③	④
43	①	②	③	④
44	①	②	③	④

問題 8				
45	①	②	③	④
46	①	②	③	④
47	①	②	③	④
48	①	②	③	④
49	①	②	③	④
問題 9				
50	①	②	③	④
51	①	②	③	④
52	①	②	③	④
53	①	②	③	④
54	①	②	③	④
問題 10				
55	①	②	③	④
56	①	②	③	④
57	①	②	③	④
58	①	②	③	④
59	①	②	③	④

問題 11				
60	①	②	③	④
61	①	②	③	④
62	①	②	③	④
63	①	②	③	④
64	①	②	③	④
65	①	②	③	④
66	①	②	③	④
67	①	②	③	④
68	①	②	③	④
問題 12				
69	①	②	③	④
70	①	②	③	④
問題 13				
71	①	②	③	④
72	①	②	③	④
73	①	②	③	④
問題 14				
74	①	②	③	④
75	①	②	③	④

日本語能力試験 解答用紙

N2
聴 解

受験番号 Examinee Registration Number		名前 Name	

〈ちゅうい Notes〉
1. くろいえんぴつ（HB、No.2）でかいてください。（ペンやボールペンではかかないでください。）
Use a black medium soft (HB or No.2) pencil.
(Do not use any kind of pen.)
2. かきなおすときは、けしゴムできれいにけしてください。
Erase any unintended marks completely.
3. きたなくしたり、おったりしないでください。
Do not soil or bend this sheet.
4. マークれい Marking examples

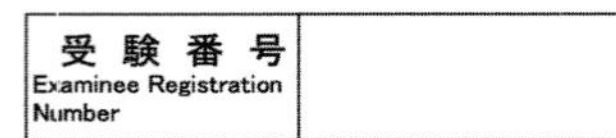
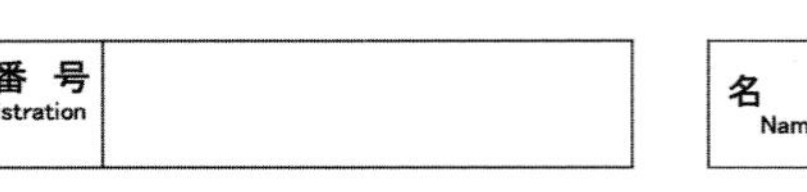

よいれい Correct Example	わるいれい Incorrect Examples
●	⊘◯◎⦶⊜⦶●

問題1				
例	①	②	●	④
1	①	②	③	④
2	①	②	③	④
3	①	②	③	④
4	①	②	③	④
5	①	②	③	④

問題2				
例	①	●	③	④
1	①	②	③	④
2	①	②	③	④
3	①	②	③	④
4	①	②	③	④
5	①	②	③	④
6	①	②	③	④

問題3				
例	①	②	③	●
1	①	②	③	④
2	①	②	③	④
3	①	②	③	④
4	①	②	③	④
5	①	②	③	④

問題4			
例	●	②	③
1	①	②	③
2	①	②	③
3	①	②	③
4	①	②	③
5	①	②	③
6	①	②	③
7	①	②	③
8	①	②	③
9	①	②	③
10	①	②	③
11	①	②	③
12	①	②	③

問題5					
1		①	②	③	④
2		①	②	③	④
3	(1)	①	②	③	④
	(2)	①	②	③	④

新日本語能力試驗予想問題集：N2 一試合格

作者 / 方斐麗、小高裕次、賴美麗、李姵蓉、郭毓芳、童鳳環

發行人 / 陳本源

執行編輯 / 張晏誠

封面設計 / 林彥彣

出版者 / 全華圖書股份有限公司

郵政帳號 / 0100836-1 號

印刷者 / 宏懋打字印刷股份有限公司

圖書編號 / 09121000-201611

定價 / 新台幣 430 元

ISBN / 978-986-463-371-5（平裝附光碟）

全華圖書 / www.chwa.com.tw

全華網路書店 Open Tech / www.opentech.com.tw

若您對書籍內容、排版印刷有任何問題，歡迎來信指導 book@chwa.com.tw

臺北總公司(北區營業處)
地址：23671 新北市土城區忠義路 21 號
電話：(02) 2262-5666
傳真：(02) 6637-3695、6637-3696

南區營業處
地址：80769 高雄市三民區應安街 12 號
電話：(07) 381-1377
傳真：(07) 862-5562

中區營業處
地址：40256 臺中市南區樹義一巷 26 號
電話：(04) 2261-8485
傳真：(04) 3600-9806

讀者回函卡

填寫日期：　／　／

姓名：＿＿＿＿　生日：西元＿＿年＿＿月＿＿日　性別：□男 □女

電話：（　）＿＿＿＿　傳真：（　）＿＿＿＿　手機：＿＿＿＿

e-mail：（必填）＿＿＿＿

註：數字零，請用 Φ 表示，數字 1 與英文 L 請另註明並書寫端正，謝謝。

通訊處：□□□□□

學歷：□博士 □碩士 □大學 □專科 □高中・職

職業：□工程師 □教師 □學生 □軍・公 □其他

學校／公司：＿＿＿＿　科系／部門：＿＿＿＿

・需求書類：

□ A. 電子 □ B. 電機 □ C. 計算機工程 □ D. 資訊 □ E. 機械 □ F. 汽車 □ I. 工管 □ J. 土木

□ K. 化工 □ L. 設計 □ M. 商管 □ N. 日文 □ O. 美容 □ P. 休閒 □ Q. 餐飲 □ B. 其他

・本次購買圖書為：＿＿＿＿　書號：＿＿＿＿

・您對本書的評價：

封面設計：□非常滿意 □滿意 □尚可 □需改善，請說明＿＿＿＿

內容表達：□非常滿意 □滿意 □尚可 □需改善，請說明＿＿＿＿

版面編排：□非常滿意 □滿意 □尚可 □需改善，請說明＿＿＿＿

印刷品質：□非常滿意 □滿意 □尚可 □需改善，請說明＿＿＿＿

書籍定價：□非常滿意 □滿意 □尚可 □需改善，請說明＿＿＿＿

整體評價：請說明＿＿＿＿

・您在何處購買本書？

□書局 □網路書店 □書展 □團購 □其他＿＿＿＿

・您購買本書的原因？（可複選）

□個人需要 □幫公司採購 □親友推薦 □老師指定之課本 □其他＿＿＿＿

・您希望全華以何種方式提供出版訊息及特惠活動？

□電子報 □ DM □廣告（媒體名稱＿＿＿＿）

・您是否上過全華網路書店？（www.opentech.com.tw）

□是 □否　您的建議＿＿＿＿

・您希望全華出版那方面書籍？＿＿＿＿

・您希望全華加強那些服務？＿＿＿＿

～感謝您提供寶貴意見，全華將秉持服務的熱忱，出版更多好書，以饗讀者。

全華網路書店 http://www.opentech.com.tw　　客服信箱 service@chwa.com.tw

2011.03 修訂

親愛的讀者：

感謝您對全華圖書的支持與愛護，雖然我們很慎重的處理每一本書，但恐仍有疏漏之處，若您發現本書有任何錯誤，請填寫於勘誤表內寄回，我們將於再版時修正，您的批評與指教是我們進步的原動力，謝謝！

全華圖書　敬上

勘誤表

書號		書名	作者
頁數	行數	錯誤或不當之詞句	建議修改之詞句

我有話要說：（其它之批評與建議，如封面、編排、內容、印刷品質等・・・）

新日本語能力試驗予想問題集：N2一試合格
解 析 本

方斐麗、小高裕次、賴美麗、李姵蓉、郭毓芳、童鳳環　編著

全華圖書股份有限公司

目次

第１回

言語知識・読解／75 問

問題１

1	2	3	4	5
2	3	1	2	1

問題２

6	7	8	9	10
2	1	2	2	3

問題３

11	12	13	14	15
2	2	3	2	4

問題４

16	17	18	19	20	21	22
2	2	1	3	2	1	2

問題５

23	24	25	26	27
2	3	2	3	2

問題６

28	29	30	31	32
3	3	2	3	1

問題７

33	34	35	36	37	38	39	40	41	42	43	44
2	2	3	2	3	1	2	3	1	4	2	3

問題８

45	46	47	48	49
3	3	1	2	2

問題９

50	51	52	53	54
1	2	4	1	2

問題１０

55	56	57	58	59
2	4	3	3	3

問題１１

60	61	62	63	64	65	66	67	68
2	4	2	3	4	3	4	4	1

問題１２

69	70
3	3

問題１３

71	72	73
2	4	3

問題１４

74	75
4	1

聴解／32問

問題 1

1	2	3	4	5
3	3	2	2	3

問題 2

1	2	3	4	5	6
3	4	4	2	3	4

問題 3

1	2	3	4	5
2	2	2	3	4

問題 4

1	2	3	4	5	6	7	8	9	10	11	12
3	3	1	3	3	2	3	2	2	2	1	2

問題 5

1	2	3	
		質問 1	質問 2
4	4	4	3

言語知識・讀解

問題 1

1 2 ここは海に囲まれたところなので、魚がおいしい。
這裡四周環繞著海，所以魚很好吃。

2 3 意見がある人はてをあげてください。
有意見的人請舉手。

3 1 今、山田はおりませんので、４時以降にもう一度いらっしゃってください。
現在山田先生不在，請於 4 點以後再來一趟。

4 2 彼に対する印象はとてもよかった。
對他的印象很好。

5 1 食事は栄養のバランスを考えることが必要だ。
飲食須考慮營養均衡。

問題 2

6 2 将来、医者になりたいと思っている。
將來想成為醫生。

7 1 新聞の記事を読んで、とてもびっくりした。
看了報紙的報導非常驚訝。

8 2 首相の表情はきびしかった。
首相的表情很嚴肅。

9 2 外でパーティーをしているので、騒がしい。
外面在舉行派對所以很吵雜。

10 3 雨で試合が中止されることになった。
因下雨的關係比賽中斷了。

問題 3

11 2 原子力発電の安全性を問われる事故が起きた。
發生了核能發電安全性問題的事故。

12 2 事故の原因がわからないので、再調査が求められた。
因為事故發生的原因不明，因此被要求再次調查。

13 3 この国の少子化は経済に大きな影響を与えている。
這個國家的少子化對經濟造成很大的影響。

14 2 子どもの前でタバコを吸う非常識な親が増えている。
在小孩面前抽菸的荒唐父母親增加了。

15 4 この映画はあの有名な監督の名作だ。
這部電影是那位有名的導演的名作。

問題4

16 2 あの人は今年オリンピックに出場するらしい。
聽說那個人要參加今年奧運比賽。

17 2 今年旅行に行ったときのエピソードについてお話しましょう。
來聊聊今年去旅行時發生的小插曲。

18 1 荷物が多いので、ホテルにあずけて行こう。
行李很多，所以我們把行李寄放在飯店吧。

19 3 険しい山道だったが、なんとか頂上まで登ることができた。
雖是險峻的山路，但最後終於能夠登上山頂。

20 2 今ある大切な資源をできるだけ活用していくことが必要だ。
必須儘可能活用現有的寶貴資源。

21 1 最近の携帯電話にはいろいろな機能がついている。
最近的手機搭載許多功能。

22 2 今日は雨が降る確率70％と高い。
今天的降雨機率有百分之七十之高。

問題5

23 2 チケットは各自で用意しておいてください。

票請各自準備。

1 其他人
2 各自
3 互相
4 全部人員

24 **3** 2時の飛行機に乗るなら、そろそろ支度したほうがいい。

若要搭2點的飛機，差不多現在開始準備比較好。

1 到達
2 出發
3 準備
4 乘車

25 **2** 多くの人は自分で弁当を持参していた。

許多人自己帶便當來。

1 帶出門
2 帶來
3 帶著離開
4 帶進去

26 **3** 彼はしばしば約束を守らないので、信用できない。

他經常不遵守約定，無法信任。

1 完全
2 不太
3 經常
4 完全

27 **2** 夜になって、彼女はこっそりと家を出た。

到了夜晚她偷偷地離開家。

1 馬上
2 偷偷地
3 慢慢地
4 快速地

問題6

28 **3** 第二個鈕釦脫落了。

29 **3** 最近，在年輕人之間智慧型手機很普遍。

30 **2** 久違的假日要悠閒地度過。

31 **3** 每到正式的比賽總是會緊張失敗。

32 **1** 不巧的壞天氣，旅行因而延期。

問題7

33 **2** 既然都約定好了就得遵守。

1 表示做了某件事的結果
2 既然做了～就得做～
3 通常用在做了許多努力但最後結果不如預期的情況
4 無此接續用法

34 **2** 託他的福幫了我的忙，才得以順利在今天完成工作。

1 只要是這樣的情況～就要（想）～
2 託～的福
3 只因為～
4 所以～

35 **3** 去了百貨公司要買東西，才發現百貨公司休息。

1 馬上
2 剛剛才做～不久
3 做了～事才發現
4 因為

36 **2** **因為山田部長請假，所以計畫無法進行。**

1 結果
2 由於
3 隨著～而改變
4 （舉例）連～都～更何況是其他的

37 **3** **這個餐廳價格很高，卻沒那麼好吃。**

1 另一方面
2 再加上
3 雖然～卻沒那麼地～
4 只因為～

38 **1** **那個美國人不僅是日文，連中文都會說。**

1 不僅～連～都
2 只有
3 （無此接續用法）
4 只因為～

39 **2** **小時候經常在這條河川游泳。**

1 表示理由
2 表示過去的習慣
3 剛做了～事
4 （無此用法）

40 **3** **本來因為下雨的關係感到困擾，但幸虧朋友開車送我回家。**

1 明明～卻～
2 雖然～卻沒那麼地～
3 幸虧～
4 （無此接續用法）

41 **1** **認真的他不可能說謊。**

1 表示不可能
2 表示理由
3 表示否定
4 表示沒有意思要做～事

42 **4** **雖然去了老師的研究室，但沒能和老師碰面。**

1 （無此接續用法）
2 做了～事之後
3 依～看來
4 表示逆接　雖然～但是～

43 **2** **那個人好像一直待到剛剛才離開，桌上放著一本他看了一半的書。**

1 表示開始
2 表示開始做～事，但是還沒做完
3 表示過於～
4 （無此接續用法）

44 **3** **即使下大雨，旅行仍照預定進行。**

1 不論是～或～
2 無關於～
3 即使～
4 有關於～

問題8

45 **3** 地震のエネルギーの　2 大きさは　3 ともかく　1 深さに　4 よって　揺れ方は異なる。

姑且不論地震規模大小，地震深度不同，搖晃的方式程度也不同。

解析

- ～はともかく（姑且不論～）
- ～によって（因～而異）

46 **3** 今晩は　4 台風が　1 接近する　3 おそれが　2 ある　ので、早く家に帰ったほうがいい。

今晚颱風可能逼近，所以儘早回家比較好。

解析

- ～おそれがある（有～的可能）

47 **1** 3 安い　4 とはいえ　2 たくさん　1 買っては　すぐにお金がなくなりますよ。

雖說便宜，但是買很多會花掉很多錢。

解析

- ～とはいえ（雖說～）

48 **2** 夜はあぶないので、2 暗く　4 ならない　3 うちに　1 帰る　ことにしよう。

晚上危險，所以趁天還沒暗就趕快回家。

解析

- ～ないうちに（趁天還沒～）

49 **2** この計画は　3 会社の　4 方針に　2 沿って　1 進められる　ことになった。

這個計畫決定依照公司的方針進行。

解析

- ～に沿って（沿用～）

問題9

大意

隨著經濟發展人們的生活型態有了改變，工作忙碌的人增加，飲食習慣也起了變化，隨時可以吃到漢堡等速食類食物，便利商店也販賣許多食用簡便的商品。但這些食物熱量高，導致一些慢性生活疾病蔓延，現在大家開始留意健康問題，低熱量的食物開始受到親睞，低熱量商品增加，商品上面也開始標示熱量。

解析

- それにともない、忙しく働く人が多くなり、食生活にも変化が見られるようになった。
  （隨著這些改變（指人們的生活型態），忙碌地工作的人增加，飲食方面也有了改變。）
- 今では健康のことを考えて、カロリーが低い食べ物が好まれるようになっている。
  （現在大家開始留意健康問題，低熱量的食物開始受到青睞。）

50 1

1 伴隨著～
2 既然做了～就得做～
3 以～來說
4 雖說～

51 2

1 叫做～
2 ～之類的（舉例用法）～といった
3 被說～
4 被叫做～

52 4

1 對於
2 有關於
3 因為～
4 對～而言

53 1

1 像這樣的～
2 像那樣的～
3 像那樣的～
4 怎麼樣的～

54 2

1 應該蔓延
2 漸漸蔓延開來
3 非漫延不可
4 肯定會蔓延

問題１０

（1）

55　2　因為為了忘記妻子及幼子而工作。

題目中譯　為什麼筆者覺得孤獨感倍增？

大意

怒斥當地的美國職員或下屬，質問他們工作和約會哪個重要，反而和他們的對立情況會更加惡化。離開妻子與幼子家一個人到此工作也是為了小孩的教育，但這樣卻成了我的壓力。可是也只能透過埋頭工作來轉移注意力，想到這就越感孤獨。

解析

- 彼らとの折り合いが悪くなる。（和他們的對立情況會更加惡化。）
- 土日も仕事に没頭することで気を紛らわすしかない（只能連週末都得埋頭工作才能轉移注意力）
- 孤独感をつのらせる。（越增孤獨感。）

（2）

56　4　7 月透過網路訂購家具，可享比 95 折更便宜的優惠。

題目中譯　有關折價的資訊以下哪一個是正確的？

大意

感謝大家對「いずもや」的愛顧。本公司這次推出新型家具，將以 95 折的價格提供給顧客。7 月份透過網路訂購家具，可享比 95 折更便宜的優惠，請大家把握機會。詳情請看隨函簡介或本公司網站。

請各位繼續支持「いずもや」。

解析

- 定価の５％引きでご提供させていただいております。（以訂價的 95 折價格提供給顧客。）
- ７月中にホームページよりご購入のお申し込みをされたお客様に限りまして（僅限 7 月份透過網路訂購的顧客）

（3）

57 3 因為許多人的自己都是被媒體或教育朔造出來的。

題目中譯 筆者認為多數人持相同意見的原因是什麼？

大意

或許是媒體或教育的影響，現在許多人的意見都一樣。詢問了10個人對自然環境有什麼看法，結果10個人都回答「不要破壞自然，要珍惜」。明明不寫些其他的意見，看的人也會覺得無趣，但是大家還是寫了一般好孩子會寫的答案。在現在的社會裡，所謂的「自己原有的樣子」，已經變成「被媒體或教育朔造出來的樣子」，或許我們應該重新思考，做「另一個自己」才是重要的。

- みんながありきたりの良い子ぶったことを書いてしまう。（大家都寫些好孩子會寫的內容。）
- ありのままの自分（自己原有的樣子）

（4）

58 3 春天是可以得知誰能往前進、誰無法前進的殘酷季節。

題目中譯 對筆者而言「春天」是什麼？

大意

一般都把人一生中的青少年時代比喻為春天，但是我最不喜歡春天。像是畢業及入學等，春天是人結束一個階段，踏入另一個新的階段的季節，但是有些人卻只能看著別人往前進，自己卻無法移動。換句話說春天，其實也可說是個殘酷的季節。

- みなが先へ進んでいくのを横目に見ながら、立ち往生したまま動けない人もいます。（看著別人往前進，自己卻只能佇立在那裡無法移動。）
- 春というのはある意味で残酷な季節であるとも言えます。（所謂的春天，從另一個角度來看可說是個殘酷的季節。）

（5）

59　3　「工作」是成為團體一份子的必要條件。

題目中譯 對筆者而言「工作」是什麼？

大意

所謂的公司，基本上是一個互相不認識的人集在一起的團體，為了在那裡生存，就必須透過某些形式讓別人承認你是他們的一份子，為了能成為他們的一份子，方法就是「工作」。工作就是「出社會」，工作的人被稱為「社會人士」、「能獨當一面的人」。

解析

- 見知らぬ者同士（不認識的人）
- そこで生きるためには、他者から何らかの形で仲間として承認される必要があります。（為了在那裡生存，必須要透過某種形式讓別人承認你是他們的一份子。）
- 働くことによって初めて「そこにいていい」という承認が与えられる。（透過工作才得以被允許「待在那裡」。）

問題１１

（1）

大意

託季節風的福，我國四季變化分明，也因此日本人對於季節的改變特別敏感，並強烈喜愛自然。自古，文學作品中就有許多描述季節的美，人們在四季中的心情的作品。四季不同的自然景觀，及隨著各個季節舉辦的活動，都成為文學作品的題材。季節也是日本的和歌、排句等短詩創作的重要要素。

解析

- その移り変わりにしたがって、私たちの生活をとりまく野山の景色が美しく変わっていきます。（隨著季節的變化，我們生活中的山野景色也隨之改變。）
- こうした自然のすがた（像這樣的大自然樣貌）

60　2　因為四季的變化明顯。

題目中譯 筆者認為日本人喜愛大自然的理由為何？

61　4　因為日本人非常愛好自然。

題目中譯 筆者認為描述四季之美及人們的心情的作品很多的原因為何？

62　2　四季的變化

題目中譯 「それに伴う祭りや年中行事、それらがみんな文学の題材に採り入れられています。」的「それ」指的是什麼？

（2）

大意

車子是很棒的發明，也是20世紀物質文明的象徵。自從發明了車子後，人類可以用很快的速度到達很遠的地方，它也可以承載人力、牛、馬無法搬運的重物。車子擴大了人類的活動範圍，也是新科技時代的象徵。

但是車子也帶來許多問題，這些問題遠大於它帶給我們的好處，最大的問題就是車子的交通事故，這些交通事故帶來的影響範圍很廣，傷害也非常嚴重。

- 自動車はまさに、20世紀の物質文明をそのまま象徴するといってもよいと思います。（車子可說是20世紀物質文明的象徵。）
- これまで想像できなかったようなはやいスピードで、遠くにまで移動することができる（可用以往無法想像的速度到達很遠的地方）
- 自動車の発明によって、人類の活動範囲は飛躍的に拡大したわけです。（因此，車子的發明讓人類的活動範圍擴大了。）
- 自動車の普及は、思いがけない問題をひきおこすことになりました。（車子的普及帶來了一些令人想不到的問題。）
- 自動車がもたらした一番大きい毒害はいうまでもなく交通事故による犠牲です。（車子帶來的最大的害處，不用說明就知道是交通事故造成的犧牲。）
- 交通事故はなにも自動車にかぎったものではありません。（交通事故不是只有車子才會發生。）

63　3　車子變成了引發交通事故危險性的東西。

題目中譯　車子變成了什麼？

64　4　擴大活動範圍

題目中譯　我們能夠得到的價值指的是什麼？

65　3　因交通事故而犧牲以外的影響

題目中譯　筆者對於「遍及廣大的範圍」有什麼看法？

（3）

大意

以前的住家前面都會停著一台上面寫者店名「ルーモア」的車，有一天走到車子的另一頭看才發現是「アモール」。

不知道什麼原因，只有在車子的右側面寫字時會從右往左寫，或許是因為不習慣把字由車的後方往前寫，也或許車子向前方開時「ア」字會先到達目的地而「ル」字是後來才到的關係。

如果是習慣的問題就算了，但是不知道為什麼，唯獨電話號碼不管寫在車子的哪一面，都是從左邊唸。例如，寫著「グンニーリク田島（404）0352」的車子就非常不合理。（本來應為：「クリーニング島田（404）0352」：「島田乾洗店（404）0352）」）每當我看到這樣的車字，就想試試看撥電話找「グンニーリク田島」。

解析

・ある日ふと車の反対側にまわってみると、これが実は「アモール」だった（有一天走到車子的另一頭看，才發現原來名稱是「アモール」。）
・「ア」が最初に目的地に到着し、「ル」が最後に来て、理屈としてはあうかもしれない（「ア」字先到達目的地，而「ル」字是後來才到，這樣的話或許合理。）
・まあ習慣の問題として百歩ゆずって許してもいい。（如果是習慣問題我就退一步算了。）
・どういうわけか電話番号だけは左読みなのである（不知什麼緣故，只有電話號碼是從左邊唸。）
・筋もとおっていないし、まぎらわしい。（不合理又難懂。）

66　**4**　**因為他只看到車子的右側面。**

題目中譯　筆者為什麼以為這家時尚公司的名字叫「ルーモア」？

67　**4**　**不太合理。**

題目中譯　筆者對於只有電話號碼從左邊寫的這件事有何看法？

68　**1**　**因為車子是面向前方跑。**

題目中譯　筆者認為車子右側的字要由右而左寫的可能原因為何？

問題１２

大意

A

許多日本學生覺得和初次見面的外國人很難說話，原因是因為，和日本人說話時，會保持一定的距離，但是外國人通常會很靠近，所以很難說話，此時日本學生會刻意保持距離說話。根據心理學的老師的說法，這是防衛「自己領域」的心理上的作用而產的行為。

B

許多日本人會在擠滿乘客的電車裡閱讀雜誌、報紙，大學的同學也幾乎都會做相同的事情，而且令人意外的是，多半都能在那樣的情況下集中精神閱讀。根據主修心理學的友人的說法，聽說像擠滿乘客的電車裡，因為無法保有「自己的領域」，因此會藉由讓精神集中在某一個事物上來確保擁有「自己的領域」。

解析

・日本人学生に外国人との話し方について聞いたところ、多くの学生が初対面では話しにくいという声が返ってきた。（向日本學生詢問有關跟外國人說話的方式，結果，許多學生表示初次見面的情況很難說話。）

・自分の領域を守りたいという心理が働いたものだろうということだった。（據說是防衛「自己領域」的心理上的作用。）

・さらに、集中して読めるかとの質問に集中して読めるが大半を占めたという意外な結果であった。（進一步的問到是否能集中精神閱讀時，結果令人意外，多半的人都回答可以。）

69 **3** **自己的範圍的必要性**

題目中譯　A和B兩篇文章都有提到的內容為何？

70 **3** **A是探討實際的距離B是探討非實際的距離**

題目中譯　A和B兩篇文章的筆者在探討什麼話題？

問題１３

大意

現在日本幾乎每天都有貪污事件的報導，對於此一現況，有輿論導向批評戰後日本人喪失道德觀念，但是並非過去的日本沒有貪污事件，近來經常有貪污事件的報導與道德心無關，只是以前沒有被嚴格舉發。

貪污事件可以從貪污這件事對當事人的利害關係的角度去探討，若嚴格舉發貪污，則不會有人想貪污；相反的若貪污不會受到嚴厲的舉發及懲法，則貪污事件就會蔓延，如同大家一起闖紅燈就不可怕的心態。

貪污的問題主要從經濟學角度去探討，通常人在選擇是否採取行動取決於行動後的利益或虧損之大小，若想減少貪污事件發生，就有必要調整制度，嚴格舉發及懲罰，使貪污所得到的利益相對減少。

解析

- 現在の日本では汚職に絡んだ事件が毎日のように報道されています。（現在日本幾乎每天都有和貪污相關的事件被報導。）
- ～向きがあります。（導向～）
- 人々が道徳心を持っていようがいまいが（無論人是否有道德心）
- どんな些細な汚職であっても確実に摘発され、厳しく罰せられるのであれば、誰も汚職に手を出そうとはしません。（無論多麼微不足道的貪污事件都確實舉發及嚴厲懲罰的話誰也不敢出手貪污。）
- 汚職に手を染め。（涉及貪污。）
- 取るべき行動を決める際に、人々がどのような損得勘定（つまり、利益と費用の関係）に直面しているかということを、経済学では行動誘因（または、インセンティブ）と呼びます。（人在決定是否採取行動時往往會面臨衡量付出與利益之間關係的問題，這在經濟學上稱作行動誘因。）
- 人々がどのような行動を取るかを決める上で「制度」が重要な役割を果たすと考えられています。（人在決定採取什麼行動時，「制度」往往扮演重要的關鍵角色。）

71　2　因為貪污事件較以前嚴格舉發

題目中譯　為什麼貪污事件幾乎每天都被報導？

72　4　因為沒有確實舉發及嚴格的罰則

題目中譯　為什麼貪污事件沒有消失？

73　3　要讓貪污事件不再發生，必須改變制度。

題目中譯　下列哪一個是正確的內容？

問題１４

74　**4**　**第 4 種計費方式**

題目中譯　林先生想要買手機，要選擇哪一種計費方式最划算？林先生經常使用網路，每天與家人通話，常用簡訊，但深夜不太使用電話。

75　**1**　**第 1 種計費方式**

題目中譯　楊先生該選擇哪一種計費方式？楊先生因工作關係從早到晚經常使用手機，不太使用網路，偶爾才會撥電話給家人。

- 基本料金（基本通話費）
- 割引（減價優惠）

聴解

問題 1

MP3 1-1

1番（ばん）——3

会社で男の人と女の人が話しています。女の人はまず何をしなければなりませんか。

女：明日の会議、何か必要なものがありますか。
男：資料はコピーしてあるよね。
女：はい。
男：パンフレットは？
女：あ、うっかりしていました。
男：パソコンを使うかもしれないよ。
女：それは大丈夫です。
男：資料は多めに用意しておいてね。会議の出席者が多くなることもあるから。
女：前の会議もそうだったので。今回も。
男：椅子も机も足りるよね。
女：出席予定者よりも多めに並べておきましたから。

女の人はまず何をしなければなりませんか。

解析

・うっかりしていました。（沒留意到（得準備簡介手冊）。）
・資料は多めに用意しておいてね。（資料要多準備些。）
・出席予定者よりも多めに並べておきましたから。（已經排好了比預定出席人數還多的位子。）

2番（ばん）——3

先生が授業で話しています。どうやってレポートのテーマを確認しますか。

先生：えー、レポートは必ず来週までに提出してください。
学生：先生、私は就職活動で来週までに提出できないんですが、メールでもいいですか。
先生：いいですよ。レポートを書く前に、もう一度レポートのテーマを確認しておいてください。レポートのテーマは私の研究室の前に掲示しておきますから。
学生：はい。
先生：今日休んでいる人はリンさんですね。レポートのことを、誰か教えてあげてくださいね。
学生：はい。私が伝えます。
先生：じゃ、お願いします。

どうやってレポートのテーマを確認しますか。

解析

・私は就職活動で来週までに提出できないんですが。（我因為要找工作無法於下週前提交。）

・レポートのことを、誰か教えてあげてくださいね。（要交報告的事，請告訴他。）

3番——2

大学で女の学生と男の学生が話しています。男の学生はこれから何をしなければなりませんか。

女：来週、私たちのクラブの会議をするから、準備しなくちゃ。

男：そうですか。準備、手伝いますよ。

女：ありがとう。

男：クラブの資料は僕がコピーします。

女：コピーはまだ人数がわからないから、あとでいいよ。それよりスケジュール調整して。

男：はい、わかりました。メールでみんなに伝えます。

女：うん、お願いね。日にちが決まり次第、教室を予約してくれない。

男：はい、わかりました。

男の学生はこれから何をしなければなりませんか。

解析

・それよりスケジュール調整して。（比起那件事更重要的是先調整時間行程。）

・日にちが決まり次第、教室を予約してくれない。（日期決定後可以幫我預約教室嗎？）

4番——2

大学で先生と学生が話しています。この学生は何をしなければなりませんか。

学生：この間出したレポートなんですが、どうでしょうか。

先生：よくなったと思いますが、わかりやすく書くことが必要ですね。漢字の間違いは直しておきましたよ。

学生：ありがとうございます。あの、このデータをグラフにしてみましたが、見ていただけませんか。

先生：うーん、そうですね。ずいぶん読みやすくなりましたね。ただ、そうすると過去のデータと比較してみたほうがいいですね。それに言葉を付け加えたほうがいいかな。

学生：はい、そうします。写真も加えたほうがいいでしょうか。

先生：うーん、いらないでしょう。

この学生は何をしなければなりませんか。

解析

- ただ、そうすると過去のデータと比較してみたほうがいいですね。（只不過，這樣一來要和以前的資料比較一下比較好。）
- それに言葉を付け加えたほうがいいかな。（且加上一些文字說明較好。）

5番（ばん）——3

男の人と店員がレストランで話しています。男の人はいくら払いましたか。

男　：お勘定、お願いします。

店員：ありがとうございます。ご一緒ですか。

男　：ええ。

店員：全部で6,500円です。

男　：あ、割引券があるんですけど。

店員：それでは、500円引きになります。

男　：割引券は二枚あるんですが。

店員：申し訳ありません。割引券は一回につき一枚しかご使用できません。

男　：じゃ、これでお願いします。

店員：それでは、4,000円のお返しです。ありがとうございました。

男の人はいくら払いましたか。

解析

- 500円引きになります。（優惠500日圓。）
- 割引券は一回につき一枚しかご使用できません。（一次只能使用一張優惠券。）

問題2

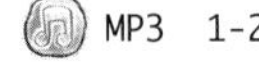 MP3　1-2

1番（ばん）——3

男の学生と女の学生が話しています。女の学生はどうして学校へ行きませんでしたか。

男：どうしたの。今日、学校、来なかったね。

女：うん。

男：目が赤いよ。明後日が締め切りの宿題で徹夜したの？

女：ううん、宿題はそんなに時間かからなかったんだけどね。明後日の試験の準備もね。

男：それで起きられなかったのか。その試験は大変？

女：うん。試験もあるけど、実はレポートのほうが大変だった。レポートは書く前にこの本を読まなくちゃいけなかったし。

男：レポートは書けた？
女：なんとかできた。
男：じゃ、よかったね。今晩はゆっくり休んでよ。
女：うん。ありがとう。

女の学生はどうして学校へ行きませんでしたか。

解析

・明後日が締め切りの宿題で徹夜したの？（是為了期限是後天的那個作業而熬夜嗎？）
・なんとかできた。（好不容易總算完成了。）

2番——4

男の人と女の人が話しています。明後日、雨だったら、どうしますか。

女：明後日、お天気、大丈夫かなあ？
男：うーん、どうだろうね。天気予報だと、曇り時々雨だけど。桜の下でのんびりしたいと思ってたんだけどな。
女：雨だったら、どうする？花見はやめて、映画でも見る？
男：映画かあ、あまりおもしろいのなさそうだね。
女：じゃ、ボーリングでも行く？
男：ちっともゆっくりできないよ。
女：そうよね。じゃ、ＤＶＤでも借りて家で見ましょうよ。ゆっくりできるし。
男：うん、そうだね。しょうがないね。でも、晴れたら、予定どおり花見に行こうよ。
女：うん。明後日になってから決めよう。

明後日、雨だったら、どうしますか。

解析

・花見はやめて、映画でも見る？（不要賞花去看個電影之類的如何？）
・あまりおもしろいのなさそうだね。（好像沒有什麼有趣的（電影）。）
・晴れたら、予定どおり花見に行こうよ。（天氣放晴了就按照原定計畫去賞花吧。）

3番——4

男の学生と女の学生が話しています。男の学生はどうしますか。

女：どうしたの？つまらなそうな顔をして。友だちとけんかでもしたの？
男：ううん。先生に叱られちゃったんだ。
女：あ、わかった。また宿題、忘れたんでしょう。
男：そうじゃないんだ。
女：じゃ、どうしたの？

男：授業中、ほかの授業のテスト勉強してて、見つかっちゃったんだ。

女：それはだめよ。

男：それで、今日の宿題、受け取ってもらえなかった。

女：これからはもうしないって、先生に謝ったほうがいいよ。

男：うん。そうするよ。

男の学生はどうしますか。

 解析

- つまらなそうな顔をして。（一副無聊的樣子。）
- ほかの授業のテスト勉強してて、見つかっちゃったんだ。（在準備其他考試科目，結果被發現了。）
- 今日の宿題、受け取ってもらえなかった。（不願收我今天的作業。）
- 先生に謝ったほうがいいよ。（跟老師道歉比較好。）

4番（ばん）——2

男の人と女の人が話しています。男の人はどう思っていますか。

女：山田さん、どうしたんですか。顔色が悪いですね。

男：いや、具合が悪いわけじゃないんだけど。実は母が病気になって、今病院にいるんだ。

女：じゃ、早く帰ってあげてください。残りの仕事は私がやっておきますから。

男：申し訳ないなあ。残業させちゃって。

女：気にしないでください。

男：助かるよ。

男の人はどう思っていますか。

 解析

- 具合が悪いわけじゃないんだけど。（並不是身體不舒服。）
- 気にしないでください。（請不要介意。）

5番（ばん）——3

医者が患者に話しています。患者は食後に何錠飲めばいいですか。

医者：風邪ですね。のども赤くなっています。熱もあるようですから、薬を出しますね。

患者：お願いします。

医者：のどの薬と熱の薬を出します。のどの薬は食後に1錠飲んでください。熱の薬は食前に2錠、飲んでください。

患者：あのう、鼻水も出るんですが。

醫者：そうですか。じゃ、鼻水を止める薬も出しましょう。これはカプセルですが、食後に2錠飲んでくださいね。

患者：ありがとうございました。

医者：お大事に。

患者は食後に何錠飲めばいいですか。

- 患者は食後に何錠飲めばいいですか。（病患飯後吃幾顆藥？）
- 鼻水も出るんですが。（也會流鼻水。）
- 鼻水を止める薬も出しましょう。（開一些止流鼻水的藥。）

6番（ばん）——4

男の学生と女の学生が相談しています。ゼミのパーティーはいつがいいと言っていますか。

男：もうすぐゼミも終わるね。

女：そうね。じゃ、ゼミのみんなとパーティーでもしない？

男：いいね。そうしよう。

女：じゃ、いつにしようか。

男：みんなが集まりやすい日がいいね。

女：金曜日はどう？次の日は休みだし。

男：でも、金曜日って、バイトがある人が多いよ。

女：そうかあ。じゃ、土曜日はどう？

男：今週はだめなんだ。

女：じゃ、来週は？

男：来週なら大丈夫。

女：あ、来週は月曜日が祝日だし、日曜日でもいいかも。

男：どっちがいいかみんなに聞いてみれば？

女：うん、そうする。

ゼミのパーティーはいつがいいと言っていますか。

- ゼミのみんなとパーティーでもしない？（要不要和研究室的同學開個派對？）
- みんなが集まりやすい日がいいね。（大家都能夠來的日子比較好。）
- 来週は月曜日が祝日だし、日曜日でもいいかも。（下週的話星期一是假日，或許星期天可以。）
- どっちがいいかみんなに聞いてみれば。（妳要不要詢問一下大家哪一天好？）

問題3

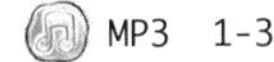
MP3 1-3

1番（ばん）——2

男の人と女の人が話しています。

男：今晩、食事に行かない？
女：いいわね。
男：何食べようか？中華、和食、それともイタリアン？
女：うーん。イタリアンがいいけど。高いよね。
男：中華にしない？安い店が多いから。今日は給料日前であまりお金がないんだ。
女：あたしも。中華なら、安くていろいろ食べられるよね。
男：そうだね。お酒の種類がたくさんあるところもあるから。
女：個室があるところが良いね。ゆっくり話しながら食べられるから。
男：そうだね。個室があるところをさがそうよ。

二人はどうして中華料理店に行くことにしましたか。

1　個室があるから
2　安くて、いろいろ食べられるから
3　お酒が飲めるから
4　ゆっくり食べられるから

解析

- 今は給料日前であまりお金がないんだ。（領薪水的日子還沒到，所以沒什麼錢。）
- 個室があるところが良いね。（有包廂的地方較好。）

2番（ばん）——2

男の人と女の人が食事について話しています。

女：あ、今日もパン？
男：うん。
女：パンだけじゃ、栄養が足りないわよ。
男：大丈夫。ちゃんと野菜もあるよ。
女：どこに？
男：ほら、野菜ジュースがあるじゃない。
女：野菜ジュースはあんまりよくないよ。野菜はちゃんと食べないと。それだけじゃやっぱり足りないよ。
男：そうかなあ？野菜って、料理しないと食べられないし。
女：そんなことないわよ。サラダなら、すぐ食べられるじゃない。
男：そうだね。

二人は野菜ジュースについてどう思っていますか。

1　女の人はいいと思っているが、男の人はあまりよくないと思っている。
2　男の人はいいと思っているが、女の人はあまりよくないと思っている。
3　女の人も男の人もいいと思っている。
4　女の人も男の人もよくないと思っている。

解析

- パンだけじゃ、栄養が足りないわよ。（只吃麵包營養不夠。）
- 野菜はちゃんと食べないと。（蔬菜不確實地吃不行。）
- それだけじゃやっぱり足りないよ。（只有那樣還是不夠。）
- サラダなら、すぐ食べられるじゃない。（生菜沙拉的話就能馬上吃，不是嗎？）

3番（ばん）——2

アナウンサーがニュースで天気予報について話しています。

女：明日の天気予報です。明日は朝のうち雨ですが、午前中もまだはっきりしないお天気が続くでしょう。午後からは回復して、おだやかなお天気になるでしょう。今晩はいいお天気になりますが、北からの風が強く、寒くなるでしょう。暖かくしてお出かけください。

明日のお天気はどうですか。

1　明日、午前中は雨が降りますが、午後から晴れます。
2　明日、午前中は曇りですが、午後から晴れます。
3　明日、午前中は雨が降りますが、午後からも雨が降ります。
4　明日、午前中は雨が降りますが、午後から晴れます。

解析

- 明日は朝のうち雨ですが、午前中もまだはっきりしないお天気が続くでしょう。（明天早晨會下雨，中午以前不明朗的天氣應該還會持續。）
- 午後からは回復して（下午開始（天氣）就會恢復）
- おだやかなお天気になるでしょう。（應該會恢復成穩定的天氣。）

4番（ばん）——3

男の人が病気について話しています。

男：近年、ライフスタイルの変化とともに、ファストフードを利用している人が増えている。日本人は一年間に１兆円もファストフードにお金を使っている。ファストフードは手軽に利用できるので、忙しいサラリーマンにとって役立っている。しかし、カロリーが高いものが多い。現代人は食生活などが原因で生活習慣病になる人も多く、注意が必要だ。

男の人が一番言いたいことは何ですか。

1　ファストフードを利用しているのは忙しいサラリーマンだ。
2　ファストフードはお金がかかるので、やめたほうがいい。
3　ファストフードは生活習慣病の原因になっているので、注意したほうがいい。
4　ファストフードは手軽に利用できるので、現代人には必要だ。

解析

・ライフスタイルの変化とともに、ファストフードを利用している人が増えている。（隨著生活型態的改變，利用速食的人增加中。）

・現代人は食生活などが原因で生活習慣病になる人も多く、注意が必要だ。（現代人因為飲食等因素導致慢性病的人很多，需要留意。）

5番（ばん）——4

男の人が交通事故の原因について話しています。

男：最近、この地域では「サンキュー事故」が増えている。「サンキュー事故」は前から来る車に道をゆずられて、急いで右に曲がろうとした車が不注意で飛び出すバイクとぶつかって起こる事故だ。車から見ると、バイクはスピードが実際より遅く見えるのが原因だそうだ。また、ゆずってくれた車を待たせていることから、あわてて事故になるためだとも言われている。バイクに乗っている人も車を運転している人も心のゆとりがあれば「サンキュー事故」は防げるのではないだろうか。

男の人が一番言いたいことは何ですか。

1　車を運転するときは道をゆずってくれた車に感謝する心が必要だ。

2　車を運転するときは右に曲がろうとする車に注意することが必要だ。

3　車を運転するときは車に道をゆずる心が必要だ。

4　車を運転するときは心に余裕が必要だ。

解析

- 前から来る車に道をゆずられて、急いで右に曲がろうとした車が不注意で飛び出すバイクとぶつかって起こる事故だ。（是指前方車子讓路而急著右轉的車子，一個不留意就撞到突然衝出來的摩托車的交通事故。）
- バイクに乗っている人も車を運転している人も心のゆとりがあれば「サンキュー事故」は防げるのではないだろうか。（只要騎摩托車和開車的人內心都能充裕不急，就能防止「謝謝事故」這類型的交通事故。）

問題4

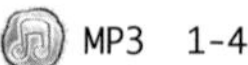

1番——3

女：すみません。よろしいでしょうか。

男：1．何を食べようか。

　　2．それはだめだよ。

　　3．わるいんだけど。今はちょっと。

解析

- すみません。よろしいでしょうか。（不好意思，方便嗎？）
- 何を食べようか。（要吃什麼呢？）
- わるいんだけど。今はちょっと。（不好意思，現在不太方便。）

2番——3

男：ああ、しまったなあ。

女：1．よかったね。

　　2．役に立ちましたよ。

　　3．どうしたの。

解析

- ああ、しまったなあ。（阿！糟了！）
- 役に立ちましたよ。（有幫助。）
- どうしたの。（怎麼了？）

3番——1

女：彼に任せるんじゃなかった。

男：1．また失敗した？

2．よかった？

3．うまくいった？

・彼に任せるんじゃなかった。（不應該交給他做的。）

・また失敗した？（又失敗了嗎？）

・うまくいった？（順利完成了嗎？）

4番——3

男：これ、10部、今すぐコピーしてくれる？

女：1．はい、午後します。

2．はい、あとでします。

3．今はちょっと。

解析

・これ、10部、今すぐコピーしてくれる？（這個現在影印10份？）

・はい、あとでします。（好，待會做。）

・今はちょっと。（現在有點不太方便。）

5番——3

女：あんなパーティーだと知っていたら、行かなかったのに。

男：1．あれ、行かなかったの？

2．行かなくても平気だよ。

3．今さらしょうがないよ。

解析

・あんなパーティーだと知っていたら、行かなかったのに。（若知道是那樣的派對我就不去了。）

・行かなくても平気だよ。（不去也沒什麼關係。）

・今さらしょうがないよ。（現在說這些也無濟於事。）

6番——2

男：今朝、寝坊してもう少しで遅刻するところだったよ。

女：1．じゃ、間に合わなかったの？

2．それは大変だったね。

3．それはよかったね。

解析

・もう少しで遅刻するところだったよ。（差一點就遲到。）

7番——3

女：今日はここは私が。

男：1．料理、おいしかったね。

2．そうしてもらえばよかったのに。

3．そういうわけにはいかないよ。

解析

- [レストランで] 今日はここは私が。（今天這裡就由我來（付錢）。）
- そうしてもらえばよかったのに。（若請他幫忙就好了。）
- そういうわけにはいかないよ。（不能這樣做。）

8番——2

男：行くって言ったからにはね。

女：1．行かなくてもいいよ。

2．行かないとね。

3．行ってもいいんじゃない。

解析

- 行くって言ったからにはね。（既然都說要去了。）
- 行かないとね。（不得不去。）
- 行ってもいいんじゃない。（去也沒關係。）

9番——2

女：お花見、一緒に来られればよかったのにね。

男：1．うーん、よかったよ。

2．うーん、残念。

3．うーん、今度もね。

解析

- お花見、一緒に来られればよかったのにね。（若能來一起賞花就好了。）

10番——2

男：もう遅いから、今からやることないんじゃない。

女：1．いや、やってもね。

2．いや、どうしてもやらなくちゃ。

3．いや、やるわけには。

解析

- もう遅いから、今からやることないんじゃない。（已經很晚了，這不是現在得做的事。）
- いや、やってもね。（不，做了也沒用。）
- いや、どうしてもやらなくちゃ。（不，無論如何不做不行。）
- いや、やるわけには。（不，不能做。）

11番——1

女：今度のクラス会、どうも気が進まないのよね。

男：1．行かなければいいんじゃない。

2．進まなくてもいいよ。

3．順調じゃないよね。

解析

- 今度のクラス会、どうも気が進まないのよね。（這次的班會，不太想去。）
- 行かなければいいんじゃない。（不去也沒關係吧。）
- 進まなくてもいいよ。（沒進展也沒關係。）
- 順調じゃないよね。（不順利。）

12番——2

男：もうテストが始まるよ。

女：1．ゆっくりしなきゃ。

2．急がなくちゃ。

3．もっと慌てなくちゃ。

解析

- もうテストが始まるよ。（考試已經要開始了。）
- ゆっくりしなきゃ。（得慢慢來。）
- 急がなくちゃ。（得快點。）
- もっと慌てなくちゃ。（得更慌張。）

問題5

MP3　1-5

1番——4

電気店で女の学生と店員が話しています。

男：何をお求めでしょうか。

女：パソコンを探しているんですが。

男：どのようなものがよろしいですか。

女：使いやすいのがいいんですが。できれば安いもので。

男：それでは、こちらのAの商品はいかがでしょうか。当店ではこちらの商品が最も安いものになっていますが、あまり機能は多くありません。こちらのBの商品は軽くて機能が多いです。タッチパネルになっておりまして。

女：タッチパネル？

男：画面はあまり大きくないのですが、指で触るだけでパソコンを操作できます。こちらのCの商品もタッチパネルで画面が小さくて持ち運びにも便利なので、手軽に外でもお使いになれます。今一番人気があります。こちらのDの商品ですが、画面は大きくて持ち運びにはあまり適しませんが、ソフトがたくさん入っていますよ。

女：うーん。安さや持ち運びが便利かどうかよりも、大学で論文を書いたりすることも多いので、目が疲れないものがいいですね。じゃ、これにします。
男：ありがとうございます。

女の学生はどのパソコンを選びましたか。

1　Aのパソコン
2　Bのパソコン
3　Cのパソコン
4　Dのパソコン

解析

- 何をお求めでしょうか。（請問您在尋找什麼商品？）
- 指で触るだけでパソコンを操作できます。（只要用手指觸碰就能操作。）
- 画面が小さくて持ち運びにも便利（螢幕小方便攜帶）
- 手軽に外でもお使いになれます。（方便外出使用。）
- 持ち運びにはあまり適しません（不適合攜帶）

2番——4

学生が文化祭の準備について話し合っています。

女1：今度の文化祭、何をしたらいいかな。
女2：出店をやったら？
男　：そういえば、去年は飲み物の店だったね。
女1：あれはだめ。だって、あんまり人が来なかったじゃない。
女2：そうね。じゃ、今年は食べ物の店はどう？
男　：何にする？僕は料理できないけど。「おにぎり」ならいいよ。
女1：「おにぎり」って、どこでも食べられるし、コンビニだって売ってるよ。もっと特徴があるもので、手軽なもの。
女2：「お好み焼き」なんてどう？
男　：いいね。焼くだけだよね。そんなに準備も要らないし。
女1：確かに「お好み焼き」もいいけど、もっといいものはないかなあ。
女2：「たこやき」だったらいいんじゃない。インパクト強いし。
男　：うん、それはいいね。
女1：私もいいと思うわ。
女2：あ、「たこやき」って、丸い形に焼かないといけないから、「たこやき」用の鉄板が必要だった。

女１：そうか。「お好み焼き」なら普通の鉄板でもいいから。
女２：じゃ、それしかないね。
男　：じゃ、それで決まりだね。

文化祭には何をしますか。

1　飲み物の店
2　おにぎりの店
3　たこやきの店
4　お好み焼きの店

解析

・そういえば、去年は飲み物の店だったね。（這麼一說 我想到去年是飲料店。）
・コンビニだって売ってるよ。（連便利商店都有販賣。）
・確かに「お好み焼き」もいいけど、もっといいものはないかなあ。（的確大阪燒也不錯，但是沒有更好的提案嗎？）
・「たこやき」だったらいいんじゃない。（章魚燒的話也不錯。）
・インパクト強いし（令人印象深刻）
・丸い形に焼かないといけない（得烤成圓球形狀）
・じゃ、それで決まりだね。（那麼，就這麼決定了。）

3番

大学生が大学の先生の講義について話しています。

男１：山田先生の政治学の講義、とってる？
女　：あ、とってるわよ。
男１：山田先生って、話すスピードが速いんだよね。なかなかノートがとれなくて困ってるんだ。それに黒板に書いてもすぐに消されちゃうしね。どうしてる？
女　：確かに早口だし、黒板に書いたことも、すぐに消されちゃうから、携帯のカメラで撮ってる。
男１：へえ。田中君はどうしているの？
男２：僕も初めのころはノートがとれないから、講義を録音させてもらってた。
女　：そうだったの。それで、ノート、ぜんぜんとっていなかったんだね。
男２：でも、山田先生はわかりやすく説明してくれるから、慣れたら録音しなくても理解できるようになったよ。慣れれば大丈夫だよ。

男1：そうなんだ。これからは僕も頑張ってみよう。

女　：私は心配だから今までどおりにする。

男2：心配しなくても大丈夫。試験の前に友だちからノートを借りられるし。

解析

・山田先生の政治学の講義、とってる？（你有修山田老師的政治學嗎？）

・なかなかノートがとれなくて困ってるんだ。（不太容易做筆記，很困擾。）

・どうしてる？（你都怎麼做？）

・僕も初めのころはノートがとれないから、講義を録音させてもらってた。（剛開始我也無法做筆記，所以都將上課內容錄音。）

・それで、ノート、ぜんぜんとっていなかったんだね。（所以你都完全不做筆記。）

・慣れたら録音しなくても理解できるようになったよ。（習慣後不錄音也能理解。）

・慣れれば大丈夫だよ。（習慣了就沒問題了。）

・私は心配だから今までどおりにする。（我還是擔心所以仍然照現在的方式進行。）

質問1——4

男性はこれからどうやって山田先生の講義を聞くと言っていますか。

質問2——3

女性はこれからどうやって山田先生の講義を聞くと言っていますか。

第2回

言語知識・読解／75 問

問題 1

1	2	3	4	5
2	3	1	1	4

問題 2

6	7	8	9	10
3	4	1	4	2

問題 3

11	12	13	14	15
2	1	2	3	4

問題 4

16	17	18	19	20	21	22
4	1	2	3	1	3	4

問題 5

23	24	25	26	27
3	1	3	2	1

問題 6

28	29	30	31	32
2	4	4	3	1

問題 7

33	34	35	36	37	38	39	40	41	42	43	44
2	1	4	4	3	2	1	3	3	2	4	1

問題 8

45	46	47	48	49
4	3	1	2	3

問題 9

50	51	52	53	54
4	1	1	3	1

問題 10

55	56	57	58	59
1	4	3	1	2

問題 11

60	61	62	63	64	65	66	67	68
3	1	2	3	4	2	1	3	4

問題 12

69	70
1	2

問題 13

71	72	73
4	3	4

問題 14

74	75
3	4

聴解／32問

問題1

1	2	3	4	5
3	1	4	2	3

問題2

1	2	3	4	5	6
1	4	1	1	2	3

問題3

1	2	3	4	5
4	2	2	3	1

問題4

1	2	3	4	5	6	7	8	9	10	11	12
3	1	3	2	2	3	1	1	2	1	2	3

問題5

1	2	3	
		質問1	質問2
3	2	4	2

言語知識・読解

問題 1

1 2 平凡(へいぼん)な日々を送っている。
過著平凡的日子。

2 3 朗(ほが)らかな人柄だ。
開朗的個性。

3 1 色が微妙(びみょう)に違っている。
顏色些微地不同。

4 1 その町は盆地(ぼんち)だから、夏は暑くて冬は寒いそうだ。
據說那個城鎮因為是盆地之故，所以夏熱冬冷。

5 4 車の進行を妨(さまた)げる。
阻礙車子的行進。

問題 2

6 3 大家さんは家賃の催促(さいそく)をしている。
房東催促繳房租。

7 4 二人のこどもに恵(めぐ)まれている。
有幸生了兩個小孩。

8 1 彼の反応が鈍(のろ)い。
他的反應很遲鈍。

9 4 手品(てじな)で、宴会を盛り上げる。
使用魔術來炒熱宴會氣氛。

10 2 暖房が効(き)いて暖かくなった。
暖氣發揮功效，變暖和了。

問題 3

11 2 彼女はいまにも泣き出しそうだ。
她一副快哭出來的樣子。

12 1 次の駅で乗りかえてください。
請在下一個車站轉乘。

13 2 開封したらできるだけ早く飲みきったほうがいいですよ。
如果開瓶後，盡可能趕快喝完比較好。

14 3 勇気を出して、片思いの彼に話しかけた。
拿出勇氣，向單戀的男生搭話。

15 4 発車間際の電車に駆けこんだ。
衝入即將要發車的電車中。

問題4

16 4 封筒の宛名の書き方を教えてください。
請教我信封收件人名字的書寫方式。

17 1 病気で顔色が真っ青になった。
因為生病，臉色發紫。

18 2 あの流暢な英語力に感心した。
佩服那流暢的英語能力。

19 3 会議はこれにて終了させていただきます。
會議到此結束。

20 1 息子は大学の講師をしている。
兒子在大學擔任講師。

21 3 受賞者の記者会見が生放送された。
實況轉播了獲獎者的記者會。

22 4 道が縦横に交差している。
道路垂直平行交叉著。

問題5

23 3 彼はいさましい。
他很有勇氣。

1 多猜測的
2 衝動的
3 有勇氣的
4 膽小的

24 1 会議の打ち合わせをする。
進行會議前的討論工作。

1 預先討論
2 表決
3 審查
4 投票

25 3 恋人がせっかく手作りした料理が冷たくなってしまった。
戀人特地作的菜變涼了。

1 單純地
2 一心專注地
3 特地
4 更加地

26 2 教室がそうぞうしい。
教室裡吵吵鬧鬧的。

1 熱的
2 聲音吵雜的
3 人很少
4 髒兮兮的

27 **1** そっちょくに自分の意見を言う。

直率地表達自己的意見。

1 無隱瞞地、坦誠以對
2 委婉地
3 靜靜地、默默地
4 繞個彎地

問題6

28 **2** 請在前方的十字路口右轉。

29 **4** 小狗在家前面的電線杆撒尿。

30 **4** 已經過了最寒冷的時期。

31 **3** 生病痊癒了。

32 **1** 住在簡陋的房子中。

問題7

33 **2** 從那條件來判斷，還是停止這項交易比較好吧。

1 連
2 從…（來下判斷）
3 在…點上
4 就算

34 **1** 一旦記住腳踏車的騎法，就一輩子都不會忘記。

1 いったん～ば：一旦記住的話就會…
2 若要記住
3 即使去記住也…
4 若是去記住的話

35 **4** 吩咐交代部下事情。

1 說到一半
2 開始說
3 說出來
4 命令、吩咐交代

36 **4** 如果有想看的書，即使很貴也打算買下。

1 若是很貴的話
2 明明很貴
3 因為很貴
4 即使很貴

37 **3** 鼓起勇氣說了難以說出口的事。

1 取而代之
2 為什麼
3 鼓起勇氣去…
4 反而

38 **2** 腳很痛，無法一直站著。

1 僅、只
2 Vて＋ばかりはいられない：無法一直…
3 連
4 正是

39 **1** 實在無法贊成那項提案。

1 V［マス形］＋かねる：無法…
2 ならない：…的不得了
3 Vて＋たまらない：無法忍受…
4 Vて＋しょうがない：非常…

40 **3** **今年的聖誕夜會碰到星期六。**

1　成為
2　作為
3　碰到
4　變成

41 **3** **四年一次的活動。即使是那樣卻完全帶不起話題。**

1　由於那個原因
2　托那個福
3　即使是那樣
4　這麼一來

42 **2** **這條路走到底左轉就是醫院囉。**

1　（無此字）
2　走到底
3　抵達
4　（無此字）

43 **4** **無論如何一定要在這週內結束掉。**

1　相當大的…
2　一瞬間、迅速地
3　不論怎麼做總都是…
4　無論如何

44 **1** **以最大的努力提供您安全及安心的服務。**

1　憑藉著、以…為方法、手段
2　以…為前提
3　充分內含…在裡面
4　針對…展開討論

問題8

45 **4** 彼は事故で病院に運ばれたが、2 入院は 4 しなくて 3 すむ 1 ようだ。

他出車禍被送到醫院，但似乎傷勢不需要到住院治療。

解析

・Vなくてすむ（就算沒有～也沒關係）

46 **3** そのパーティーには 4 新入生 1 でなければ 3 参加する 2 ことができない。

那個派對只有新生能夠參加。

解析

・～でなければ～ない（一要是～才能～）

47 **1** こんな暑い日 3 は 2 かき氷 4 に 1 限る。

這麼熱的天裡就屬吃到冰最棒了。

解析

・～に限る（～是最棒的、最適合的）

48 **2** 4 メンバーに　1 は　2 大学生も　3 いれば　サラリーマンもいる。

成員中有大學生，也有上班族。

解析

- 〜も　いれば／あれば　〜も　いる／ある（有〜也有〜）
- 〜に＋は（に：在〜之中；は：主語格）

49 **3** 彼　3 ほど　1 高い人気を　4 もつ　2 政治家がいないだろう。

應該沒有像他這樣具備高人氣的政治人物了吧。

解析

- 〜ほど〜（如〜般〜）

問題9

大意

我們每天透過走路移動身體。除了走路之外，我們也透過火車、汽車、腳踏車、飛機等人類新發明的移動方法來移動身體。這些新發明被統稱為「交通工具」，透過這些工具，人類可以在短時間內進行長距離的移動，並且在身體不動的狀況下，進行移動。這樣看來，人類或許就是為了不要步行而發明了鐵路及汽車等。極端地來說，所謂文明的進步就是將原本自己雙腳具備的功能改由別的機器來替代吧！

50 **4**

1 如…般
2 比起…
3 為了…
4 只要不是…

51 **1**

1 （後多接否定）完全（不）…
2 （後接否定時）不怎麼…
3 一些些…
4 多多少少…

52 **1**

1 所謂…（多用在下定義時）
2 A いわば B（A 即為 B）
3 （前面話題提起過）若說到…
4 （多用敘述負面事物時）每次一提到…就會有…負面的評價

53 **3**

1 若不想走動的話
2 越是不走動
3 保持在不需走動的狀況下
4 若不走動的話

54 **1**

1 功能
2 （讓機器運轉的）機關
3 製作器具的材料
4 機器、道具

問題１０

（1）

55　1　因為對其抱持期待，所以才加以責備。

題目中譯　為何責備選手？

大意

人們常說，培育年輕人時首要懂得誇獎對方。但是我對於「誇獎」卻相當不拿手。除了因為會感到害羞之外，更是因為在我的內心裡一直認為，「人會因為遭到訓斥而成長」。有人說「人們在被忽視、被稱讚、被訓斥的階段中得到歷練」。因此我會在對方還不成氣候時，對其忽視，而對方開始出現一些可能性時，加以誇獎，最後在他快成氣候時加以責難。

（2）

56　4　有很深刻的感情，所以想要好好珍惜物品。

題目中譯　選擇送修而不購買新品的理由為何？

大意

想要送修微波爐及電子鍋時，發現修理的估價金額幾乎可以重買新產品了。因為是嫁妝，對這些物品有感情，而決定送修。並且，將丈夫的皮鞋拿去送修時，店家也是建議新買一雙可能還比較划算。雖然知道店家想要多銷售商品的心情，但希望對方也能理解消費者對於使用習慣的物品所抱持的感情。

（3）

57　3　可以根據自己的心情從中間的部份開始閱讀之故。

題目中譯　帶文庫本型的日記書去旅行的理由為何？

大意

這次來到南法的一個小都市旅行。因為以前來此地進行過調查，有些當地的朋友，因此只準備的簡單的行李。在出發當天匆忙地從書櫃中挑出幾本文庫版的日記書。這或許是因為敘述時間流動的日記，與旅行中感受到的空間移動感覺相似的緣故吧。並且以日期區分的日記書，能夠讓人隨手打開哪頁就閱讀那頁，這非常符合旅行中的閱讀。

（4）

58　1　因為公共電話必須醒目地存在。

題目中譯　以前公共電話的顏色為何是紅色？

大意

我們小時候的公共電話都一定是紅色的機身。這是為了讓人遠遠地就能發覺它的存在之故。但是，之後漸漸被灰色、綠色電話機身取代，到了現代，公共電話幾乎都是灰色的機身。這是因為從前那種公共電話必須顯著存在的時代已經結束之故。現在幾乎人人都帶著手機，因此公共電話的營收幾乎都是赤字狀況，漸漸地難以發現公共電話的蹤跡。

（5）

59 **2** **在瑞典有許多選擇不結婚，同居之後自然產生婚姻法律效力的案例。**

題目中譯 關於初婚年齡的敘述，何者為真？

大意

夫婦第一次結婚的年紀節節高升，這種現象不僅侷限在日本，就連在歐美先進國家也觀察得到相同的傾向。在瑞典，2004 年的數據中，妻子的初婚年紀已經高達 30.7 歲。但由於在瑞典國內有種名為「sanbo」的制度，男女雙方在同居一段時間之後，會自然產生婚姻法律效力。考慮到這樣的狀況後，瑞典的實際結婚年齡應該可以減低個 2、3 歲。

問題 1 1

（1）

大意

沒有豐沛資源的日本有座名為「睡著了的礦山」。那是指透過資源回收再利用收集而來的大量金屬物質。在這座「都市礦山」內蘊藏等同全世界百分之十六的黃金量。近年來銦（indium）的價格暴漲，為了因應今後供不應求的狀況，當務之急要能確保有效地分離珍貴金屬的技術。DOWA 控股公司等資源回收企業正著手投入相關投資。

60 **3** **因為從廢棄機器中抽離出的金屬量很多之故。**

題目中譯 日本存有豐富金屬資源的理由為何？

61 **1** **確立有效分離、抽檢出不同珍貴金屬的技術。**

題目中譯 為了好好利用日本沈睡中的金屬資源，應該做什麼？

62 **2** **因為對於珍貴金屬的累積需求量大幅增加之故。**

題目中譯 作者提到，今後無法避免全世界性的供應不足，這是為什麼呢？

（2）

大意

近年來接連發生的青少年事件引起大家對於年輕人「心靈」問題的關注。其中，尤其將原因歸咎在學校、地方、家庭的教育不足，因而設置了學校諮商中心、學校社服員等。並且，也同時加強道德教育的實施。然而，為了解決這個問題，不僅是加強學校內的道德教育，也帶動了由社區來進行的「心靈教育」。

63 **3** **配置社福人員。**

題目中譯 作者提到，這被稱為年輕人的「心靈」問題，以下何者不是年輕人的「心靈」問題？

64 **4** **接連幾件少年犯罪事件被大幅報導。**

題目中譯 導致年輕人的「教育力」低下問題受到矚目的契機為何？

65 **2** **導入《心靈筆記》及展開全地區協助的「心靈教育」。**

題目中譯 哪者為加強小孩心靈培育教育的方法？

（3）

大意

不可攜帶外食到餐廳內使用，這樣的規定還不難理解，但一些休閒設施、棒球場也設有類似規定時，是否合理？表面上的理由是，若攜帶外食到這些地方，會引發垃圾量激增的問題，但實際上禁帶外食的原因應該是為了提升設施內的飲食賣店業績吧！某間遊樂園甚至還以攜帶外食會破壞樂園的夢幻形象為由，禁止客人攜帶外食到樂園內。到頭來，真正的理由應該還是現實面的收支問題吧！

另一方面，即使規定不可攜帶外食，但有些歐巴桑也還是大剌剌地吃著自己帶來的便當。即使服務生上前規勸，歐巴桑們還會回以：「搞什麼阿，我們可是買了門票進來的客人啊」，而絲毫不以為意。如果擁有那般的勇氣，我們也能忽略那些禁帶外食的規定吧！

66 **1** **因為想要提高球場內部的餐飲部分販售業績之故。**

題目中譯 球團為何想要禁止球迷攜帶食物、飲料來看球呢？

67 **3** **不可攜帶食物、飲料到餐飲店內。**

題目中譯 一般能夠讓人獲得理解的狀況為以下何者？

68 **4** **因為婆婆媽媽們決定無視於那些規定之故。**

題目中譯 作者提到，婆婆媽媽們不會在意，這是為什麼呢？

問題１２

大意

A

由高齡駕駛人引起的錯踩油門、煞車的死亡意外頻傳。專家呼籲應對此狀況來思考對策。中京大的向井教授推測，這些事故頻率增高的原因，可能是因為當高齡駕駛人錯踩油門後，無法迅速反應，以重踩煞車之故。但是由於目前沒有關於錯踩油門剎車的相關研究，因此詳細的發生原因仍然不清楚。

B

高齡者以往多是步行時的交通意外受害者，但現在卻經常成為開車導致對方受傷的加害者。在鄉下地方，由於小孩們都長大離開，家裡留下老夫婦倆人，若要購物或前往醫院，就得由高齡者自行開車前往，這可說是造成上述情況的背景之一。雖然高齡者本身也感覺到自己身體的退化，但仍有許多人將駕照用作身份證明文件，而不願繳回駕照。2002 年的道交法改正修正後，在高齡者繳回駕照時，會發行「開車經歷證明書」給對方。這個證明書即可用來代替駕照作為身分證明時使用。

69　1　近年由高齡者引起的交通事故逐漸增加。

題目中譯　在 A、B 兩篇文章中都提到的是以下何者？

70　2　由於身心機能的老化而導致反應遲鈍。

題目中譯　A、B 兩篇文章的作者皆猜測造成高齡者交通事故的原因為何？

問題 1 3

大意

人們會因為接觸對象的不同而預測對方可能的行為，改變自己與其接觸的方式。自動提款機只能千篇一律地以同樣方式對待來客，但商店街內的蔬菜店老闆可能會因為客人是幫忙跑腿買東西的小朋友，而幫他將找錢的零錢放入塑膠袋內，而不會對其他大人的顧客做這個動作。正因為人們心中預設了一個「像小朋友的」、「像歐巴桑的」這些概念，因此即使不對他們一一進行體力測試，也會做出符合對方狀況的行為。

透過「像～的」概念，不僅能有助預測對方的行為，也能在自己不知道自己該怎麼做才好時，預測同屬自己這個圈圈的人可能會怎麼做，而做出符合大家預期的行為。尤其對於青春期的孩子來說，雖然對父母及大人們的價值觀開始產生叛逆的想法，但卻會盡量做出與身邊同儕類似的行為。所謂年輕人特有的流行、說話方式等，也與這個概念相關。不僅是還沒確立自己想法的年輕人，就算是成人們，在自己尚未習慣的環境中，通常也渴望能夠找到一些能夠遵循的指標。

71　4　因為希望根據每個人的屬性不同，而盡量做出符合對方狀況的對應。

題目中譯　為什麼作者認為人們都會預測對方的行動，來改變自己的對應方式？

72　3　因為想透過與同伴使用類似用詞，來獲得同伴們的認同之故。

題目中譯　作者認為年輕人用語產生的原因為何？

73　4　很少有人能做到對不同的人採取不同對應方式。

題目中譯　與作者所主張不同者為何？

問題１４

74　3　A 旅館，因為能使用包廂式泡澡堂。

（題目中譯）東先生打算利用今年的春假與太太、7 歲的兒子及即將滿 75 歲的奶奶一起享受兩天一夜的溫泉旅行。原本打算也要帶著寵物毛毛一起去，但因為有朋友能夠幫忙照顧毛毛，於是這次就不帶他去了。奶奶雖然年紀不小，但身體十分硬朗。太太雖然表示希望能夠住在西式的房間，但比起這個，更希望能住在有家人能夠一起泡澡的露天溫泉設備。那麼東先生要選擇哪間飯店呢？並且，主要的理由為何？

75　4　B 旅館，因為住房、退房的時間較為符合需求。

（題目中譯）加藤先生打算一個人去溫泉勝地旅遊。由於想要藉此除去平日累積的疲勞，因此比起自己開車前往，決定搭乘較早抵達溫泉地的電車。已經買好下午一點半抵達距離飯店最近的車站車票。此外，為了能夠充分地享受飯店的設備，加藤先生希望退房時間能夠越晚越好。那麼加藤先生要選擇哪間飯店呢？並且，主要的理由為何？

聴解

問題 1

MP3 2-1

1番——3

男の学生と女の学生が話しています。男の子は次の英語の授業に何を持っていきますか。

女：今朝の英語の授業、休んだよね。どうしたの。

男：ちょっと風邪気味で、午前中は家で休んでた。何か宿題とかなかった？

女：宿題なら、ないよ。ただ、次の授業で辞書引きの試合をやるから、みんな自分の辞書を持ってこなきゃ…。

男：辞書って、どんなタイプでも大丈夫かな？

女：辞書コンテンツのあるスマホやPDAのようなものはだめだよ。電子辞書や普通の辞書ならオッケーだって。

男：そうか。それは困るな。普段は携帯で単語を調べているから…。

女：じゃあ、図書館のを借りるか、私の使わない辞書を貸そうか？

男：えっと、貸してくれるなんて、ありがたいんだけど、普段使ってないから、試合当日はきっとうまく使えないと思う。やっぱり電子辞書を買っておこう。

男の子は次の英語の授業に何を持っていきますか。

解析

・辞書コンテンツ（字典功能）

・スマホ（智慧型手機）

2番——1

教室で女の先生と男の学生が話しています。先生は男の学生に何をアドバイスしましたか。

女：田辺君、今日もまた遅刻しましたね。

男：先生、すみません。徹夜していたから、今朝朝寝坊をしてしまって…。

女：なんで徹夜したんですか。勉強でもしていたんですか。

男：ええ、今日の小テストの勉強とか、いろいろしていましたけど。

女：テストの勉強なら、早めにしておけばよかったのに。

男：早めにしておきたかったので、8時過ぎから勉強を始めたんですが…。

女：じゃ、その後は何をしていたんですか。

男：まだ時間があると思って、つい漫画を読んだり、オンラインゲームで遊んだりしてしまいました。

女：それはいけませんよ。もっとやるべきことに集中しないと。

男：ええ、そう思いながら、なかなかいい方法が見つからなくて…。

女：そうですか。次から、勉強の時間割表を作ってみたらどうですか。計画通りに勉強したりや休みをとったりしてみたら、効率が上がるかもしれませんよ。

男：アドバイス、ありがとうございます。今度やってみます。

先生は男の学生に何をアドバイスしましたか。

- つい（一不小心）
- 時間割表（時間規劃表）
- 計画通りに（按照計畫地）

3番（ばん）——4

男の人が女性の薬剤師と話しています。男の人は家に帰ったら、どうしますか。

女：渡辺徹さん、お薬です。

男：はい。

女：簡単に飲み方について説明いたしますね。

男：ええ。

女：食前に飲む薬は、食事前の30分くらい前に飲んでください。

男：えっと、必ず30分前ですか。

女：いいえ、あまり「30分」にこだわる必要はありませんよ。時間が多少ずれても、飲み忘れない事の方が大切なんです。

男：そうですか。もうすぐ晩御飯の時間ですけど、帰ってすぐ飲んでも大丈夫ですよね。

女：ええ。でも、この薬を飲んで、ちょっと時間がたってから晩御飯を食べたほうがいいですよ。

男：はい。

女：そして、こちらに「頓服」と書いてある薬は、症状が出たときに飲むものです。

男：ええ、今回の場合は、熱が出たときに飲むんですよね。

女：そうです。後、注意しなければならないのは、ジュースやアルコールなどで飲むと、薬の成分が変化してしまうので、必ず、水かぬるま湯で飲んでください。

男：へえ、そうですか…。じゃ、暖かい牛乳なら大丈夫でしょうか。

女：それもいけません。牛乳と一緒に飲むと、薬によっては吸収が低下したり、 効果が出るまでに時間がかかることがあるから。

男：はい、わかりました。

男の人は家に帰ったら、どうしますか。

解析

- こだわる（堅持）
- ずれる（錯過）
- アルコール（酒精類）
- ぬるま湯（溫水）

4番——2

空港で女の係員と男の人が話しています。男の人はこれから何をしますか。

女：おはようございます。

男：チェックインをお願いします。

女：かしこまりました。パスポートと航空券をお願いいたします。

男：あのう、eチケットなので、航空券はないんですが。

女：あ、はい。ではパスポートをお願いします。

女：それから、重さを量りますので、お荷物をこちらにお載せください。

男：はい。

女：お荷物はお一つでございますね。

男：ええ。後は手荷物が一つありますが。

女：バッグにネームタグはついていますか。

男：いいえ、ありません。

女：じゃあ、こちらにお名前とご住所をお書きください。

男：わかりました。

男の人はこれから何をしますか。

解析

- チェックイン（登機手續）
- eチケット（電子機票）
- 手荷物（手持行李）
- ネームタグ（名牌）

5番——3

男の上司と女の部下が会社のお祝いパーティーについて話しています。この後、女の人はまず誰と連絡をしますか。

男：パーティーの準備はどうなってる？

女：ほぼできているので、どうぞご心配なく。

男：そうか。で、食べ物飲み物の予約は？

女：とりあえず、30人分お願いしておきましたが。

男：30人分で足りるかな。この間、26人が参加すると返事したって言うけど、あと8人の返事がまだなんじゃないか。

女：ええ、食べ物飲み物の追加は前日のお昼まで可能なので、とりあえず30人分にしたんですが…。

男：そうか…。返事をもらってない人には、この後、あらためて連絡しておいたほうがいいかもしれないな。

女：はい、すぐやります。

男：それと、会場のセッティングはどうなってる？

女：いつも提携している業者に頼んでいるので、問題ないと思います。

男：お祝いに使うくす玉は確認してあるよね。

女：あ、それをすっかり忘れてしまいました…。

男：それが一番肝心なことだよ。とくにくす玉に使う垂れ幕の文字の確認は。
急いで連絡して。

この後、女の人はまず誰と連絡をしますか。

- セッティング（佈置）
- くす玉（慶賀典禮上使用的拉球）
- 肝心（重要）

問題2

1番（ばん）——1

男の学生が女の人と電話で話しています。男の学生はいつからいつまで授業を休みますか。

女：はい、鈴木でございます。

男：ああ、私、明宝大学2年生の高木と申します。鈴木先生はいらっしゃいますか。

女：あいにく主人は出かけておりますが、何かご用事がありましたら、伝言しておきますよ。

男：そうしていただけると助かります。

女：ええ、メモを取りますから、少々お待ちください。

男：はい。

女：お待たせしました。どうぞ続けてください。

男：実は、昨日の夜、実家から電話があって、おばあちゃんが亡くなったって。だから、すぐに里帰りしなくちゃならないのです。それで1週間ほど休みをとりたいんですが。

女：まあ、おばあ様がなくなられたの。それはご愁傷さまでございます。
では、高木さんは今日から1週間休みをとりたいということですか。

男：いいえ、深夜バスで帰るので、今日の授業には出ます。休むのは明日からです。

女：ああ、そうですか。わかりました。鈴木が帰り次第、お伝えします。

男：お手数をおかけして、すみません。では、失礼します。

男の学生はいつからいつまで授業を休みますか。

解析

- 里帰り（回老家）
- ご愁傷さま（請多節哀）
- 深夜バス（夜車）
- 帰り次第（一回到家馬上…）
- お手数をおかけして（給您添麻煩了）

2番——4

男の人と女の人が話しています。試合の結果はどうでしたか。

男：昨日の野球の試合、見た？

女：ええ、7回までは見ていたけど、急に用事ができて…。

男：へえ、それはおしかったね。9回のプレーが一番の見所だったのに。

女：そうなんだ。昨日、出かける前の点数は、確か、5対0で、Aチームがリードしてたよね。

男：うん。Aチームの圧勝だと思ってたら、9回の表で、Bチームが一気に8点も取ったんだよ。ファーボールに、連続ヒット、そして代打の逆転満塁ホームランで。

女：へえ、そんなにすごかったんだ。結局Bチームが5対8で勝利を収めたんだ。

男：いや、逆転勝利目前で、9回の裏で再逆転を許してしまって…。

女：へえ、激しい試合だったんだね。

試合の結果はどうでしたか。

解析

- リード（領先）
- 圧勝（大比數獲勝）
- 逆転勝利（逆轉勝）
- 目前になる（就在眼前）

3番(ばん)——1

男の人と女の人が話しています。女の人が飲み会に行かない本当の理由は何ですか。

男：この後、一杯行こう。君と同期の小林君や田中君も行くから。

女：あ、すいません。今日は、私はちょっと…。

男：行かないの？お酒が得意な君が行かないなんて珍しいね。体の具合でも悪いの？

女：いいえ、三日間残業したけど、まだまだ大丈夫ですよ。

男：じゃ、なんで行かないの。

女：新しく引越ししたところが遠くて、帰りが遅くなると、終電に間に合わないかもしれませんので。

男：終電がなくなったら、タクシーで帰ればいいじゃないか。

女：ええ、確かにそれはそうなんですが…。明後日の給料日前に、すでにお金が底を尽きかけてるんです。

男：ああ、なるほど、食費のことが心配なのか。今日は俺がみんなにおごるから、心配はいらないよ。

女：あ、それは悪いですよ。

男：大丈夫だよ。今日は臨時収入があったから…。

女の人が飲み会に行かない本当の理由は何ですか。

・終電に間に合う（趕上末班電車）

・お金が底を尽く（錢花光見底）

・おごる（請客）

4番(ばん)——1

男の人と女の人が話しています。二人はどのバスに乗りますか。

女：明日の映画の試写会なんだけど、何時からだったっけ？

男：えっと、たしか、午後1時半からの予定だね。

女：映画館までは何で行くの。

男：バスで行こうよ。ちょっと離れてるけど、バスなら、乗り換えなしで行けるから便利だし。

女：バスの時間は、えっと…、昼の12時10分、12時25分、12時40分、12時55分…15分おきにバスがあるみたい。どれにする？

男：バスの場合は50分で着くから、12時25分のバスで行こう。

女：でも、ポップコーンや飲み物を買いたいから、もうちょっと早めに着いたほうがいいかもね。

男：食べ物なら、家の近くで買っていけばいいじゃない。

女：いや、冷めたらおいしくなくなるじゃない。

男：しょうがないな。

二人はどのバスに乗りますか。

解析

・乗り換え（轉乘）

・～おき（每間隔～）

・さめたら（冷掉的話）

・しょうがない（真拿你沒輒）

5番（ばん）——2

女の学生と図書館の係員が話しています。女の学生の読みたい本が見つからなかった原因は何ですか。

女：あのう、すみません。

男：はい。

女：この本を読みたいんですが、本棚では見つからなくて…。

男：パソコンから蔵書検索をしましたか。

女：はい、そこで調べた番号で探してみたのですが…。

男：そうですか。いま確認しますので、少々お待ちください。

女：はい、お願いします。

男：えっと、パソコンのデータから見ると、この本は現在貸出中ですよ。

女：あ、そこの情報を見落としていました。なるほど、だから本棚にはなかったんですね。

男：貸出中の図書に予約を行うこともできますが、いかがですか。

女：ええ、ぜひ予約させてください。どうしたらいいですか。

男：ここの利用登録者であれば、ご利用になりたい資料をインターネットから予約しておくことができますよ。まず、ログインして、そして、画面の右下のボタンを押せば、大丈夫ですから。

女：そうですか、わかりました。ありがとうございました。

女の学生の読みたい本が見つからなかった原因は何ですか。

解析

・蔵書検索（藏書檢索）

・利用登録者（使用者登錄）

・ログイン（登錄）

6番（ばん）——3

駅の改札口で男の人と女の人が話しています。男の人が女の人にどんなアドバイスをしましたか。

男：あら、山田さんじゃないですか？私、中村です。

女：あ、中村先輩。お久しぶりですね。

男：ああ、そういえば、2年ぶりだよね。で、山田さんはまだ学生なの。

女：ええ、博士課程に進学して、今は、論文と闘う毎日ですよ。
男：研究ははかどってる？
女：うーん、いまいちって感じですね。来月の終わりには構想発表会なんですけど…。
男：あまりストレスがたまりすぎると、体によくないよ。
女：それは分かってはいるんですが、やるべきことが山ほどあるので、なかなか休憩がとれないんですよ。
男：来月の終わりには、まだ時間があるから、もっと気楽にしてみれば？いつもまじめにやっている君なら、きっと何とかなると思うからさ。
女：励ましてくれて、ありがとうございます。今度、お茶でもいきましょうか。ストレス解消にもなると思いますから。
男：もちろん、いいよ。今度はのんびり世間話でもしよう。

男の人は女の人にどんなアドバイスをしましたか。

- いまいち（狀況不是頂好）
- 山ほど（堆積如山高般）
- 何とかなる（總會有辦法的）
- 世間話（閒話家常）

問題3

1番（ばん）——4

医者が話しています。

男：一回の下痢で、すっきりよくなる場合は、後の食事にとくに気を使わなくてもいいんですよ。お腹の痛みや、下痢が続いている場合は、食べ物飲み物に注意してください。水の補給が必要ですが、できれば、ジュースや牛乳などではなく、暖かい飲み物のほうがいいです。とくに水のような下痢が出ているときは、肉類やや甘いお菓子などを食べたら、腸はとても消化や吸収する余裕がなくて、かえって下痢が悪化して、脱水症状を悪化させてしまうのです。このようなときは、下痢で出ているものと同じ固さの食べ物、たとえば水のようなお粥を食べたらいいかもしれません。

下痢の対策について正しいのはどれですか。

1　一回のみの下痢の場合は、ジュースを飲まないほうがいいです。
2　水のような下痢が出た場合は、肉類を食べたほうがいいです。

3　薄いおかゆを食べたら、脱水症状はいっそう悪化していきます。
4　下痢が止まらない場合は、水の補給を忘れないほうがいいです。

解析
・かえって（反而）
・脱水（脱水）

2番（ばん）——2

ある人が話しています。

男：電車のアナウンスで「駆け込み乗車はおやめください」って言いますが、次の電車まで10分以上も待たなければならない場合は、どうしてもやってしまいそうです。駆け込み乗車の危険さが分からないわけでもないのですが、それより気になるのは、乗り換えが難しくなることです。つまり、目の前の電車に乗れないと、乗り換えが間に合わなくなったりする場合もあるからです。このような状況を避けるためには、みなさんに前もって電車の時間を確認してもらって、余裕を持って駅にきてもらうしかありません。そうすれば、駆け込み乗車なんかにならないはずです。

この人は駆け込み乗車についてどう考えていますか。

1　危険ではありますが、しょうがないことです。
2　危険なので、できるかぎり避けたほうがいいです。
3　乗換えが難しくなる場合は、駆け込み乗車をしてもかまいません。
4　電車が少ない場合は、駆け込み乗車をしてもかまいません。

解析
・駆け込み乗車（車門關閉前衝入電車內）
・乗り換え（換車）
・余裕を持つ（保有更多充分時間）

3番（ばん）——2

女の人が日本のボーナス制度について話しています。

女：世界的に見ると、日本のように、夏2ヶ月、冬0.5ヶ月から2ヶ月分の給料をあげる習慣は特殊なのです。これがいわゆるボーナス制度というものです。このボーナス制度の由来といえば、江戸時代から始まったとの説があります。昔、武士にはたくさんの使用人が付いていました。お正月休みやお盆休みのとき、使用人たちは自分のふるさとへ帰ります。その時に、「故郷に錦を飾りなさい」といって、そっとお金を使用人たちに渡す習慣があったそうです。その武士と使用人の関係を現代で考えれば、会社とサラリーマンになります。

サラリーマンのことを昔の何に例えることができますか。

1　武士

2　使用人

3　会社

4　上司

解析

- 使用人が付く（配有家僕）
- お盆休み（中元節長假）
- そっと（靜默地）
- 故郷に錦を飾りなさい（衣錦還鄉）

4番——3

ある人が話しています。

女：人前でプレゼンテーションするとき、早口でもゆっくりでも、間をあけないで、話したいことだけ話し続けると、聞き手が眠くなりますよね。つまり、時間の把握に関するポイントは、自分の話す時間ではなく、聞き手に理解してもらいたい内容の量にあります。たとえば、2時間の講演の場合、「2時間でどれだけしゃべれるか」を考えるのではなく、「この2時間でどれだけ理解してもらえるか」を考えたら、より反響のあるプレゼンテーションが出来るのではないかと思います。

これは何についての説明ですか。

1　講演の緊張感を取り除く方法

2　限られた時間でできるだけ多く話す方法

3　プレゼンテーションをよりうまくやっていく方法

4　与えられた講演時間をしっかり守る方法

解析

- 早口（講話很快）
- 反響（回響）

5番——1

男の人が話しています。

男：皆様、この一年、本当にお疲れさまでした。皆さんのお蔭で今年は例年以上に良い年になったと思います。終わってみれば、昨年比40%の売上増という結果をもたらしたわけで、年初の会社の期待に見事応えてくれました。皆さん、本当にありがとうございました。これから正月休みを迎えるにあたり、家族・仲間内の行事もいろいろあると思いますが、どうぞ一年間の疲れを癒してください。我が社の、そして皆さんの来年以降のますますの発展を祈りまして、私からのご挨拶とさせていただきます。

これはどこでの挨拶ですか。

1　忘年会の会場
2　送別会の会場
3　新年会の会場
4　歓迎会の会場

解析

・もたらす（帶來）
・期待に応える（符合期待）
・疲れを癒す（消除疲勞）

問題4

MP3　2-4

1番——3

男：医者に注意されても、彼はあいかわらずお酒を飲んでいる。
女：1　このまま飲み続けたら、だんだん体調がよくなるでしょうね。
　　2　このままじゃ、健康的になっていくでしょうね。
　　3　このままじゃ、健康が悪化してしまうでしょうね。

中譯

男：即使被醫生囑咐不可喝酒，但他依然持續喝酒。
女：1　這樣持續下去，應該能漸漸恢復健康吧。
　　2　這樣的話，應該會越來越健康吧。
　　3　這樣的話，健康狀況應該會惡化吧。

2番——1

女：先生からの呼び出しです。
男：1　はい、すぐ参ります。
　　2　はい、すぐやります。
　　3　はい、すぐ帰ります。

中譯

女：老師請你過去一下。
男：1　好的，我馬上過去。
　　2　好的，我馬上去做。
　　3　好的，我馬上回家。

3番——3

男：ベテランの彼がこんなミスをしたなんて…。

女：1　やっぱりこうなりましたね。

2　ベテランだけのことはありますね。

3　大目にみてあげたら。

中譯

男：老經驗的他居然會犯這種錯誤。

女：1　果然真的那樣阿。（開心之意）

2　真不愧是老經驗的他啊。（佩服之意）

3　就別這麼苛責他了啦。

4番——2

女：お会計、お願いします。

男：1　はい、ごちそうさまでした。

2　はい、少々お待ちください。

3　はい、とってもうまかったです。

中譯

女：麻煩您，我們要結帳。

男：1　好的，我們吃飽了。

2　好的，請您稍候一下。

3　好的，非常好吃。

5番——2

男：もうちょっと頑張れば勝てたのに…。

女：1　よくやったね。

2　惜しかったね。

3　当たり前だね。

中譯

男：只差一些努力就不會落敗了說…。

女：1　真是做的太好了。

2　真是可惜了。

3　這也是理所當然的。

6番——3

女：新型携帯電話の売れ行きはかなりいいと聞いているけど。

男：1　ええ、人気がなかなかなさそうだって。

2　ええ、不良品や返品が多いって。

3　ええ、発売初日で売りきれたって。

中譯

女：通說那款新手機銷售狀況非常好。

男：1　嗯，聽說沒什麼人氣。

2　嗯，聽說有許多瑕疵品及退貨。

3　嗯，聽說首賣當天就賣到缺貨了。

7番（ばん）——1

男：ここは先輩の僕が払うよ。

女：1　ではお言葉に甘えてごちそうになります。

　　2　では配布していただきます。

　　3　では、お邪魔いたします。

中譯

男：這頓就由前輩的我來付就好。

女：1　那麼就承您的話，讓您破費了。

　　2　那麼就請您發下去。

　　3　那麼我就打擾了。

8番（ばん）——1

女：この料理はそうとう手がかかったのよ。

男：1　そんなに大変だったのか。

　　2　もっと多くの人を募集しようか。

　　3　猫の手も借りたいね。

中譯

女：這道料理很費功夫。

男：1　有那麼麻煩啊。

　　2　要不要應徵更多人來幫忙。

　　3　實在非常忙碌啊。

9番（ばん）——2

男：わざわざ謝りにいくまでもないよ。

女：1　じゃ、行ってきます。

　　2　じゃ、メールで説明します。

　　3　じゃ、すぐ伺います。

中譯

男：沒必要特地跑去跟對方當面道歉啦。

女：1　那麼，我去去就回來。

　　2　那麼，我用電子郵件來向對方說明。

　　3　那麼，我馬上去詢問看看（／馬上去拜訪對方）。

10番（ばん）——1

女：5月の終わりなのに、今日はめちゃくちゃ寒いね。

男：1　うん、冷え込んでるね。

　　2　うん、暑くてしょうがないね。

　　3　うん、冬っぽくないね。

中譯

女：明明已經是五月底了，今天卻冷的不得了。

男：1　嗯，很冷呢。

　　2　嗯，熱得讓人受不了啊。

　　3　嗯，不像冬天呢。

１１番——2

男：あいにく田中はいま席をはずしておりますが…。

女：1　では、よろしくお願いします。

　　2　では、またお電話します。

　　3　では、お待たせしました。

中譯

男：真不湊巧，田中現在不在位子上…。

女：1　那麼，就請你多指教。

　　2　那麼，我晚點再撥過來。

　　3　那麼，讓您久等了。

１２番——3

女：お先に。

男：1　いらっしゃいませ。

　　2　いつもありがとうございます。

　　3　お疲れ様でした。

中譯

女：我先下班囉。

男：1　請慢慢來。

　　2　後面也沒關係啦。

　　3　辛苦了。

問題５

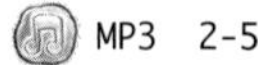

1番——3

日本人の女子と留学生の女子が話しています。

女1：いよいよ来月はバレンタインだね。チョコレートはもう買ってあるの？

女2：ううん、今年は彼に手作りのチョコレートを渡すつもりなんだ。

女1：へえ、手作りなんて、すごいね。私にはできないよ。

女2：手作りのチョコなんて思っているほど難しくないよ。レシピと材料さえあれば、簡単にできるはずだよ。

女1：実は、私はぜんぜん料理をしていなくて、いや、ぜんぜんできないのよ…。

女2：じゃ、あの人には市販のものを渡すつもりなの？

女1：そうするしかないよ…。デパートへ行ってくるよ…。

女2：簡単にあきらめないで。とりあえず、一緒に作ってみない？私はこんどの土曜日につくる予定なんだけど。

女１：えっ、いいの？ありがとう。やってみる。売っているチョコレートみたいにきれいに作れなくても、心をこめたものなら喜んでくれるよね。

留学生は片思いの彼へどんなチョコレートを渡しますか。

1　デパートで売られている高級チョコレート
2　普通の店で販売されているチョコレート
3　手作りのチョコレート
4　日本人学生が作ってくれるチョコレート

- レシピ（食譜）
- 片思い（暗戀）
- 心をこめる（真心誠意地）

2番（ばん）——2

男の学生が教務係に履修科目について問い合わせをしています。

男：あの、すみません。履修登録について確認したいんですが…。

女：はい。

男：まず、指定科目、集中講義、それから選択科目の履修登録、どれも今週中に済まさなければならないんですか。

女：えっと、指定科目と選択科目はそうなんですが、集中講義はまだ登録しなくてもかまいませんよ。

男：あ、そうですか。でも指定科目の時間帯に、履修したい他の全学共通科目が重なっている時間があるんですが、どうすればいいですか。

女：原則的にそのような場合、指定科目の変更は一切認められませんが、少人数セミナーや第二外国語の授業と重なるときは、今週中に特別履修手続きを行えば、他のクラスへの変更が認められますよ。

男：そうですか、わかりました。どうもありがとうございました。

男の人が今週中にしなくてもいいのはどれですか。

1　特別履修手続き
2　集中講義の履修登録
3　自由選択授業の履修登録
4　クラス指定科目の履修登録

解析

- 済む（完成）
- 重なる（重疊）
- 今週中に（這週結束前）

3番

旅行代理店で男の人と女の係員が話しています。

男：あのう、このお盆休みに中国の北京を旅しようと思っているんですが、ツアーにするか個人旅行にするか迷ってて…。

女：北京ですか。ツアーのプランのご予約も、ホテルと航空券だけの手配もできますよ。ただ、ツアーと個人旅行、どちらがいいかは人によりますね。旅の目的、体力、また、海外旅行の場合は、語学力も考えなければなりませんし…。

男：それはそうですね。3年間ほど中国語を勉強していたので、言葉は大丈夫だと思いますけど、ただ、今回は新婚旅行なので、個人旅行がいいのか、迷ってるんです…。

女：そうですか。新婚旅行なら、ある程度ゆったりしたほうがいいかもしれないので、添乗員・ガイド付きのツアー旅行をお薦めします。スケジュールをあれこれ考えて悩む必要もありませんし、旅行中、重い荷物を自分で運ぶ必要もありません。なによりも、混み合う観光スポットでも団体予約してあれば待たずにすぐ入れますから。

男：ええ、そういうメリットは考えていますが、ツアーの場合は長距離移動が多くて、移動中のバスの窓からだけの観光がよくあると聞いてるんですけど…。それに、ツアー旅行のホテルは郊外にあることが多くて、自由時間に自分で繁華街などへ行くことも難しいって。

女：確かにツアー旅行の場合にはよくあることですが、気になる点をあらかじめおっしゃっていただければ、お客様のニーズに合うツアー旅行がないわけでもありませんよ。

男：そうですか。じゃあ、いくつか資料をもらってもいいですか？帰ってから彼女とじっくり相談してみます。

女：はい、少々お待ちください。

・・・・・・・・

女：お待たせしました。こちらにA、BとCの三つのツアープランと、ホテルプラス空港券のみのプランがあります。出発日や滞在期間などによって、多少変更がありますが、ご参考になればと思います。

男：ええ、これだけあれば。大変助かりました。とりあえず、この資料を見てから、また来ます。

女：はい、いつでも気軽にお越しください。

- 添乗員（領隊）
- 込み合う観光スポット（人潮擁擠的觀光點）

質問 1——4

男の人はこの後、どうすることに決めましたか。

質問 2——2

会話の中で出たツアー旅行のメリットはどれですか。

第 3 回

言語知識・読解／75 問

問題 1

1	2	3	4	5
4	2	2	2	3

問題 2

6	7	8	9	10
2	1	2	4	3

問題 3

11	12	13	14	15
3	4	2	4	2

問題 4

16	17	18	19	20	21	22
3	3	3	3	2	2	3

問題 5

23	24	25	26	27
3	2	2	3	1

問題 6

28	29	30	31	32
1	3	1	2	4

問題 7

33	34	35	36	37	38	39	40	41	42	43	44
3	2	1	2	4	2	2	4	1	3	4	2

問題 8

45	46	47	48	49
1	2	4	4	1

問題 9

50	51	52	53	54
1	2	3	1	1

問題 10

55	56	57	58	59
3	3	4	3	4

問題 11

60	61	62	63	64	65	66	67	68
4	3	2	1	3	1	3	3	4

問題 12

69	70
4	4

問題 13

71	72	73
2	2	4

問題 14

74	75
2	3

聴解／32 問

問題 1

1	2	3	4	5
1	1	2	3	3

問題 2

1	2	3	4	5	6
3	3	2	2	3	4

問題 3

1	2	3	4	5
2	4	1	1	2

問題 4

1	2	3	4	5	6	7	8	9	10	11	12
1	3	2	2	1	3	3	2	2	2	2	2

問題 5

1	2	3	
		質問 1	質問 2
4	3	1	2

言語知識・読解

問題1

1 4 湖の水面を月が静かに照(て)らしていた。
月亮倒映在湖面上。

2 2 アウンサンスーチーの演説(えんぜつ)には人を納得させるものがある。
翁山蘇姬的演講使人感動。

3 2 あの映画の主人公はまだ子供なのに、大人に負けないほどすばらしい演技(えんぎ)を見せてくれた。
那部電影的主角還是個小孩但卻有著不輸大人的演技。

4 2 311地震の被害は金額にして、およそ3兆円に相当(そうとう)したという。
311地震損失的金額，相當於三兆日元。

5 3 妹は優柔不断なところがあるので、何か選ぶとき、始終(しじゅう)迷っている。
因為妹妹優柔寡斷，不論在選什麼的時候，從頭到尾都很猶豫不決。

問題2

6 2 女性の働く環境を改善してほしいと会社に求めたが、まだ回答(かいとう)がない。
向公司請求改善女性的工作環境，但仍未得到回覆。

7 1 平気(へいき)な顔をしてうそをつく彼には皆、ものが言えないほどあきれている。
他一臉稀鬆平常的說著謊，大家對他無比的厭惡。

8 2 事故の原因を分析(ぶんせき)して、対策をたてる。
分析事故的原因，並採取對策。

9 4 細かいところまで詳しく説明してあるので、簡単に組(く)み立(た)てられます。
因為做了很詳細的說明，所以可以很簡單地組裝。

10 3 差(さ)し支(つか)えがあるので、依頼人の名字は関係者以外の人にはお知らせできません。
因為有所不便，所以委託人的名字無法通知相關人員以外的人。

問題3

11 **3** 地震による核災害が手に負えないぐらいに深刻になったので、どうしたらいいのか首相が考え込んでしまった。

因為地震引起核災使人們深深的感到力不能及，首相深思著該如何是好。

12 **4** いま仕事に取りかかったところだが、社長に呼び出されてできなくなった。

現在正忙著手邊的工作，但卻被社長叫去而不能工作。

13 **2** わたしがこの学校で教えて以来、ずっと歴史を受けもっていた。

我在這間學校教書以來，就一直是担任教歷史。

14 **4** 若者たちは憧れのアイドル歌手が現れるのを待ちきれないのだ。

年輕人們等不及崇拜的偶像歌手出現。

15 **2** 人気のない道では、無気味な物音がした。

在沒有人行走的道路上，卻聽到了令人悚然的聲音。

問題4

16 **3** あの人は、同僚と摩擦を起こすのを恐れて、自分の意見を言わないことが多い。

那個人擔心和同事發生摩擦，所以經常不說自己的意見。

17 **3** 山に住んでいる動物が、ふもとにしばしば現れてえさをもらうようになった。

住在山上的動物常常出沒在山腳下覓食。

18 **3** 語学習得だけでなく、物事を学ぶには根気が肝心だ。

不只是語言的學習，學習事物上耐性是非常重要的。

19 **3** 何をするにも、安易な方法をとっていては、成功はむずかしい。

不論做什麼事，想要用安逸的方式成功的話是很困難的。

20 **2** 坂道を歩いているとき、石につまづいて転んでいたが、たいした怪我はなかった。

在坂道行走的時，絆到石頭跌了一跤，但不是很嚴重的傷。

21 **2** 入院していた生徒が亡くなったことを伝えると、教室の中がしいんとなった。

一聽到住院的學生死掉的消息，教室裡變的一片寂靜。

22 **3** どんなスポーツでも一流の人は皆、つらいトレーニングを体験している。

不論是什麼運動能力都一流的人，他們都是經歷過很辛苦的訓練。

問題5

23 **3** 証券界では相次ぐ不祥事でトップが次々辞任するというぜんだいみもんの事態になった。

證券界相繼發生醜聞，上位者因而相繼辭職，這種事情是前所未有的。

1　非常重要
2　非常嚴重
3　非常罕見
4　非常激烈

24 **2** 東京駅で新幹線ホームがわからずまごまごしてしまった。

在東京車站不知道如何去新幹線的月台所以很慌張。

1　沉著
2　慌張
3　越過
4　追趕

25 **2** あの子は20歳だと偽って成人映画を見たことがあるそうだ。

聽說那個小孩曾經謊稱自己已20歲去看成人電影。

1　弄錯
2　假冒
3　虛構
4　經驗

26 **3** 彼は気を失っていたが、なんとか気がついたようだ。

他暈了過去，但總算好像醒過來的樣子。

1　宛如
2　馬上
3　總算
4　的確

27 **1** 昨日は会合が二つダブった。

昨天的兩個聚會重疊了。

1　重疊
2　重複
3　取消
4　超過

問題6

28 **1** **因為擔心會惹雇主不高興而無法說出實情。**

29 **3** **學會那國語言的話，自然地也會了解那國的文化。**

30 **1** 臥床不起的他有護士隨伺在旁待命。

31 **2** 如果是已經決定的事情，就更別說硬要改變些什麼了。

32 **4** 阿部氏從工作的最前線退下成為顧問。

問題7

33 **3** 再也不會去那麼難吃服務又差的店了。

1 （無此用法）
2 （無此用法）
3 去
4 （無此用法）

34 **2** 雖然是在上課，聽到老師說的話很有趣，大家忍不住地笑了起來。

1 並非笑
2 無法不笑
3 無法笑
4 並非不笑

35 **1** 拼命的努力後，如果還是不行的話，應該就只能放棄了吧。

1 只能～
2 只不過是～
3 不是～的錯
4 不合～

36 **2** 那麼，為了國家讓我們一起站起來奮鬥吧。

1 不得不奮戰
2 讓我們來奮戰吧
3 應該要奮戰吧
4 不應該奮戰吧

37 **4** 即使在年齡上還是未成年，但他做了非常過分且不可原諒的事情。

1 就～來說的話
2 （無此用法）
3 就～而言
4 就算是～

38 **2** 在事件發生的時候他跟我在一起，所以他絕對不是犯人。

1 雖然～但是
2 因此
3 果然
4 那麼

39 **2** 既然在這張同意書上蓋章了，請一定要遵守。

1 （無此用法）
2 既然
3 （無此用法）
4 （無此用法）

40 **4** 就結婚對象來說，他是絕對不行了。因為他沒有責任感。

1 先不提～
2 （無此用法）
3 就算身為～
4 就～來說的話

41 **1** 我家這台騎了 15 年的機車，已經變得到處都是傷痕累累了。

1 佈滿～的～
2 輕蔑的說法
3 去除～
4 沾滿了～的～

42 **3** 並不是沒有想要說的話，只是沒有說出來的勇氣而已。

1 不可能～
2 就是～這樣的
3 並不是～
4 不能～

43 **4** 小幸簡直可愛到了讓人想萬分溺愛的程度。

1 （無此用法）
2 （無此用法）
3 （無此用法）
4 表示『～的程度』

44 **2** 既然夫妻都已經過著各自生活的之後，就應該只能離婚了吧。

1 趁著～
2 既然～、就～
3 比起～
4 在～之中

問題 8

45 **1** 転んで足を折ったせいで、大好きな野球がもうできなくなってしまった。残念だが、4 こうなった 3 上は 1 何か 2 ほかの 趣味を探そう。

因為跌倒而摔斷了腿，所以不能打最喜愛的棒球了。雖然很遺憾。但既然都這樣了、還是要再去找其他的興趣吧。

46 **2** いつも 3 うそばかり 2 言っている 1 君の話 4 なんか 信じられるもんか。

總是在撒謊的他所說的話可以相信嗎？

47 **4** あなたが何を恐れているのか 2 言って 4 くれない 3 ことには 1 助け られない。

你不告訴我你在害怕些什麼，我是沒辦法幫助你的。

48 **4** お金があれば、3 何でも 1 買える 4 という 2 ものではない と私は思います。

我想並不是有錢的話就什麼都能買到。

49 **1** 先生のお宅の近くまで来たので、4 たずねてみた 3 ところ 1 あいにく 2 お出かけだった。

因為到了老師家附近，順道過去拜訪的時候，很不湊巧老師出門不在。

問題9

大意

「タテ社会の人間関係」是中根千枝在1967年出版的經典暢銷書。中根在這本書中提到形成社會集團的兩大要素是『頭銜（資格）』和『所屬（場）』。無論是在哪一國的社會，每一個個人都會以『頭銜（資格）』和『所屬（場）』兩種身分隸屬於該社會集團或社會階層。當然，兩者觀念完全重疊一致的社會不能完全說沒有、但畢竟是少數，大部分的社會都是兩種觀念交互使用並因此形成兩種不同的社會集團。根據中根的觀察，發現到一些頗耐人尋味的現象，那就是有些社會在『頭銜（資格）』和『所屬（場）』兩種身分的選擇上會習慣優先選擇其中一種；有的社會則是兩者的使用比重不分上下。

日本人在對外介紹自己的社會地位時，比較偏愛的是將公司名稱介紹優先於職稱。例如、自我介紹時與其說：「我是記者」；「我是工程師」；日本人偏好的是：「我服務於A公司」「我服務於B公司」。

與日本這種（將公司名稱優先於職稱的）社會集團意識呈現出極端對比寫照的是印度。我們都知道印度社會施行的種姓制度就是用職業．身分來做嚴格的社會分級。

日本這樣的集團意識也會出現在稱謂上。對於自己所屬的職場、公司或是公家機關、學校等等習慣用「ウチの」，對對方的所屬則是用「オタクの」，由此也能看出端倪。

50 **1**

1 完全
2 大概
3 相當
4 一直

51 **2**

1 基於
2 在
3 對於
4 向

52 **3**

1 a 資格 b 資格
2 a 資格 b 場
3 a 場 b 資格
4 a 場 b 場

53 **1**

1 極端的
2 不可思議的
3 新奇的
4 很棒的

54 **1**

1 也就是所謂的
2 不管如何
3 各種
4 僅是

問題１０

（1）

55 **3** **好好善用連接詞的話，任何都可以寫出令人感動的文章。**

題目中譯 與此篇文章內容吻合的是哪一個。

大意

想寫一些淺顯易懂又能帶給讀者深刻印象的文章。這樣的心情無論是專業作家或是素人作家一定都會有的。

但是，該從哪裡著手才會有如此的效果呢？

專業的作家會從連接詞這方面著墨。因為、他們從寫作的經驗中深知連接詞的善用與否會大大的影響讀者對文章的理解程度與印象。

解析

・プロの作家であろうと、しろうとの物書きであろうと（無論是專業作家或是素人作家）

（2）

56 **3** **日本人的愛的告白是不需要一一使用目的語的。**

題目中譯 「I love you」最自然的日語譯文為「好きだ」，為什麼呢？

大意

你是否曾被好奇心強烈的外國人問說『I love you』翻成日文該怎麼說？而困擾過嗎？當然把它翻成「私はあなたを愛しています」是無可厚非，可是一般日本人在做『愛的告白』時、是不會用這句話的。

『I love you』翻成日文時最好的翻法就是「好き（だ）よ」這一句吧。年輕人說不定還會說「愛しているよ」。但不管是「好き（だ）よ」或是「愛しているよ」都沒有必要把「我」「你」一一標示出來。如果無論如何都要把「你」給標示出來的話、那麼也請使用委婉的「君のこと」，這樣聽起來比較自然。「好き（だ）よ」僅僅這句話就包含了許多包括「誰喜歡誰」等等的眾多可能性在裡面了。所以、只要「好き（だ）よ」就夠了，光是這一句就是一句無懈可擊的完美告白了。

解析

・オブラート（泛指有些事情不好說出口時，特意繞圈子說話）

（3）

57　4　壓歲錢起源於是將神明新年的新生的靈（或精神）分享給其他的族人。

題目中譯　有關壓歲錢的說明正確的是哪個？

大意

過年最大的期待就是「壓歲錢」。壓歲錢以前是寫成「お年魂」。將新年的新生的靈（或精神）由長輩分享給其他的晚輩族人是壓歲錢的由來。例如由族長給族人；老闆給員工等等。

給壓歲錢的時期是從鎌倉時代開始的，不過當時並不是給錢。

隨著時代的演進，供俸給神明的祀品變成了糯米餅，等到新年新生的靈附在糯米餅裡頭之後，再切成族人的人數等份，包在紙裡後再分裝放入袋中，由族長分贈給族人，祈求新的一年繁榮。久而久之慢慢變成也給錢了。

解析

- 分かち与る（分享、分送）
- ～に割る（分成～）

（4）

58　3　『ゲランド的塩』不是只有鹹味而已，它也含有甜味。

題目中譯　有關『ゲランド的塩』的說明正確的是哪個？

大意

以美食料理專家土井善晴先生為首、許多的料理達人不約而同都愛用的海鹽，源自法國 Guerande 的天然灰鹽。

這種鹽鹹味圓潤輕柔、不僅如此還回甘悠長。

法國 Fleur desel（宏德）這地方，將大西洋的海水引進有千年悠久歷史的宏德鹽田、再經陽光與風的曝曬、慢慢的蒸發結晶。

沿用古老製法的 Guerande 天然灰鹽已榮獲法國有機農業促進團體的認證。

- 挙（こぞ）って：残らずそろう（不約而同）

（5）

59 **4** **是為了引出嬰幼兒所擁有的可能性或能力所做的（節目）。**

題目中譯 有關於這個節目的目的，正確的是哪個？

大意

這節目是以零歲到兩歲的嬰幼兒為主要的收視對象、利用嬰幼兒最能直接接收之「影像」和「聲音」所製播而成。我們的目的是希望藉由嬰幼兒隨著「影像」和「聲音」搖擺身體這件事能進而延展孩子們各種潛在的可能性與能力。同時我們也希望這節目能讓孩子們的互動以及親子間的互動更為活潑熱絡。

解析

- 0歳児から2歳児を対象に（以零歲到兩歲兒童為對象）
- きっかけ（以…為契機）

問題１１

（1）

大意

被稱作海中的牛奶，有著豐富的營養成分的牡蠣。在經過冷藏冰涼的牡蠣上，緊緊地擠下檸檬（汁）再一口吸進去的味道真是極品。

可是，かき寫成漢字的話就成為「牡蠣」。為什麼字裡面會有「牡」這個字呢？

牡蠣寫成「牡蠣」，是因為以前，大家都認為牡蠣只有公的而已。為何如此說呢？

因為一般來說貝類的雌雄判別在於顏色的差異。白色的貝類大都判定為雄性，而牡蠣因為都是白色的、才因此被誤解成只有雄的牡蠣。

但不可思議的是，牡蠣只有在繁殖期時才會分公的或是母的。之後的時間都保持中性。直到隔年繁衍子孫時才又會再分公的或是母的，繁殖期過後又保持中性。真是多麼不可思議的生物啊。所謂牡蠣的性別，是依照前一年的營養攝取量來決定的。取得足夠營養的牡蠣，就很明顯的是母的。但如果營養不充足的牡蠣則是公的傾向比較高。

市場販售的牡蠣因為都過了繁殖期，所以並沒有雌雄之分。

吃牡蠣是有時間性的。在國外、有包含「R」字母的月份是牡蠣最好吃的時期。英文中10月～4月剛好是包含「R」字母的月份。這個時期牡蠣剛結束繁殖期，全部的牡蠣都變成了公的。就因為如此，牡蠣才會被認為全部都是公的吧。

可是，牡蠣之所以好吃是因為它有一種可活化腦部，使腦筋靈活的美味成分—肝糖，因此應該要多吃牡蠣。

解析

- ～を控え目に（節制～）
- ～によって決まる（因～而決定）
- ～を終えたばかり（剛剛結束～）

60　4　牡蠣只有在繁殖期時才會分公的或是母的。

題目中譯　有關於牡蠣的性別，正確的是哪個。

61　3　大家都傾向認為牡蠣只有公的而已。

題目中譯　為什麼牡蠣字裡面會有「牡」這個字呢？

62　2　牡蠣變成公的，或是變成母的、好像連它們自己也都不知道。

題目中譯　所謂不可思議的事，是指意味著什麼事情？

（2）

大意

盂蘭盆節收假後，有人從昨天就開始上班了。星期一早晨的通勤路上，每個人看起來都鬱悶。再加上到處都在下雨，更是愁上加愁。（中略）每個人就像是沒有開開關。

只是被手中握的雨傘拖曳著緩慢呆滯地行走。這情形在星期一的早晨更是明顯。

前幾天從本報的報導中得知，擔心暑假結束的小孩其心中的焦慮竟然遠比起這些大人的鬱卒還來得嚴重。

根據日本內閣府過去 42 年來針對 18 歲以下青少年所做的調查顯示：像暑假這種超長假期結束前後，選擇自己結束生命的孩童容易變多。探究其原因發現：國中國小生很明顯是因為「來自家人的管教與責難」「與同學產生嫌隙」；而高中生則是因為擔心未來不知該升學或就業。這些年輕學子們因為這些問題鑽牛角尖越陷越深越想不開的模樣真是令人不捨。盂蘭盆節一過意味著暑假即將結束。這些學子周遭的朋友們應該更用心地去觀察他們是否有異於平常的地方，甚或是發出任何求救的訊息。專家建議若真有此情形發生時，不要用質問的方式，而是陪在身旁讓他們願意主動告知。又或是像小林育子在「ピンチの時のお願い（非常時期時的請求）」這首詩中說到的（「請堅定〉的告訴他：難過的時候盡管哭。」「無所不用其極地找出它的優點並稱讚他」「或是對他說：「我們明天來吃宇治金時吧」「請和我來談談接下來或是未來的事」。總之，非常時期時更是需要溫柔的語言與眼神。

解析

- 休みが明ける（假期結束）
- 駆け足で～（比喻很匆促的樣子的依據）
- 宇治金時（抹茶紅豆冰）

63　1　憂鬱

題目中譯　請從1・2・3・4中選出最適合填進＿＿內的答案。

64　3　自己結束生命

題目中譯　請從1・2・3・4中選出最適合填進＿＿內的答案。

65　1　周遭的人

題目中譯　這裡指的「周圍」，所指的是什麼？

66　3　長假結束前後，青少年在心理上容易產生變化，因此身旁的大人應該多多關心守護他們。

題目中譯　在這篇文章中作者想表達什麼？

（3）

大意

一九九七年八月四日，以一百二十二歲高齡終其天命。南非出生的雅娜・卡爾芒女士在去世那天之前被登錄為金氏世界紀錄：世界最長壽的女性。卡爾芒女士即使老年了身體也很健康，85歲開始學時西洋劍，到一百歲的時候還可以騎著腳踏車兜風，一百一十歲時還能夠一個人生活。

這位卡爾芒女士說了「我一週大約要吃九百公克的巧克力，到了一百一十七歲時也還有抽菸」，她好像不像日本老年人一樣、過著不吸菸、控制攝取鹽分和糖分這種的生活方式。

巧克力在古代阿茲特克帝國的時候，是被稱呼為「Theobroma cacao」，意味著「神的食物」，只有王公貴族可以吃。

最近醫學上研究巧克力的效用發現，巧克力在身體的老化的元素上，含有豐富且能夠防止細胞氧化的－多酚。

另外，巧克力中的多酚能有效預防癌症和心臟病發作、動脈硬化等效果。在健康上長壽的秘訣是巧克力，並不是沒有根據的傳言。

解析

- ～まっとうする（完全完整的使其結束。在此指的是功德圓滿仙逝。）
- 細胞の酸化を防ぐ成分・ポリフェノールが豊富に含まれている（含有豐富且能夠防止細胞氧化的－多酚）

67 3 巧克力含有防止老化的成分。

題目中譯 根據筆者所言，巧克力是長壽的秘訣，為什麼？

68 4 吃巧克力加上運動比較好。

題目中譯 根據筆者所言，想要活的長壽該怎麼做才好呢？

問題 1 2

大意

1981 年在美國同性戀的五人當中，發現了世界首例的愛滋病。日本從 85 年開始統計，在 2011 年的報告中又出現 1529 位的感染病患。癌症・感染症防治中心ー都立駒込醫院（東京都文京區）的感染症科主任金村顯史醫師表示：「感染病患在 08 年的高峰期之後有趨緩的傾向，但愛滋病患卻持續成長」。

因為 96 年被研發出「HAART」（心臟）治療法（並用多種抗 HIV 藥劑的治療。在現在稱為 ART）、使得愛滋病的死亡率也大幅下降，治療後的狀況也得到改善。病毒雖是無法完全消滅，但已經可以把血液中的病毒數降到儀器幾乎測不到。所以現在的愛滋病只要早期開始治療就幾乎不會發病。愛滋病「現在已經被視為需要長期醫療的慢性疾病了」。

另一方面，因為愛滋病變成需長期醫療的慢性疾病後，卻衍生出新的問題：那就是患者的高齡化和療養長期化。今村醫師指示出：「HIV 感染病患治療時應到愛滋病相關醫療機構的醫院看病，但是伴隨治療後的癒後追蹤，需要地方醫院幫忙分擔醫療工作的」。在東京，雖然有許多通報聯絡網、也開辦專業人員的研修會、培訓，但是無法遍及到全國。花 1 到兩小時到愛滋病相關醫療機構的醫院的患者很多。今村醫師強調：「因知識不足，而拒絕醫治病人的醫療機關不少。要改變這樣的現狀是非常重要的。」

解析

- ～も少なくない（並不少，很多）
- 予後の改善に伴い地域で担う医療も必要（伴隨治療後的癒後追蹤，需要地方醫院幫忙分擔醫療工作）

69 4 因為發明新的治療法，愛滋病變成可以控制的慢性疾病。

題目中譯 有關愛滋病的說明，正確的答案是哪個？

70 4 希望能夠加深大家對愛滋病的社會理解與知識。

題目中譯 今村小姐對於愛滋病想表達什麼意見？

問題１３

大意

是否讓癌症病患知道自己罹癌、一直是媒體關注的話題。直到最近還都是只告知其家人而不告知患者本人。原因是癌症治癒率低，擔心患者深受打擊。

但是現在告知當事人是應該必然的這種想法反而是一種趨勢。會有如此改變的原因不外乎是因為醫療技術提升使得癌症病患的治癒率也相對提高；再者就是醫院方面推廣 QOL（生命的尊嚴與生活的品質）的觀念，讓患者可以從各種治療方法中選擇他所期待的治療方法。

但是被告知罹癌的患者這一方式怎麼想的呢。

某公司的 C 課長（五十一歲），就是這樣的例子。被告知罹患癌症之後，那段時間對死已經有了覺悟。但幸運地在手術過後已順利的度過了兩年，沒有任何復發的徵兆。主治醫生也說不需要再擔心了，但是 C 課長手術後心神狀態卻無法恢復到手術前的樣子。那其中理由如下。

不管怎樣也會深陷在復發的不安當中，以及整個心被是否會再一次因為癌症而失去性命的這種想法佔據了。如果那樣的話，所剩不多的人生該如何是好。但是另一方面，看來能夠平安的度過危機多活些年的樣子。早點恢復到之前的工作步調，也引起了從今開始也想做更多的事的心情。等康復之後再回到職場時，自己的工作已有後輩接替。而自己人雖回到了職場，卻心有餘而力不足、什麼都不能做一定會覺得既寂寞又鬱卒的。

人心是很複雜的。我們都以為比起因癌症死亡、得救重生的喜悅和感謝，一定會讓人更充實的度過餘生。但是如果這件事發生在自己身上的話，我們一定也同樣會面臨到是「不幸中的大幸」還是「幸運中的不幸」的這種兩難的局面。

解析

- 不安が付きまとう（伴隨著不安）
- 力を持て余す（心有餘力不足）

71　2　擔心因為生病向公司請假的這段空白時間，該如何填補較好。

題目中譯　為什麼 C 課長手術後被主治醫生告知不用擔心，卻又積壓新的壓力呢？請選出與內容相符的答案。

72　2　沒因為癌症而死，卻也高興不起來。

題目中譯　人心是很複雜的，這句話想要表達什麼意思？

73　4　癌症患者有權利選擇自己希望的治療方式，所以應該告知。

題目中譯　有關是否要告知患者罹癌一事的說明正確的是哪個？

問題１４

大意

在山形只要提到夏天！不、無論夏天或是冬天全年皆可吃到的人氣美食－河北町谷地的『雞肉冷麵』！『雞肉冷麵』是相當受歡迎的人氣美食，還有許多遠方而來的饕客到此大啖朵頤。

對山形縣的人而言、『雞肉冷麵』的美味口感是只有到河北町谷地才能品嚐得到。這已經是山形縣的人的常識了。

淋上冰涼的醬油露。醬油露是用雞肉、而且是老母雞、鰹魚片、昆布、小魚乾等食材熬煮而成的濃郁湯頭。裡面的配料也是老母雞肉，越咬越有嚼勁。

本來是只有到河北町谷地才能品嚐到的美食，經過「河北雞肉冷麵研究會」的多年研究、終於研發出可以將『河北雞肉冷麵』的美味原封不動封存起來送至各個家庭想用的方法了。

唯有在河北町谷地才能品嚐到的『雞肉冷麵』美食、當下酒菜也很適合。冷凍包裝一組五包，只賣 2,500 元。歡迎品嘗。

- 河北町ならではの（只有河北町）
- 長年の研究の末に（經過多年研究最後～）

74　2　牙齒越咬越有嚼勁。

題目中譯　有關『雞肉冷麵』的敘述何者正確。

75　3　因為已被當成冷凍食品販售，無論何時何地都能吃到。

題目中譯　『雞肉冷麵』應該怎樣吃比較好呢？

聴解

問題１

MP3 3-1

１番（ばん）——1

会社で、男の人と女の人が話をしています。男の人はこれからどうしますか。

男：ちょっと頭が痛いんだけど、何か薬を買ってきてくれないかな。

女：大丈夫？先に帰った方がいいんじゃない？

男：うん、でも、今日中にやっておかなきゃいけない仕事がまだ残っているし、レポートも終わらせなくちゃならないし。

女：大変ね。これ、いつも私が使っているお薬よ。よかったら、どうぞ。

男：あ、ありがとう。

女：じゃ、お先に。

男の人は、これからどうしますか。

解析

- 大丈夫？先に帰った方がいいんじゃない？（沒關係嗎？你先回家比較好吧？）
- 今日中にやっておかなきゃいけない仕事がまだが残っているし（在今天之內要事先做好的工作還沒做完）
- レポートも終わらせなくちゃならないし（報告也必須完成才行）

２番（ばん）——1

男の人が女の人と社員食堂で話しています。女の人が先に行くのはどうしてですか。

女：あ、もう12時50分なんだ。急がないと、一時の業務会議に間に合わないよ。

男：先に行ってて。このコーヒー、飲んでから行くから。

女：飲んでる場合じゃないわよ。持っていけば。

男：ええ？会議室で食べたり飲んだりしちゃ、だめなんだろう。散々いわれてたじゃない。

女：そうだったわね。じゃ、捨てなさいよ。

男：そんなもったいないことできないよ。150円もしたんだよ。

女：ああ。もう。好きにしたら。

女の人が先に行くのはどうしてですか。

- 急がないと、一時の業務会議に間に合わないよ。（如果不快一點的話，會趕不上一點的業務會議喔。）
- 飲んでる場合じゃないわよ。（不是喝咖啡的時候了。）

3番（ばん）——2

男の人は店の人に電話をしています。ピザはいつ届きますか。

店の人：もしもし、おいしいピザです。

男：さっき、ピザの配達をお願いした山田ですが、ピザはいつ来るんですか。

店の人：いつごろ注文なさいましたか。

男：40分ほど前なんですけど。15分で届くと言ってましたよ。

店の人：大変申し訳ございませんが、あと20分ほどお待ちいただけませんか。

男：それは困るよ。子供がおなかをすかせて泣いているんだよ。今すぐ持って来てくれないと。

店の人：そうですねえ。あと10分でお届けします。まことに申し訳ありませんでした。

ピザはいつ届きますか。

- あと20分ほどお待ちいただけませんか。（可以再稍後20分鐘嗎？）
- まことに申し訳ありませんでした。（深感抱歉。）

4番（ばん）——3

男の人と女の人が会社で話をしています。男の人はこの後、何をしますか。

男の人：あれ、まだいるんですか。

女の人：ええ、まだこの仕事が終わりそうにないんですよ。

男の人：何か出来ることがあったら言って下さい。

女の人：うーん。大丈夫です。ありがとうございます。

男の人：そうですか。では。あまり遅くならないように。

男の人はこの後、何をしますか。

- ええ、まだこの仕事が終わりそうにないんですよ。（對啊，這個工作似乎做都做不完呢。）

・何か出来ることがあったら言って下さい。（如果需要幫忙的話，請儘管開口。）

5番——3

男の人と女の人が話をしています。男の人はなぜ怒ったのですか。

女：どう？私の服。昨日買ったの。似合ってる？

男：ああ、いいんじゃない。

女：え？なによ、その言い方！なんか変！

男：変？どこが？

女：どう聞いても、その言い方、やっぱり変。

男：だからさ、いいんじゃないって言ってるだろ。

女：いっつもそう。私がなにか聞いても、ちゃんと答えてくれないのよね！

男：だって、また僕のカードで買ったんだろ？

男の人はなぜ怒ったのですか。

・どう？私の服。昨日買ったの。似合ってる？（如何？我的服裝，昨天買的，感覺合適嗎？）

・どう聞いても、その言い方、やっぱり変。（不管怎麼問，那樣的說法，果然是不適合。）

問題2

1番——3

友だちどうしが話をしています。映画に行こうと言った人物が相手の人を誘ったのはどうしてですか。

女：こんどの土曜の夜、ひま？

男：えーっとね、いまのところ予定はないけど。どうして？

女：映画を見に行こうと思うんだけど、一人じゃ友達いないみたいだし…

男：それで誘ったわけ？ひどいな。

女：違うわよ。実はチケットがただで手にはいったんだ。それに、評判の映画なのよ。

男：何の映画？

女：まあまあ、行ってからのお楽しみ。どう？

男：そうだな。確かに一人で行かせるのはかわいそうだし。それにただっていうのも悪くないな。行ってあげようか。

女：よく言うわね。

映画に行こうと言った人が相手を誘ったのはどうしてですか。

・えーっとね、いまのところ予定はないけど。（嗯，目前是沒有什麼預定啦。）

- 実はチケットがただで手にはいったんだ。それに、評判の映画なのよ。（事實上，我剛好不花半毛錢就拿到票，再加上那是一部有名的電影。）

2番——3

男の人が郵便局に行きました。男の人が忘れていたことは何ですか。

女：いらっしゃいませ。
男：振り込みをしたいんですけど。
女：お振り込みですね。では、振り込み用紙にご記入ください。
男：これでいいですか。
女：あ、すみません。お電話番号のご記入もお願いします。
男：えっ、書いてませんでした？
女：はい。お振込みの金額の下にお願いします。
男：あ、はい。
女：手数料を含め、10,315円になります。
男：じゃ、10,315円で。
女：ちょうどお預かりします。少々お待ちください。

男の人が忘れていたことは何ですか。

- 手数料を含め、10,315円になります。（包含手續費的話，就是10,315日幣。）

3番——2

山本さんは図書館で本を借りました。山本さんは何冊借りられましたか？

山本：すみません。
受付：はい。
山本：この5冊お願いします。
受付：分かりました。学生証をお願いします。えーと、すでに5冊借りていますね。
山本：はい、そうです。
受付：すみません。借りられるのは5冊までです。
山本：あの、私研究生なんですけど。
受付：あっ、すみません。研究生を含め大学院の方は10冊までですね。
山本：じゃ、この5冊お願いします。
受付：すみません。この黄色いシールが貼ってある図書は館内閲覧のみになりますので、貸し出しはできないんですが。
山本：そうですか。それじゃこの2冊はいいです。

受付：はい、分かりました。どうぞ。
山本：はい、どうもありがとうございました。

山本さんは何冊借りられましたか？

解析

- すみません。この黄色いシールが貼ってある図書は館内閲覧のみになりますので、貸し出しはできないんですが。（不好意思，這本貼有黃色標籤的書，因為只能在圖書館閱覽，是不能夠外借的。）

4番（ばん）——2

お母さんと太郎君が話をしています。お母さんは明日何時頃太郎君を起こしますか。

お母さん：太郎、明日、朝9時に起こすわね。いい？
太郎　：あ、お母さん、実は予定が変わって、明日の朝8時半に学校で花子さんと打ち合わせすることになったんだよ。
お母さん：え？本当？それなら遅くても7時半には起きなきゃ。
太郎　：え？顔洗って朝ごはん食べても30分位しかかからないんだから、もう少し寝かせてよ…
お母さん：まあまあ、ちょっと早く起きて出発した方がいいでしょう？
太郎　：わかったよ、お母さん。じゃ、明日頼むね。

お母さんは明日何時頃太郎を起こしますか。

解析

- 実は予定が変わって、明日の朝８時半に学校で花子さんと打ち合わせすることになったんだよ。（事實上行程改變，明天早上八點半要在學校和花子討論事情。）
- 顔洗って朝ごはん食べても30分位しかかからないんだから、もう少し寝かせてよ…（洗臉，吃早點只需要花30分鐘，所以再讓我稍微睡一下吧…）

5番（ばん）——3

男の人がインタビューに答えています。男の人は選挙についてどうしてほしいと思っていますか。

女：あの、ちょっとすみません。
男：はい。
女：今度の選挙についてなんですけど、何かご意見がありましたら、お聞かせ下さい。
男：ええ…。別にありませんが。

女：日本では有権者が選挙に無関心だとか、相手の候補者を非難したり、悪口を言ったりすることなどが、よく問題点になっていますが、どう思われますか。

男：そうですね。ある程度は、しかたがないと思いますが。日本だけの話じゃないと思うし。

女：ああ、そうですか。今度の選挙は投票にいらっしゃいますか。

男：そうですね。行くことは行きますが、今回は候補者が五人もいて、誰がどういう意見を持っているのかいまだにわからなくて。

女：そうですか。

男：そうですね。それぞれの候補者の政見放送があれば助かりますね。

男の人は選挙についてどうしてほしいと思っていますか。

解析

・日本では有権者が選挙に無関心だとか、相手の候補者を非難したり、悪口を言ったりすることなどが、よく問題点になっていますが、どう思われますか。（在日本選民對於不關心選舉，譴責候選人，和口出惡意中傷的話等常成為問題所在，您是如何看這件事呢？）

6番（ばん）——4

男の人と女の人がアルバイトの面接について話をしています。女の人は、男の人の何が悪いと言っていますか。

女：アルバイトの仕事、見つかった？

男：それが…先週行ったところも、先々週行ったところも連絡がないんだ。採用者には一週間以内で電話するって言われてたのに。どうしてだめなのかなあ。

女：面接に遅刻したんじゃないの？

男：まさか！いくら僕だって遅刻なんてするわけないじゃないか。

女：そう。髪も整ってるし、髭も剃ってあるし。

まさか、普段着で行ったんじゃない？

男：え？だめなの？

女：当然よ。アルバイトと言ったって、面接は面接なんだから、きちんとした格好で行かなきゃ。

男：そっか。じゃ、明日はジーンズはやめるよ。

女の人は男の人の何が悪いと言っていますか。

解析

・まさか、普段着で行ったんじゃない？（對了，你該不會穿平常穿的衣服去的吧。）

・アルバイトと言ったって、面接は面接なんだから、きちんとした格好で行かなきゃ。（即使說是打工，因為是面試，所以一定要穿像樣點的衣服。）

問題3

1番——2

男の人が女の人にインタビューしています。

男男：最近、人間関係で悩んでいる人が多いそうです。今日はどうすれば人間関係をよくできるのかについて、ご意見をお聞かせいただきたいんですが。

女：そうですねえ。人間ってそれぞれ違う個性を持っているものですから、当然、うまくいかないこともあるでしょう。

男：え、それじゃうまくいかなくてもいいんですか。

女：もちろんです。世の中にすべてうまくいく人なんていませんよ。こうやってみてだめだったら、ああやってみて、と修正していけばいいんです。

男：はい。

女：その繰り返しの中で、相手と自分とのちょうどいいつきあい方、つまりバランスがわかってくるものなんですよ。

女の人は人と付き合う時に何が一番大切だと言っていますか。

1　だれとでも同じように親しくすること。

2　いろいろやってみてうまくいかなかったらやり方を変えること。

3　自分の思っていることを正直に言うこと。

4　相手の個性や性格を理解してから付き合うこと。

解析

・最近、人間関係で悩んでいる人が多いそうです。（最近，因人際關係而煩惱的人似乎變多。）

・人間ってそれぞれ違う個性を持っているものです（所謂的人類，就是擁有各式各樣不同地個性的生物）

2番(ばん)——4

男の人と女の人が話しています。

女：引越したんだって？どう？新しいお部屋。

男：住み心地はいいんだけど…

女：…だけどって、何かあったの？

男：実は新しいマンションに移ってから、眠れない日が多くて…。

女：まあ、大変。もしかして家の周りがうるさいの？

男：住宅街だから、そんなにうるさくはないけど、マンションの前の道は、夜中でも結構車がたくさん通るんだよね。

女：じゃ、それが原因なのね。

男：車の音は問題ないはずなんだ。都会に住むのには慣れてるから。

女：だったら、ほかになにか問題でもあるの？

男：うーん、特に何も…。いい部屋なんだけど…やっぱり引っ越したばかりだから、まだ落ち着かないのが原因だと思う。

女：ああ。私もその気持ち分かるわ。

男の人はどうして眠れないと言っていますか。

1　新しい部屋が気に入らないからです。

2　悩んでいることがあるからです。

3　車の音がうるさいからです。

4　新しい部屋に慣れていないからです。

解析

- **実は新しいマンションに移ってから、眠れない日が多くて…。（事實上，搬到新的大廈之後，失眠的日子變多…。）**
- **車の音は問題ないはずなんだ。都会に住むのには慣れてるから。（應該不是車子聲音的問題。因為已經習慣住在都市。）**

3番(ばん)——1

女の人が佐藤さんに会議のことについて、電話で話をしています。

女：あ、もしもし、ええと、佐藤さんでいらっしゃいますか。あのう、先日うかがった例の件なんですが、先生のほうに連絡して、会議の時間を決めようとしたんですが、先生、ちょうどいらっしゃらないようで、連絡がとれなかったんです。それで、こちらとしては、先生のお返事を待っていると、他の方たちにご迷惑をかけることになると思いまして、他の方のご予定をうかがった結果、水曜日か木曜日にしようと思っておりますが、佐藤さんのご都合はいかがでしょうか。あ、そうですか。水曜日の午後はお仕事が入っていて、木曜日から仙台へご出張なさるんですね。はい、わかりました。ありがとうございます。はい、また、先生と連絡がつき次第、確認をとりますので、最終的なことは改めてご連絡しますので、はい、では、よろしくお願い致します。どうも、では、失礼致します。

佐藤さんが会議に参加できる時間はいつですか。

1　水曜日の午前です。
2　水曜日の午後です。
3　木曜日の午前です。
4　木曜日の午後です。

解析

- 水曜日の午後はお仕事が入っていて、木曜日から仙台へご出張なさるんですね。（星期三下午有排了工作，星期四開始要去仙台出差。）
- 先生と連絡がつき次第、確認をとりますので、最終的なことは改めてご連絡します（因為只要和老師一連絡上會做確認，最後的事情會再一次與您連繫）

4番（ばん）——1

避難訓練の放送が流れます。

放送：ただ今より、地震の避難訓練を開始します。今回は、首都東京で直下型地震が起きたという設定です。6階にいるみなさんは、屋外非常階段を使って至急、屋上へ逃げてください。1階から3階までのみなさんは屋外非常階段を使って、4階と5階のみなさんは中央階段を使って、至急、会社の玄関前の駐車場へ逃げてください。なお、エレベーターは使用禁止です。

5階にいる人はどこへどのように避難しますか。

1　中央階段で駐車場へ逃げる。
2　屋外非常階段で駐車場へ逃げる。
3　屋外非常階段で屋上へ逃げる。
4　中央階段で屋上へ逃げる。

解析

- 6階にいるみなさんは、屋外非常階段を使って至急、屋上へ逃げてください。（在六樓的各位，請儘速使用房子外的緊急逃生梯，往屋頂逃生。）

5番——2

木村さんは会社の上司と話をしています。

上司：木村さん、企画書は書き終わりましたか。

木村：すみません。まだなんです。朝からいろいろ忙しくて…。三時までに会議室の片付けも済ませなければいけないし、会議の書類もコピーするようにと言われたもので…。

上司：午後、大切なお客さんに見せるものだから、1時までには必ずやっておいてくださいよ。

木村：はい、分かりました。

木村さんが1時までにしておかなければならない仕事は何ですか。

1　会議室の片付け
2　企画書の提出
3　会議書類のコピー
4　お客さんの案内

解析

- 三時までに会議室の片付けも済ませなければいけないし、会議の書類もコピーするようにと言われたもので…。（被要求必須在三點前把會議室整理乾淨的事要做好，會議的資料也必須影印好。）

問題4

MP3　3-4

1番——1

男：この部屋、寒いね。暖房は入ってないの？

女：1　ええ、入れましょう。
　　2　ええ、入れました。
　　3　ええ、暖かくなりました。

解析

- ええ、入れましょう。（嗯，開吧。）
- ええ、入れました。（嗯，開了。）

2番——3

女：この学校は、先生も優しいし、クラスメートも親切だから、じきに慣れるわよ。

男：1　すぐ慣れますよ。任せてください。
　　2　すっかり慣れたんですか。すごいですね。
　　3　ありがとうございます。よろしくお願いします。

解析

- じきに慣れるわよ。（不久就會習慣了喔。）
- すっかり慣れたんですか。すごいですね。（全部都習慣了啊。真是厲害。）

3番——2

女：あ、この資料、会議室までもってってもらえないかな。

男：1　ええ、もらえますよ。

　　2　ええ、いいですよ。

　　3　ええ、どうぞ。

解析

- この資料、会議室までもってってもらえないかな。（這份資料，可以幫我拿到會議室嗎？）
- ええ、いいですよ。（嗯，好喔。）

4番——2

男：こんな珍しい料理、食べたことないよ。

女：1　残してもいいのよ。

　　2　だったら、またご馳走してあげるわね。

　　3　じゃ、遠慮なくいただきます。

解析

- だったら、またご馳走してあげるわね。（如果是這樣的話，下次請你吃。）

5番——1

女：拓也くんは、しっかり練習すれば、もっといい点数が取れるんでしょう。

男：1　そうですね。もっと頑張ってもらいたいですね。

　　2　うーん、頑張ったわりに、点数がよくなりませんね。

　　3　ええ、しっかり練習したから、いい点数が取れたんです。

解析

- しっかり練習すれば、もっといい点数が取れるんでしょう。（如果好好地練習的話，可以得到更好的分數吧。）

6番——3

女：携帯の番号を教えてほしいって、言ってくれれば、よかったのに。

男：1　教えてもらえてよかったよね。

　　2　そうだね。言えばよかった。

　　3　言ったけど、だめだった。

解析

- 携帯の番号を教えてほしいって、言ってくれれば、よかったのに。（想要手機的號碼，跟我說的話，那就好了，可是…。）

7番（ばん）——3

男：このりんご、大きいね。でも、大きければ、おいしいってもんじゃないよ。

女：1　そうね。やっぱり、大きいほうがおいしいよね。

　　2　そうかな。大きくておいしいのもあるじゃない。

　　3　そうね。肝心なのは、大きさじゃなくて、味なのよ。

解析

- でも、大きければ、おいしいってもんじゃないよ。（但是，大的蘋果不一定好吃喔。）
- そうね。肝心なのは、大きさじゃなくて、味なのよ。（沒錯。重要的是，並不是大小，而是味道。）

8番（ばん）——2

女：ゴルフ？ごめん。今度の日曜日は、ちょっと…。

男：1　ああ、待ってたよ。

　　2　ああ、わかった。またお見合いでしょ。

　　3　ああ、残業が終わればね。

解析

- ああ、待ってたよ。（啊，我一直在等待。）
- ああ、残業が終わればね。（啊，如果加完班的話。）

9番（ばん）——2

女：よくも私にウソをついてくれたわね。あなた。

男：1　はい、僕はうそをつきました。

　　2　うそなんかついてないよ。

　　3　うん、よくうそをついてるよ。

解析

- よくも私にウソをついてくれたわね。あなた。（你居然也對我說謊喔。）
- うそなんかついてないよ。（我才沒有說謊。）

１０番（ばん）——2

男：お酒の飲みすぎは体によくないって、わかってるんですがねえ。

女：1　どうしてお酒は体によくないのですか。

　　2　でも、飲まずにはいられないんでしょう

　　3　飲んですむことではないでしょう。

解析

- どうしてお酒は体によくないのですか。（為什麼酒對身體不好？）
- でも、飲まずにはいられないんでしょう（但是，沒辦法不喝吧。）

1 1番——2

女：まことに申し訳ございませんが、こちらの商品は季節限定のもので、お一人様に二つ限りとなっておりまして…。

男：1　二つもいらないよ。

2　え？二つだけなの？

3　それは安いな。

解析

- こちらの商品は季節限定のもので、お一人様に二つ限りとなっておりまして…（這裡的商品因為是季節限定，一個人規定只能拿兩個。）
- 二つもいらないよ。（我不需要兩個。）

1 2番——2

女：こんな難しい問題があっという間に解けるなんて、山田君ってやっぱり天才だね。

男：1　ほら、むずかしくなかったでしょう。

2　いや、そんなことはありませんよ。

3　やっぱり簡単だったよ。

解析

- こんな難しい問題があっという間に解けるなんて、山田君ってやっぱり天才だね。（這麼困難的問題一下子就能解決，山田果然是天才。）

問題5

MP3　3-5

1番——4

男の人がスポーツクラブの受付に来ました。

受付　：いらっしゃいませ。

男の人：あのう、ちょっとうかがいたいんですが。

受付　：はい、何でしょうか。

男の人：来週から、このクラブに入りたいと思っているんですが、どんな設備があるのか教えていただけませんか。

受付　：はい、こちらでは、ジム・テニスコート・25mプールの他にサウナやマッサージチェアなどのリラックスできるアイテムもございます。

男の人：ああ、そうですか。ジムはいつでも使えるんですか。

受付　：はい、木曜日は休みですが、ほかの日はいつでもお使いいただけます。

男の人：そうですか。私は来週からジムに通いたいと思っているんです。

受付　：はい、来週からですね。それではこちらの申し込み書にお名前などを書いて、今週中に持ってきていただけますか。

男の人：はい、分かりました。今週中ですね。

受付　：はい、そうしていただければ、来週からジムをお使いいただけます。

男の人：分かりました。ありがとうございます。

受付　：ご入会をお待ちしております。

男の人は、このスポーツクラブで、いつから、何をしたいと思っていますか。

1　今週から泳ぎたいです。
2　来週から泳ぎたいです。
3　今週からジムをつかいたいです。
4　来週からジムをつかいたいです。

解析

・はい、こちらでは、ジム・テニスコート・25m プールの他にサウナやマッサージチェアなどのリラックスできるアイテムもございます。（是的，在這裡除了有體育館，網球場，25 公尺的游泳池之外，還有三溫暖，按摩椅等，可以放鬆的項目。）

・こちらの申し込み書にお名前などを書いて、今週中に持ってきていただけますか。（在這申請書寫上姓名等，可以在這個星期內帶過來嗎？）

2番（ばん）——3

男の人が電話でオペラのチケットの予約をしています。

女：もしもし、帝国劇場チケットセンターでございます。

男：あのぉ、明日10月28日の『椿姫』のチケットを2枚欲しいんですけど…

女：午後の部でしょうか、夜の部でしょうか？

男：えーと、夜の部です。

女：お客様、大変申し訳ございませんが、夜の部は満席で、午後の部しか空いておりませんが。

男：そうですか。午後はちょっと無理だなぁ…。
あさってなら時間があるけど、空席はありますか。

女：はい、あさっての夜の部は満席ですけど、午後ならすこし空席がございます。

男：じゃぁ、それに決めます。

男の人が予約したのはいつのチケットですか。

1　10月30日の午後のチケット
2　10月30日の夜のチケット
3　10月31日の午後のチケット
4　10月31日の夜のチケット

解析

・大変申し訳ございませんが、夜の部は満席で、午後の部しか空いておりませんが。（真的是非常抱歉，因為晚上時段的座位全部都已經預約完，只剩下午時段還有空位。）

3番

女の人と男の人が明日のパーティーのことについて相談しています。

女：ね、明日のパーティーに持っていくものを決めるってきいたんだけど。

男：あ、そうだね、何を食べるか、決まったの？

女：うん、みんな焼き肉がいいって言っているんだけど、いいかな？

男：いいんじゃない？じゃ、僕は肉を用意して持っていこうか。

女：肉は、私が全部用意しとくから、いいの。でも、鉄板は今のところ、もってきてくれそうな人がだれもいなくて…。

男：そうか。僕のうちに使わないやつがあるから、持っていくよ。

女：重いのにごめんね。

男：平気、平気。それから、飲み物は？この前、美味しい日本酒をもらったから、それも一緒にどう？

女：日本酒は女性たちが飲めないから、もったいないわよ。
ワインとビールなら、田中さんと鈴木さんが持ってきてくれると思う。
それで決まりってことでどう？

男：わかった。じゃ、そうしよう。

解析

- 鉄板は今のところ、もってきてくれそうな人がだれもいなくて…。（現在的情況，好像沒有人要帶烤肉鐵板來…。）
- 僕のうちに使わないやつがあるから、持っていくよ。（因為我們家有不用的烤肉鐵板，我會帶去囉。）

質問1——1

女の人は明日のパーティーに何を持っていくことになりましたか。

質問2——2

男の人は明日のパーティーに何を持っていくことになりましたか。

第 4 回

言語知識・読解／75 問

問題 1

1	2	3	4	5
3	2	4	1	2

問題 2

6	7	8	9	10
1	2	3	3	4

問題 3

11	12	13	14	15
3	2	1	3	3

問題 4

16	17	18	19	20	21	22
4	2	3	3	1	3	2

問題 5

23	24	25	26	27
1	2	1	4	3

問題 6

28	29	30	31	32
3	4	3	1	3

問題 7

33	34	35	36	37	38	39	40	41	42	43	44
2	3	2	3	2	3	4	2	3	3	2	2

問題 8

45	46	47	48	49
1	2	3	3	1

問題 9

50	51	52	53	54
2	2	1	2	3

問題 10

55	56	57	58	59
1	4	2	2	3

問題 11

60	61	62	63	64	65	66	67	68
2	3	3	2	2	4	3	1	2

問題 12

69	70
3	2

問題 13

71	72	73
2	4	4

問題 14

74	75
4	2

聴解／32問

問題 1

1	2	3	4	5
1	3	3	3	2

問題 2

1	2	3	4	5	6
4	2	4	2	3	2

問題 3

1	2	3	4	5
2	3	2	2	4

問題 4

1	2	3	4	5	6	7	8	9	10	11	12
2	1	2	1	2	1	3	2	3	2	2	1

問題 5

1	2	3	
		質問1	質問2
4	4	3	2

言語知識・読解

問題1

1 3 巨大な熱気球が立ち上がる姿が圧倒的だった。
巨大的熱氣球升起之模樣非常地壯觀。

2 2 二辺の長さが等しい。
兩邊的長度是相等的。

3 4 自分の目を疑うくらい驚かされてしまいました。
受到的驚嚇到了懷疑自己眼睛的程度。

4 1 毎日朝から晩まで研究室で実験するので、本当に大変です。
每天從早到晚都待在研究室作實驗，真的很辛苦。

5 2 急な用事で友達との約束を断った。
因為急事而推掉了和朋友的約會。

問題2

6 1 両国は相互に援助することを約束した。
兩國間約定了要相互援助。

7 2 マフラーが恋しい季節がやってきた。
貪戀圍巾的季節來到了。

8 3 親は子どもたちの健康と幸せをいつも祈っている。
父母親總是祈求著孩子們的健康和幸福。

9 3 本日の仕事も無事に終了した。
今日的工作也安然地結束了。

10 4 彼は家族思いの親孝行な子だと感心した。
很佩服他是個為家人著想的孝順孩子。

問題3

11 3 最近、非常識な社員が増えてきた。
最近，公司裡不懂禮節的職員增加了。

12 2 念願の甲子園初出場を果たした。
實現了第一次在甲子園出賽的心願。

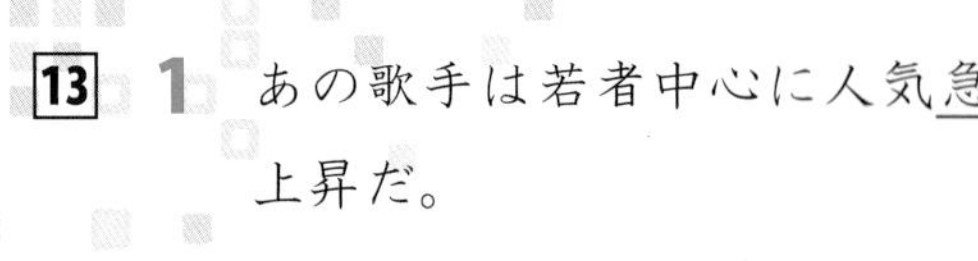

13 **1** あの歌手は若者中心に人気急上昇だ。

那個歌手快速地受到年輕人的歡迎。

14 **3** 後で医療費を払わなければならない。

待會兒必須繳付醫療費。

15 **3** 世界総人口は70億人も到達した。

世界總人口數到達了七十億。

問題4

16 **4** あの会社の収益が悪化する一方で、つぶれるかもしれない。

那家公司的營收一直惡化，有可能會倒閉。

17 **2** 長距離の移動で疲れたでしょうが、今日はゆっくり休んでください。

長距離的奔波應該累了吧，今天請好好地休息。

18 **3** 彼はもう二度とたばこを吸わないと決心した。

他已經下定決心不再吸菸了。

19 **3** 最近は何かいいことでもあるのか、弟は毎日いきいきしている。

最近弟弟不知是有何喜事，每天都生氣勃勃的。

20 **1** 制度は作ったが、実施するのにまた先のことだ。

制度雖然已經訂定了，然而實行是之後的事了。

21 **3** 姉はプライドが高くて、なかなか人に弱みを見せない。

姐姐自尊心很強，怎麼樣也不讓他人看到她的脆弱的一面。

22 **2** 学生評価の基準が定められた。

制訂了評量學生的標準。

問題5

23 **1** 最近治安が悪くなったので、泥棒に用心したほうがいい。

最近治安變差了，要注意小偷才是。

1　注意
2　搭話
3　避開
4　用心

24 2 一応やるべきことをやった。

該做的事大略都做了。

1 全部
2 大略
3 相當
4 好不容易

25 1 このドラマシリーズは視聴者に大きな反響を呼んだ。

這個系列的電視劇受到收視者廣大的迴響。

1 系列
2 節目
3 狀態
4 一部分

26 4 万一の災害にそなえて非常口を確認してください。

為意外的災害作事先準備，請確認逃生口。

1 發生
2 呼籲
3 因應
4 事先準備

27 3 彼はこの難しい仕事を見事にこなした。

他精采地完成了這份艱難的工作。

1 時間、勞力
2 一下子
3 精采地
4 外表

問題6

28 3 看得到景氣變好的跡象。

29 4 發生了趕不上報名期限的狀況。

30 3 溫室效應的問題日趨嚴重。

31 1 到現在計畫尚未完成。

32 3 說不出「我先走了」的氛圍。

問題7

33 2 不管是否出席宴會，請在明天前回信。

1 正當～的時候
2 不管；不論
3 不僅；而且
4 因為；由於

34 3 在這個家規定必須要早上六點起床。

1 （無此用法）
2 變成～的話題
3 規定
4 （無此用法）

35 2 昨晚很早就睡了。因此疲勞消除了。

1 正當～的時候
2 因此
3 但是
4 因為～所以

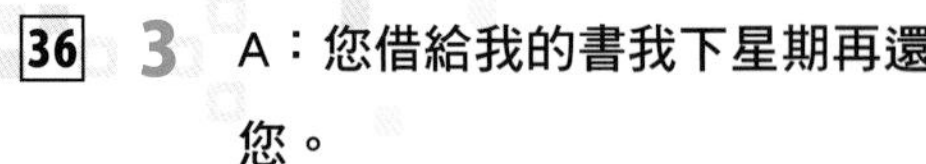

36 **3** A：您借給我的書我下星期再還您。

B：嗯，我知道了。

1　您還（尊敬語）
2　您還（尊敬語）
3　我還（謙讓語）
4　讓…還（使役形）

37 **2** 聽了那席話後，朋友忍不住感動了。

1　必須要
2　忍不住
3　有可能
4　恐怕

38 **3** 在新人歡迎會上前輩強迫我喝很多酒（前輩灌我很多酒），所以隔天宿醉了。

1　讓～喝了
2　喝了
3　讓～被迫喝
4　為我喝

39 **4** 回應客戶的需求增加了商品的種類。

1　對於
2　隨著
3　根據
4　回應

40 **2** 她的房間就像垃圾場一樣的髒。

1　像～似的（後面不直接接續形容詞）
2　像～一樣的
3　一定是
4　沒辦法

41 **3** 正因為那家百貨公司的商品很齊全，所以客人總是很多。

1　～的結果
2　不管～
3　正因為
4　在～之後

42 **3** 那個認真的孩子竟然會翹課，是一件令人難以置信的事。

1　容易相信的
2　能相信的
3　很難相信的
4　到相信程度的

43 **2** 在如此不景氣的情況下倘能找到工作的話是再好不過了。

1　（無此用法）
2　再好不過了
3　沒什麼大不了
4　（無此用法）

44 **2** 謝謝您在百忙之中的協助。

1　雖說～可是
2　在～之中
3　於～
4　對了（轉話題的語氣）

問題8

45 **1** ここに住んでいると、3 スーパー 1 ほど 4 ありがたい 2 ものはないとよく思う。品物が揃えているし、夜遅くまで買い物ができるし、本当に便利だ。

住在這裡，再也沒有比超市更令人感到慶幸的設施了。物品的種類齊全，到了深夜也可以買東西，真的很方便。

解析

・～ほど（再也沒有比～更）

46 **2** 小さい頃よく父に「4 食べ物を 2 粗末に 3 するな 1 大切にしなさい。」とよく言われた。今、同じことを自分の子どもに言っています。

小時候常常被父親提醒「不要糟蹋食物。要珍惜。」現在我也對自己的孩子說同樣的話。

解析

・～な（不要～）（表示禁止）

※食べるな（不准吃）

47 **3** 「2 第一印象は 4 どれほど 1 重要なのか 3 について」たくさんの調査が行われてきた。

關於「第一印象有多麼的重要」進行了很多調查。

解析

・～について（關於～）

・どれほど（多麼；何等）

48 **3** 部長は「3 今度こそ 4 この計画を 2 成功 1 させなければならない」と宣言した。

部長宣稱「這次就是要讓此計畫成功」。

解析

・～なければならない（必須要～）

・こそ（正是；就是）（表加強語氣）

49 **1** 先生は「今回の 2 失敗 1 を踏まえて 3 次に 4 生かそう」と励ましてくれた。

老師鼓勵我「依據這次失敗的經驗來有效地運用於下次的事物上」。

解析

・～を踏まえて（根據；依據）

問題 9

大意

計畫舉行反核能遊行的市民遇到了困難。就像以往一樣，想要先在離議會或首相官邸比較近的日比谷公園舉行集會，但遭受東京都政府的反對，法院也不認可，於是明日 11 日的遊行被迫中斷，只能在議會附近舉行抗議活動。

憲法所制訂的「集會自由」到哪裡去了？

法院撤銷控訴的理由有好幾個。

同一天在同一個地點也有舉行預計有好幾萬人的聚集的聚會，被視為集合地點的廣場無法容納一萬人的市民團體，7 月份有同樣的集會的時候，會造成一部分的混亂等等的理由。

並不是否認為了不帶給公園其他的使用者困擾，而必須做一些調整的立意。

無法忍受的是，最近東京都政府表示，在公園內禁止除了在需要費用的大音樂堂和公會堂以外的集會。根據政府的說法是，一直以來都很寬容，現在只是按照原來的規定行事。

為了要抑制市民的集會或是遊行，很明顯的是讓政策的實施反而更加惡化了。

法院根據判例，說明「以當天公園的使用狀況或容納限度為前提，不允許也是沒辦法的事」，並不是作了全體的規範。

即使過去多少有些混亂，但也不應該是禁止的方式，應該要和主辦者一起思考如何抑制混亂；那樣才是政府幫助市民、支持市民該做的事，不是嗎？

- 一部で混乱を招いた。（一部分帶來了混亂。）
- ずっと大目にみてきたが、本来の決まりどおりにするという。（根據政府的說法是，一直以來都很寬容，現在只是按照原來的規定行事。）

50 **2**

1 變成
2 ～的話
3 ～吧
4 雖說～可是

51 **2**

1 政府
2 其它的公園使用者
3 市民團體
4 公園

52 **1**

1 不打算
2 不能
3 應該
4 一直

53 **2**

1 知道
2 不得已
3 理所當然
4 眾所皆知

54 **3**

1 那樣的話
2 像這樣
3 那是
4 但是；卻

問題１０

（1）

55 **1** **東日本大震災之後，希望可以珍惜跟他人的情誼。**

題目中譯 女嬰兒受歡迎的名字有什麼含意？

大意

明治安田保險公司 3 日發表 2012 年出生的嬰兒名字調查的結果。最受歡迎的男孩子的名字是「蓮」，女孩子的名字是「結衣」。「蓮」連續兩次，「結衣」第一次登上第一名。

其中男孩子名字的前幾名有「大」或「太」。根據明治安田保險公司的調查，是希望孩子們在這不安定的年代可以健壯地成長。

女孩子名字的前幾名有「結」或「心」。根據該公司的調查，在東日本大地震之後，希望自己的孩子珍惜與人連結關係的父母親增加了。

解析

・ひらがなの名前の人気も上がっているという。（聽說平假名的名字也受到了歡迎。）

（2）

56 **4** **藉由社會全體的力量獲得改善。**

題目中譯 社會的結構的不完善之處要如何改善呢？

大意

要求社會的結構完美是不可能的。到處都有不完善之處。要快速地、適當地處理這些缺失，還是袖手旁觀？應該是端看社會的力量吧。

前年的保護癡呆症等判斷力降低的人，其財產之成人監護制度是我們見到的相對成功的例子。這個制度從 2000 年開始實施。東京地院判決，反對有監護人便失去選舉權的訴訟因為違反憲法而遭到否決。而議會一致通過修法承認其選舉權。

解析

・迅速、適切に対処し手直しできるか、てをこまぬいて後れをとるか。（要快速地、適當地改善這些缺失，抑或袖手旁觀？）

（3）

57 **2** **呼籲小孩們應該多接觸昆蟲。**

題目中譯 文章的主旨為何？

大意

聽說討厭昆蟲的小孩子增加了。好像也有不少小學的新進老師不喜歡碰觸昆蟲。

因為有人反映覺得噁心，所以「ジャポニカ学習帳」的封面已經不刊載昆蟲照片等，令人覺得惋惜。

翻譯『昆蟲記』的奧本大三郎先生感嘆地說，「採集昆蟲已經不像之前被認為是『前往科學的第一步』了」。希望在即將來臨的暑假能看到背著昆蟲籠子的小孩子們之身影。不只是男孩，女孩也是。

解析

・昆虫採集も昔のように「科学への第一歩」などと言われなくなった。（採集昆蟲已經不似之前被認為是「前往科學的第一步」了。）

58　2　確定接受援助。

題目中譯　圍繞在迷失於援助方案的議題已告終，是指什麼？

大意

已經規畫出經營重建的方向了，但前方仍然視線不良。

美國達美航空公司表示要援助，在債權人會議上尋求支持，但最後 ANA 陣營大勝。

新生・SKYMARK 接受 ANA 等國內資金的援助，以 5 年內再上市為目標。我們樂見迷失在援助方案的議題已告終，重新上市的框架已穩固。

解析

・経営再建への針路は示されたが、前途はなお視界不良である。（已經規畫出經營重建的方向了，但前方仍然視線不良。）

・支援策を巡る迷走に終止符が打たれ、再生への枠組みが固まったことを歓迎したい。（我們樂見迷失在援助方案的議題已告終，重新上市的框架已穩固。）

59　3　如何學習呢？

題目中譯　下一期之學習指導要領的原案是以何者為中心所提出的？

大意

小孩子們主動地，而非被動地解決課題。培養豐富的思考力，那樣子的課程應該是理想吧。

文部科學省（教育部）向中央教育審查會提出了下一期的學習指導要領，訂定了 2020 年以後的國小、國中、高中的教育的方向性。

原案的特徵是深入「如何學習」的上課方式之論點。

以往的指導要領的修改是著重於上課時間的增減、學習的「量」。這次可以說是和以往比較起來，更加重視學習的「質」。

解析

・原案の特徴は、「どのように学ぶか」という授業方法の在り方にまで踏み込んだ点である。（原案的特徵是深入「如何學習」的上課方式之論點。）

問題１１

（1）

大意

上個月，超過 1 萬 2 千名的科學家聯名寫給聯合國的信被公開了。內容是關於呼籲「不要開發 AI 武器」。霍金博士、蘋果公司的共同創辦人沃茲尼克等人的名字也在其中。

AI 武器是可以直接前往戰場，找出敵人將其殲滅的「殺人機器人」。信中指出，「以現在的科技這樣的狀況是可能發生的」，將無限度的開發 AI 武器譬喻成「是延續火藥和核子武器的第三革命」。這是什麼意思呢？

炸藥在第一次世界大戰被當成武器使用。在第二次世界大戰中，美國科學家們所開發的核彈造成廣島和長崎兩地 20 萬人以上死亡。

跟炸藥和核子武器相較起來，製做 AI 武器所需的費用和勞力比較少。為什麼呢？因為 AI 武器的心臟部分是電腦的程式，很容易複製。此外，AI 武器是機器人，和炸藥以及核子武器不同，不用擔心士兵會遭受到危險。軍火工業無限度地大量生產 AI 武器，讓貧窮的國家購買進而輕易地發動戰爭是有可能的。

AI 剛開始是用於日常生活中。能夠理解情感的人形機器人「Pepper」，或許是能幫我們查資料擁有秘書功能的 APP「Siri」等。Google 正在開發中的「自動駕駛系統」，是不需要人類操作便能駕駛汽車的技術，研究已經邁向實際使用，目前正在開發中。

人類為了讓生活更加方便所想出來的技術，如果讓人類因此而痛苦的話，就是很諷刺的事了。科學家和軍火工業雖然沒有義務遵從這封信的呼籲，但是先端科技該如何被使用，正考驗著人類的智慧。

解析

- AI 兵器はダイナマイトや核兵器に比べ、作るお金と手間が少なくてすみます。（跟炸藥和核子武器相較起來，製作 AI 武器所需的費用和勞力比較少。）
- 先端技術をどう使うか、本当の賢さが問われています。（先端科技該如何被使用，正考驗著人類的智慧。）

60　2　為了給生活帶來方便而製作的。

題目中譯　AI 原本是為了什麼目的而被製作出來的？

61　3　原本是人們為了讓生活更加方便所想出來的技術，但反而對世界造成不好的影響的話，這就得不償失了。

題目中譯　<u>人類為了讓生活更加方便所想出來的技術，如果因此產生痛苦的話，就是很諷刺的事了</u>，是什麼意思呢？

62　3　AI 兵器正在被大量的使用。

題目中譯　以下的敘述錯誤的是哪一個？

（2）

大意

小時候我很會編誇張的故事。在尚未擁有文章能力的小幼兒時期，我會把家中的相簿裡的照片拿出幾張，好幾次對著弟弟即興演出連環話劇。照片上的家人和身邊的人只是過去的某個瞬間所留下來的記憶，我把它編造成故事說給弟弟聽，弟弟都會不厭其煩地聽我的講述而且笑得很開心。

到了我會識字也有書寫的能力時，會將每天鬱悶的心情寫在筆記本上，到了思春期，開始寫故事。

但我幾乎沒有向別人提起我在寫小說之事。10 幾歲就開始工作，尤其我沒有接觸過文學，也沒有閱讀過想唸的書。正因如此，倘若我沒有看書、寫字的話，我覺得我就會死，所以我才寫小說。完全不理會他人的感想只專注自己的閱讀，也沒有寫給專屬對象閱讀的創作。在當中我得到了想要得到的完全的孤獨感。

解析

- 子どもの頃から法螺話を作るのが特技たった。（小時候我很會編誇張的故事。）
- 読み、書いていないと文字通り死んでしまうからそうしていただけだ。（正如文字所述，倘若我沒有看書、寫字的話，我覺得我就會死，所以我才寫小說。）

63　2　誇張的故事。

題目中譯　作者很擅長於創作什麼樣的故事？

64　2　認得字而且有書寫文字的能力。

題目中譯　「得到文字」是什麼意思呢？

65　4　因為那個時候想得到完全的孤獨感。

題目中譯　作者為什麼不公佈創作小說的事？

（3）

大意

在古代問女性的名字就等同於求婚。在萬葉集的卷頭；雄略天皇的歌中，有下列這麼一段「妳是隸屬於哪人家的？告訴我妳的名字」。告訴對方名字就是將靈魂交給對方，也就是接受對方求婚的意思。

的確名字蘊藏了不可思議的力量。作家三島由紀夫的本名叫做平岡公威。和很年輕的筆名相較起來，有莊重的感覺。我好像在哪裡讀過，如果用本名創作的話，應該就不會那麼早逝世了，的說法。

名字深深地左右人生。或者說束縛人生。即使不到那種程度，或許多多少少會受到影響也說不定。名字本身也受到時代的影響。很多女子的名字裡有「子」的距昭和時代已經相當的久遠了。

取名字反映出父母親希望小孩子幸福的願望。評論家小林秀雄說，為了不會搞混成他人，這是取名字的根本要件，不論何時追求世界上的唯一，是很理所當然的事。

- 名づけには子どもの幸せを願う親の愛が映る。（取名字反映出父母親希望小孩子幸福的願望。）
- 他人と間違えられないために、が命名の根本条件だといったのは批判家の小林秀雄だが、世の中にたった一つという個性の追求も昨今は当たり前だ。（評論家小林秀雄說，為了不會搞混成他人，這是取名字的根本要件，不論何時追求世界上的唯一，是很理所當然的事。）

66　3　告訴對方自己的名字就等於承認要和對方結婚。

題目中譯　為什麼告訴自己的名字就是將自己的靈魂交給對方，等於接受了結婚？

67　1　名字的取法會隨著時代改變。

題目中譯　名字部分也會受到時代影響是指什麼？

68　2　表裡一體的關係。

題目中譯　作者如何解讀名字和人的關係？

問題１２

大意

A

我想要商量關於我女兒的事。我女兒是高中二年級的學生，最近好像交了男朋友。平常除了吃飯以外的時間，都待在自己的房間和男朋友講電話。假日的時候幾乎都不在家。跟女兒說話也不搭理我。還有一年就要考大學了，我真的很擔心滿腦子只想著戀愛的女兒。

B

我想要商量關於我兒子的事。我兒子是大學三年級的學生，個性非常開朗。可是最近突然變得不太愛說話，一回到家就躲進自己的房裡。以前常常跟我們夫妻倆一起邊看電視邊聊天，現在卻不這麼做了。很擔心他，問他發生了什麼事卻不回答我。

解析

- 何かいいアドバイスがあったら、お願いします。（如果有什麼好建議的話請告訴我。）

69　3　諮詢者Ａ擔心自己的女兒滿腦子只想著戀愛諮詢者Ｂ擔心兒子突然轉變態度。

題目中譯　諮詢者Ａ和諮詢者Ｂ的擔心是什麼？

70　2　諮詢者B察覺了兒子性格的轉變。

(題目中譯) 關於諮詢者A和諮詢者B的煩惱，哪一項是正確的？

問題13

(大意)

主角下班離開政府辦公室，回家之後洗澡。說到那段時間〈剛好是人們忙著準備晚餐的黃昏〉。這是夏目漱石『門』的一個章節。上個月在各省廳副部長級的會議中，某政府高官引用了這段話並且說「晚上工作到很晚絕對不是日本的傳統文化」。議題是「推廣傍晚時間活動」。簡稱為「ゆう活」。是比以往要早上班、早下班，傍晚開始享受個人時間的嘗試。聽說是改善長時間的工作型態。

首相念茲在茲的早上班早下班的政策是以政府官員為對象從1日開始實施，實施，直到8月底。政府宣傳是「早一點回家，慢慢入浴、慢慢用餐」「和孩子在公園玩接球遊戲」，讓生活更豐富。

這個政策開始實施後，有一次我和中央省廳的職員用餐。17點過後和客戶約見面。原來如此，這個就是「ゆう活」的效果啊。可是，他看起來並不輕鬆。原本霞關就必須要加很多班。的確早一點上班就必須增加工作時間。

那麼，要如何鼓勵早點下班呢？政府要求幹部要巡視各個辦公室，要求職員早一點離開辦公室。各個省廳的巡視人員的職稱、預定的巡視日期和時間之名單已經出爐了。沒想到施行到這種程度。

檢視工作方式是好事，但好像令人覺得是強迫執行的。而且政府將它當成是國民運動強烈希望推展至全國。我個人是覺得我不想當那個巡視的人員也不想當那個被巡視的人。

解析

- 首相肝煎りの朝型勤務が、1日から国家公務員を対象に始まった。（首相念茲在茲的早上班早下班的政策是以政府官員為對象從1日開始實施。）
- 早く帰ると、フロもゆったり。ごはんもゆったり（早一點回家，慢慢入浴、慢慢用餐。）

71　2　以前的日本只有工作到傍晚。

(題目中譯) 工作到很晚絕對不是日本的傳統文化是什麼意思？

72　4　17點過後和客戶約定見面。

(題目中譯) 17點過後和客戶約見面。原來如此，這個就是「ゆう活」的效果啊，是什麼意思呢？

73　4　「ゆう活」的效果還有待商榷。

(題目中譯) 作者如何看待「ゆう活」？

問題１４

大意

下表是 A 市和 B 市的文化中心使用會議室的說明。

- 施設維持代（設施保養費）
- 利用申込書に必要事項を記入して電子メールにてご提出ください。（在使用報名表裡填入必須要填的資料之後利用電子郵件報名。）

74　4　報名使用會議室的方式。

題目中譯　在 A 市和 B 市的文化中心使用會議室的說明裡，兩者皆有的條件是什麼？

75　2　只要是 B 市的市民，每個人都可以使用會議室。

題目中譯　使用 A 市或 B 市文化中心會議室的條件裡，不被允許的是哪一項？

	A 市文化中心會議室使用說明	B 市文化中心會議室使用說明
可使用人士	① A 市的市民 ② 大學生 ③ A 市的市政府員工	① B 市的市民（２０歲以上） ② 在 B 市工作的人士
使用費用	５００日圓（設施保養費）	免費
使用時間	平日（星期一～星期五） １０：００～１６：００ 星期六 １０：００～１２：００	平日（星期一～星期五） ９：００～１７：００
申請方式	利用電子郵件確認預約狀況後，將填妥的使用申請書利用電子郵件提出申請。	利用電話確認預約狀況後，將填妥的使用申請書利用電子郵件提出申請。
申請起始日	使用日前半年～使用日前一天	隨時
申請處	總務科　堤・小林	事務科　長谷川・原
停車場	容納車數：２０台	無

聴解

問題１

1番（ばん）——1

大学で女の学生と男の学生が話しています。男の学生はこれから何をしますか。

女：今からどうする？

男：そうだな。生協に行ってお菓子を買おうかな。

女：もうすぐ晩ご飯の時間なのに、おやつを食べるの？晩ご飯食べられなくなるよ。それより、明日の試験もう準備できた？

男：何の試験？

女：もう！英語の試験だよ。大事な試験だよ。

男：しまった。すっかり忘れてた。じゃ、やっぱり図書館に行って勉強しようかな。でも、お腹がすいたし。どうしよう。

女：少しは我慢しなさいよ。

男：まあ、そうだな。

男の学生はこれから何をしますか。

- すっかり忘れてた（完全忘記了。）
- 少しは我慢しなさいよ（給我稍微忍耐些。）

2番（ばん）——3

男の人と女の人が話しています。男の人はどの予定の日程を変更したいと言っていますか。

男：なあ、日曜日にショッピングセンター行くって言ってたよね。

女：うん。そうだけど。あっ…もしかして。

男：ごめん、来週の土曜日でもいい？

女：えーっ。なんで？

男：どうしても今週末にやっておかないといけない仕事があって。ほら、土曜日は山田さんの新居祝いに行くことになっているだろう。

女：えー。

男：ごめん。来週は絶対約束守るから。

女：絶対だよ。

男の人はどの予定の日程を変更したいと言っていますか。

- どうしても今週末にやっておかないといけない仕事があって（有這個週末不論如何都必須完成的工作要做。）
- 絶対約束守るから（一定會遵守約定的）

3番——3

女の先生が男の学生と話しています。男の学生はこのあとまず何をしなければなりませんか。

女：例の期末レポートの件だけど。

男：あ。はい。

女：全体の構成や体裁は特に問題ないと思う。

男：あ、ありがとうございます。

女：ただ、いくつか適切でない表現があって、ちょっと不自然かな。

男：あ、そうですか。じゃあ、書き直します。どの部分でしょうか。

女：そうね。気になるところは一応赤ペンで下線を引いているから、もう一度資料を調べて、ちゃんと表現を確認してみて。出来上がったら私の研究室に提出しに来てね。

男の学生はこのあとまず何をしなければなりませんか。

解析

- 全体の構成や体裁は特に問題ないと思う。（我想整體的內容結構和格式都沒有什麼問題。）
- 気になるところは一応赤ペンで下線を引いているから（覺得不適當的地方大致上用了紅筆在有問題的底下畫了線）
- 出来上がったら私の研究室に提出しに来てね。（完成之後交到我的研究室來。）

4番——3

男の人と女の人が電話で話しています。女の人は、このあと何をしなければなりませんか。

女：もしもし、大阪重工です。

男：あ、鈴木さん？今出張先から会社に向かってるんだけど、午後、営業部と緊急会議をやらないといけなくなったって、営業部にそう伝えてくれる？

女：はい、何時からですか。

男：そうだね。2時から。それと、例の資料はその会議で使う予定なんだけど、もうできたかな？

女：はい。

男：それを営業部の人数分用意してくれるかな。

女：はい、部長のも入れて16部用意しておきます。

男：さすがだな。じゃ、よろしく頼むね。

女の人は、このあと何をしなければなりませんか。

解析

- 今出張先から会社に向かってるんだけど（現在正從出差的地方往回到公司的路上。）
- 例の資料はその会議で使う予定なんだけど、もうできたかな（之前的資料打算在那個會議上使用，已經完成了嗎？）
- さすがだな（真有你的。）

5番[ばん]——2

男の人と女の人が話しています。男の人は、まずどこへ行かなければなりませんか。

女：ねえねえ。

男：何？

女：悪いんだけど、ちょっとスーパーに行ってきてくれる？卵もうなくなっちゃってて。

男：いいよ。

女：ありがとう。ああ、それから、スーパーの隣のクリーニング屋にこのズボンを出してきて。

男：あ、このズボン。明日、はきたいんだけど。間に合うかな。

女：大丈夫よ。午前中に持って行けば、夜7時にはできるわよ。料金はちょっと高くなるけど。

男：うん、わかった。行ってくるね。

女：あ、待って。財布にぜんぜんお金がないの。先に銀行に寄って2万円おろしてからスーパーに行って。あと、帰りに郵便局に寄ってこの手紙をお願いします。

男：うわあ、用事がいっぱいだな。

男の人は、まずどこへ行かなければなりませんか。

解析

- スーパーの隣のクリーニング屋にこのズボンを出してきて。（拿這件褲子去超市隔壁的洗衣店洗滌。）
- 先に銀行に寄って２万円おろしてからスーパーに行って。（先去銀行領兩萬塊後再去超市。）
- 用事がいっぱいだな（事情真多。）

問題2

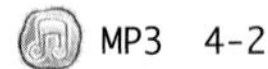
MP3　4-2

1番[ばん]——4

男の人と女の人が話しています。女の人はどうして会社を早退しますか。

男：どうしたの？なんで急いでるの。

女：今日は早退するから、仕事を早めに終らせちゃわないといけないのよ。

男：なんで早退するの？あ、もしかして、この間知り合ったあの人とデート？

女：違うわよ。

男：じゃ、どうしたの？お見合いでも行くの。

女：違うわよ。なんでそんなことばかり言うのよ？

男：あ、そうか。大金を盗んで逃げようと思ってるとか。

女：もう！あのね、今日はオーストラリアから一時帰国した高校時代の友達と久しぶりに一緒に食事することになったの。だから、早く帰らないといけないの。

男：その友達、男？女？

女：男だけど。

男：ほら、やっぱりデートだ。

女の人はどうして会社を早退しますか。

- お見合いでも行くの（你要去相親嗎？）
- 大金を盗んで逃げようと思ってるとか（是偷了很多錢想要逃走之類的嗎？）
- 今日はオーストラリアから一時帰国した高校時代の友達と久しぶりに一緒に食事することになったの（今天要和從澳洲暫時回國的高中時代朋友久違的一起聚餐。）

2番（ばん）——2

研究室で男の人と女の人が話しています。女の人はどうして研究室のパーティーに行かないと言っていますか。

男：ひとみちゃん、みんなもうパーティー会場に向かってるよ。僕たちも早く行こうよ。

女：うーん、今日はやっぱり帰るわ。

男：ええ。なんで？

女：パーティーみたいに人が大勢集まるイベントにはあまり出たことないし、論文の締め切りも近づいているし、やっぱりここに残って論文を仕上げようと思って。

男：でも、せっかくのチャンスなんだから、一緒に行こうよ。気分転換にもなるし、家に帰ったら、いいアイディアがひらめいて、論文も進むかもよ。

女：それはそうかもしれないけど…。でも、やっぱりやめとくわ。たぶんパーティーの会場にいてもずっと論文のことばかり考えちゃうから。

女の人はどうして研究室のパーティーに行かないと言っていますか。

解析

- みんなもうパーティー会場に向かってるよ（大家都已經前往宴會會場了喔。）
- パーティーみたいに人が大勢集まるイベントにはあまり出たことないし、論文の締め切りも近づいているし、やっぱりここに残って論文を仕上げようと思って（我不太出席像很多人聚集的那種宴會，加上論文的截止日快到了，所以我還是想留在這裡把它完成。）

・気分転換にもなるし、家に帰ったら、いいアイディアがひらめいて、論文も進むかもよ。（可以轉換心情，回到家後會有好的點子也許論文會有進展喔。）
・やっぱりやめとくわ。（還是不要好了。）

3番（ばん）——4

男の社員と女の社員が、商品のパンフレットについて話しています。このパンフレットの一番の問題点は何ですか。

女：このパンフレットの内容がちょっと分かりにくいという意見が出されていますが、どう思いますか。
男：そうですね。僕もそう思います。
女：それは文字が多いから？それとも、文字が小さいから？
男：文字の大きさは調整してもいいんですが、やっぱり商品の魅力はどこなのかという点がはっきりと示せていないからだと思います。
女：でも、表紙に商品の写真とセールスポイントが載せてあるでしょう。
男：あの写真は悪くないと思います。ただ、あの説明ってどうも分かりにくいんですよね。お客様はパンフレットを通して初めて商品を知るわけですから、やっぱり簡潔ですぐ分かる表現のほうがいいと思いますよ。
女：じゃ、さっそく直しましょう。

このパンフレットの一番の問題点は何ですか。

・このパンフレットの内容がちょっと分かりにくいという意見が出されていますが、どう思いますか。（有意見指出這份簡介的內容有些難懂，你認為呢？）
・やっぱり商品の魅力はどこなのかという点がはっきりと示せていないからだと思います。（我想還是因為沒有突顯出商品的魅力何在所致。）
・表紙に商品の写真とセールスポイントが載せてあるでしょう。（封面有商品的照片和賣點吧。）

4番（ばん）——2

女の先生と男の学生が話しています。男の学生はどうして遅刻しましたか。

女：井上君、1時間も遅刻よ。
男：本当に申し訳ありません。いつ

もの電車に乗ったんですが、今日は電車の中に急病の人がいて、電車が臨時停車してその人を病院に搬送するのを待ってたので。

女：うん。

男：電車の遅れはそれほどじゃなかったので、学校には間に合うはずだったんだけど。

女：だったら、どうして遅刻したの？

男：それが、電車が出発してまもなく人身事故にあって、それで電車が1時間近くも止まってたんです。

女：そうなんだ。大変だったね。分かった。早く教室に戻って。

男：はい、ありがとうございます。

男の学生はどうして遲刻しましたか。

解析

- 1時間も遅刻したよね。（已經遲到一個小時了耶。）
- いつもの電車に乗ったんです（我搭了平常搭的電車）
- 電車の遅れはそれほどじゃなかったので、学校には間に合うはずだったんだけど。（電車不會延遲那麼久，應該趕得及來學校才是。）
- それが、電車が出発してまもなく人身事故にあって、それで電車が1時間近くも止まってたんです。（那是因為電車出發不久即發生了事故，也因為如此電車才停了將近一個小時。）

5番（ばん）——3

男の人と女の人が話しています。男の人はこの喫茶店の何がいいと言っていますか。

女：ねえ、最近、駅前に新しい喫茶店ができたよね。

男：うん。先週行ってみたけど、ぼくはけっこう気にいったよ。

女：どんな店？

男：コーヒーの種類がいっぱいあってさ。それに、世界各地のコーヒー豆やコーヒーカップが店内に展示されていて、それぞれの紹介を見るだけでけっこうおもしろいんだ。

女：へえ、変わった店だね。コーヒーはどうだった？

男：うん、注文するときに、店員が客の好みを聞いてくれるんだ。好きなコーヒーの味とか。それから、何よりいいと思ったのは、店内に展示されているカップにコーヒーを入れてくれること。ぼくは真っ黒のコーヒーカップを選んだんだけど。

女：なかなかおもしろそうね。今度一緒に行こう。

男：そうだね。

男の人はこの喫茶店の何がいいと言っていますか。

解析

・駅前に新しい喫茶店ができたよね。（車站前新開幕了一家咖啡店耶。）

・ぼくはけっこう気にいったよ。（我還蠻喜歡的。）

・変わってる店だね。（很特別的店耶。）

・店員が客の好みを聞いてくれるんだ。（店員會問客人的喜好。）

・何よりいいと思ったのは、店内に展示されているカップにコーヒーを入れてくれること。（最好的一點是，會讓客人挑選放在店裡展示的杯子，把客人所點的飲料放進所選的杯子裡。）

6番（ばん）——2

男の人と女の人が話しています。卒業後、男の人は何をやりたいですか。

女：もうすぐ卒業だよね。これからどうする？

男：そうだね。しばらくバイトをしてお金をためたい。お金をためたら海外へいくつもり。

女：ええ、どこへ遊びにいくの？

男：遊びじゃなくて、1年ほどアフリカへ行ってボランティアするんだ。アフリカの人たちを支援しようと思って。

女：そうなんだ。

男：小さい頃からアフリカに興味を持っていて、いつか現地へ行ってアフリカの人たちを助けたいと思ってて。

女：偉い！応援してるよ。

卒業後、男の人は何をやりたいですか。

解析

・小さい頃からアフリカに興味を持っていて、いつか現地へ行ってアフリカの人たちを助けたいと思ってて（從小時候開始我就對非洲很有興趣，一直想著有一天要去那裡幫助非洲當地的人們。）

・偉い！応援してるよ。（真了不起！我支持你喔。）

問題3

MP3　4-3

1番（ばん）——2

女のアナウンサーが、展示会について話しています。

女：今日は大阪市内で開かれた文房具の展示会に来ています。この展示会のテーマは「想像力を膨らませよう」です。文房具と言えば、子どもからお年寄りまでだれでも使うアイテムです。ペンや消しゴムなどの文房具は決まった形のものが多いですが、この展示会では、さまざまなユニークな形の文房具が展示されています。変わった形のものは一見使いにくそうですが、実際使ってみると、意外と使いやすくて便利です。文房具メーカーのさまざまなアイディア商品がずらりと展示されています。皆さん、ぜひ会場まで足を運んでください。

女のアナウンサーは、何の展示会について説明していますか。

1　玩具の展示会
2　文房具の展示会
3　生活用品の展示会
4　文房具メーカーの最新技術を紹介する展示会

解析

- この展示会のテーマは「想像力を膨らませよう」です。（這個展覽會的主題是「讓想像力膨脹吧」。）
- さまざまなユニックな形の文房具が展示されています。（展示著各式各樣形狀很特別的文具。）
- 文房具メーカーのさまざまなアイディア商品がずらりと展示されています。（展示著文具商發揮各種想像所製作的文具。）
- ぜひ会場まで足を運んでください。（請來會場。）

2番（ばん）——3

男の人と女の人が電話で話しています。

女：はい、もしもし。
男：鈴木商店の山本でございます。こんにちは。
女：あ、どうもこんにちは。
男：この間の蜂蜜はいかがでしたか。お口に合いましたか。
女：はい、あの蜂蜜はやさしい味で、香りがとてもよかったです。
男：さようでございますか。そのままお召し上がりいただいてもいいですし、紅茶やミルクなどに入れても十分に味を楽しめますよ。

女：そうですよね。さっき紅茶に入れてみました。すごくおいしかったです。

男の人はどうして電話をしましたか。

1　蜂蜜を売るために
2　蜂蜜の味を確認するために
3　蜂蜜の感想を確認するために
4　蜂蜜の香りを確認するために

解析

- お口に合いましたか。（合您的口味嗎？）
- あの蜂蜜はやさしい味で、香りがとてもよかったです。（那蜂蜜味道很柔和，味道非常香。）
- そのままお召し上がりいただいてもいいですし（可以直接那樣食用）
- 紅茶やミルクなどに入れても十分に味を楽しめますよ。（放入紅茶或牛奶等也可以充分享受味道喔。）

3番（ばん）——2

テレビで野球選手が引退について話しています。

男：私、山田治朗は本日をもちまして、15年間に及びましたプロ野球選手生活にピリオドを打ちたいと思います。15年間応援してくださったファンの皆様に感謝の気持ちをお伝えしたいと思い、このような会見を開かせていただきました。この決断に至ったのは、やはり今年に入って、けがのため、良い成績が出せなかったのが一番の理由です。私は野球が大好きですし、野球は私の人生にとってかけがえのない存在です。今後につきましては、しばらくゆっくり考えていきたいと思います。ファンの皆さま、15年間、暖かい声援をくださり、本当にありがとうございました。

野球選手はどうして引退しましたか。

1　今後のことをゆっくり考えたいから
2　けがをして、いい成績が出なかったから
3　けがをして、もう野球ができないから
4　疲れたから

解析

- 本日をもちまして、15年間に及びましたプロ野球選手生活にピリオドを打ちたいと思います。（今天起結束為期十五年的職業棒球選手生活。）
- この決断に至ったのは、やはり今年に入って、けがのため、良い成績が出せなかったのが一番

の理由です。（會下如此決定最主要的因素是因為今年因為受傷的關係，所以沒有辦法表現出好成績。）

- 野球は私の人生にとってはかけがえのない存在です。（棒球對我的人生來說是無法取代的存在。）
- 今後につきましては、しばらくゆっくり考えていきたいと思います。（關於今後我暫時想要好好地考慮。）

4番（ばん）——2

テレビ番組の司会者が女の人に店について聞いています。

男：こんにちは。よくこちらのお店で食事をされるんですか。

女：ええ。週に3回ぐらいですね。このお店は食材がとても新鮮なんです。魚料理もお肉料理も、どれもおいしいの。

男：へえー。そうなんですか。

女：それに、店内はアットホームな雰囲気で、仕事が終ってからここでご飯を食べると、なんだか落ち着けるの。お店はいつも満席なんだけど、ぜんぜん窮屈な感じがしないし。

男：でも、お値段はやや高めでしょう。

女：まあ、そうですね。でも、おいしい料理を食べたら癒されるし、それだけの価値はあると思うんだけど。

女の人は、この店についてどう思っていますか。

1 料理の値段が高くてあまり足を運べない
2 料理がおいしくて、雰囲気もいい
3 いつも満席で落ち着かない
4 仕事帰りに一人で行ける店

解析

- 店内はアットホームな雰囲気で、仕事が終ってからここでご飯を食べると、なんだか落ち着けるの。（店裡的氣氛有家的感覺，工作結束後在這裡用餐總覺得可以平靜。）
- お店はいつも満席なんだけど、ぜんぜん窮屈な感じがしないし。（店裡總是客滿但完全沒有擁擠的感覺。）
- お値段はやや高めでしょう。（價格有點高吧。）
- おいしい料理を食べたら癒されるし、それだけの価値はあると思うんだけど。（享用好吃的佳餚有療癒身心的效果，我想有那個價值。）

5番——4

ラジオでレポーターが「携帯電話に関する調査」の結果を話しています。

女：携帯電話の普及率が前年度末より6.8ポイント高い100.1％に達したことが分かりました。携帯電話の普及率は今年3月末時点で1人1台を超え、初めて100％を超えました。また、スマートフォンの国内普及率は32.3％であり、携帯電話の発展が新しい時代に突入したことを印象付けました。スマートフォンの普及により1人で2台以上の携帯電話を持つ人が増えていることなどが増加の要因と見られます。

これは、何の調査の結果ですか。

1　スマートフォン普及率の調査結果
2　1人で何台の携帯電話を持つかについての調査結果
3　1人で何台のスマートフォンを持つかについての調査結果
4　携帯電話普及率の調査

解析

- 携帯電話の発展が新しい時代に突入したことを印象付けました。（手機的發展給人進入新時代的印象。）
- スマートフォンの普及により1人で2台以上の携帯電話を持つ人が増えていることなどが増加の要因と見られます。（智慧型手機的普及被認為其增加的原因是擁有二台以上手機的人口增多了。）

問題4

MP3　4-4

1番——2

女：どうして授業をサボったの？
男：1　授業を休むわけにはいかなかった。
　　2　すみません。寝坊しちゃって。
　　3　遅刻しなくてよかったよ。

解析

- どうして授業をサボったの。（為什麼要翹課呢？）
- 授業を休むわけにはいかなかった。（不能不上課。）
- 寝坊しちゃって。（睡過頭了。）
- 遅刻しなくてよかったよ。（幸好沒有遲到。）

2番——1

女：この荷物を隣の会社に届けてもらえない？

男：1　うん、いいよ。

2　うん、届くよ。

3　うん、忙しいよ。

解析

- この荷物を隣の会社に届けてもらえない。（你能幫我把這個物品送到隔壁的公司嗎？）
- うん、いいよ。（嗯，好啊。）
- うん、届くよ。（嗯，送。）（届く是自動詞）
- うん、忙しいよ。（嗯，很忙。）

3番——2

女：無理してやらなくていいのよ。

男：1　そっか、やるよ。

2　うん、分かった。

3　いや、無理だよ。

解析

- 無理してやらなくていいのよ。（不要勉強做喔。）
- そっか、やるよ。（這樣啊，我做。）
- いや、無理だよ。（不，很勉強。）

4番——1

女：なんでいらいらしてるの？落ち着いて。

男：1　いや、そう言われても。

2　落ち着いてなんかいないよ。

3　そうだよ。いらいらしてるよ。

解析

- なんでいらいらしてるの？落ち着いて。（為什麼焦躁呢？冷靜。）
- いや、そう言われても。（不，即使你這麼說我也（沒有辦法）。）
- 落ち着いてなんかいないよ。（我才沒有冷靜呢。）

5番——2

男：山田様がお見えです。

女：1　ああ、見たんですか。

2　ああ、いらっしゃったんですか。

3　ああ、よかったです。

解析

- 山田様がお見えです。（山田先生〔小姐〕來臨了。）
- ああ、見たんですか。（啊，看到了嗎？）
- ああ、いらっしゃったんですか。（啊，光臨了嗎？）
- ああ、よかったです。（啊，太好了。）

6番——1

女：ここでの撮影はご遠慮ください。

男：1　あ、すみません。

2　はい、一枚撮らせていただきます。

3　いや、遠慮します。

解析

- ここでの撮影はご遠慮ください。（請不要在這裡攝影。）
- はい、一枚撮らせていただきます。（是，請讓我照一張。）

7番——3

男：やっと仕上がった。ああ、大変だったな。

女：1　まだ終わらないの？

2　がんばってね。

3　お疲れ様でした。

解析

- やっと仕上がった。ああ、大変だったな。（終於完成了。啊，好累喔。）
- お疲れ様でした。（辛苦了。）

8番——2

女：仕事の都合で今日はちょっと遅れて行きます。

男：1　なかなか難しいですよね。

2　大変ですね。大丈夫ですよ。待ってます。

3　余裕がありませんね。

解析

- 仕事の都合で今日はちょっと遅れて行きます。（因為工作的關係所以今天會稍微晚點過去。）
- なかなか難しいですよね。（相當難是吧。）
- 余裕がありませんね。（你都沒有迎刃有餘的心情耶。）

9番（ばん）——3

女：あの本は昨日友達に貸したばかりだから、すぐには返ってこないよ。

男：1　ありがとう。
　　2　それはよかった。
　　3　そっか。分かった。

- あの本は昨日友達に貸したばかりだから、すぐには返ってこないよ。（那本書我昨天才剛借給朋友，不會馬上回來喔。）
- それはよかった。（那太好了。）
- そっか。分かった。（這樣啊，知道了。）

10番（ばん）——2

男：また上司に怒られちゃった。つらいなあ。

女：1　どこか痛いの？
　　2　なにかあったの？
　　3　お願いしてみたら？

- また上司に怒られちゃった。（又被上司罵了。）
- どこか痛いの？（哪裡痛嗎？）
- なにかあったの。（發生了什麼事嗎？）
- お願いしてみたら？（拜託看看啊？）

11番（ばん）——2

女：社長の前で堂々と自分の意見を言うなんて、彼は大したものよね。

男：1　大変だったよね。
　　2　すごいよね。
　　3　意見が言えてよかったよね。

- 大したものよね。（真了不起。）

12番（ばん）——1

女：最近、泣き止まない娘にお手上げ状態ですよ。

男：1　大変ですね。
　　2　よくやりましたね。
　　3　叩くのはいけないと思います。

解析

- お手上げ状態。（束手無策。）
- よくやりましたね。（做得很棒！）
- 叩くのはいけないと思います。（我想打（她）是不對的。）

問題5

MP3 4-5

1番（ばん）——4

女の人が洋服売場の販売員と話しています。

女1：あのう、来週結婚式に参加する予定なので、そういうところに着ていける洋服を探しているんですけど。できれば、値段が手頃で、普段着としても使えるのがいいなあと思って。

女2：そうですか。それなら、このピンク色のワンピースはいかがですか。柔らかい雰囲気になりますよ。それから、こちらは、赤をベースにしていて、お客様の肌によくお似合いですよ。

女1：あの黒いのは？

女2：ああ、あれもお勧めです。ラメがついているのでキラキラ光ってゴージャス感があります。結婚式のようなところにはぴったりだと思いますよ。あと、もし、落ち着いた色がお好きでしたら、この茶色のワンピースはいかがでしょうか。シンプルなデザインで、普段着としても使えますよ。

女1：そうね。明るい色がいいのかもしれないけど、私はどちらかというと、暗めの色の服を着ることが多いし、ラメがついているのは持っていなくて、ほしいなあと思うんだけど、でも、黒はあんまり…。じゃ、これにしようかな。

女の人はどの洋服を買うことにしましたか。

1　ピンク色のワンピース
2　赤色の洋服
3　黒色の洋服
4　茶色のワンピース

解析

- 値段が手頃で、普段着としても使えるのがいいなあと思って。（想要價格合理，平時也可以穿的。）
- 柔らかい雰囲気になりますよ。（氛圍會變得很柔和喔。）
- 赤をベースにしていて、お客様の肌によくお似合いですよ。（以紅色為主色，很適合顧客您的膚色喔。）
- ラメがついているのでキラキラ光ってゴージャス感があります。（上頭有亮片，會亮晶晶地發光會有華麗的感覺。）
- 結婚式のようなところにはぴったりだと思いますよ。（很適合穿去像結婚典禮那樣的場合喔。）

2番——4

三人の学生が、サークルの打ち上げについて話しています。

男1：なあ、打ち上げの店はどうする？わいわい楽しく飲みたければ、やっぱり駅前のあの居酒屋だろ。安いし。

女　：またあそこ？料理がおいしくないでしょう。今年の新入生は飲めない子がいるみたいよ。今年はフランス料理のレストランはどう？

男2：フレンチ？なんか高そうだな。学生はやっぱり安いのが一番だよ。やっぱり居酒屋みたいな楽しいところがいいな。

女　：じゃあ、飲めない子はどうするの？あ、そうだ。駅の向かい側のイタリアンはどう？パスタやピザが食べられるし、飲み放題もついてるし。

男1：でも、あそこはうるさいし、狭いし、ぜんぜん話せないだろ。やっぱり居酒屋だよ。

男2：学校の近くに新しくできた居酒屋があるだろ。あそこはお酒以外の飲み物もたくさん置いてあるし、料理もおいしいし、けっこうお勧めだよ。

女　：それなら、居酒屋でもいいな。

男1：じゃ、そうしよう。

三人はどの店に行くことにしましたか。

1　駅前の居酒屋
2　フランス料理の店
3　イタリア料理の店
4　学校の近くにある居酒屋

解析

- 打ち上げの店はどうする？（辦慶功宴的店要選在哪裡呢？）
- 飲み放題もついてるし。（有盡情暢飲喔。）
- けっこうお勧めだよ。（蠻推薦的喔。）

3番

テレビで年末年始に関する特別番組が流れています。

女1：では、年末年始にお出かけになる予定の皆さまにお勧めのスポットをご紹介します。一つ目はハワイです。海でゆっくりしたい、そして思い切って買い物したい方でしたら、ハワイをお勧めします。二つ目は、オーストラリアです。寒いこの時期に夏の雰囲気を味わいたい方には、南半球にあるオーストラリアがお勧めです。三つ目は、日本国内のパワースポットと呼ばれる神社です。明治神宮をはじめ、パワースポットと呼ばれる神社にパワーをもらいに行きましょう。そして最後に、四つ目は温泉地です。この時期はやっぱり温泉ですよね。普段の忙しい日々の疲れを取り、来年に備えるためにゆっくり温泉に入りましょう。

女2：ああ、今年ももうすぐ終わるね。あっという間だったよね。ここ最近、悪いことばかり起きている気がするけど。

男　：たとえば？

女2：ほら、先月ひどい風邪を引いたでしょう。あのときは3日も寝込んじゃった。それから、先週、スーパーからの帰り道で、急に出てきたバイクにぶつかって足に軽いけがもして。

男　：確かに大変だったね。

女2：だから、年末年始にパワーをもらいに行こうかな。

男　：いいかもね。

女2：研ちゃんは？年末年始の予定は？

男　：僕はほんとに寒いのが苦手だから、この時期は暖かいところへ行きたいなあ。

解析

- 年末年始にお出かけになる予定の皆さまにお勧めのスポットをご紹介します。（我來為過年期間計畫要出遊的各位介紹一些景點。）
- 思い切って買い物したい方でしたら、ハワイをお勧めします。（想要盡情地購物的朋友們，我推薦夏威夷。）
- 日本国内のパワースポットと呼ばれる神社です。（日本國內被稱為元氣景點的神社。）
- 普段の忙しい日々の疲れを取り、来年に備えるためにゆっくり温泉に入りましょう。（消除平日忙碌生活的疲勞，為了明年做準備好好地泡溫泉吧。）
- ここ最近、悪いことばかり起きている気がするけど。（總覺得最近一直在發生不好的事。）
- あのときは3日も寝込んじゃった。（那個時候昏睡了三天。）
- スーパーからの帰り道で、急に出てきたバイクにぶつかって足に軽いけがもして。（從超市回來的路上，被突然衝出來的機車撞上，腳也受了輕傷。）

質問1——3

パワーを得られるところはどこですか。

質問2——2

夏を感じられるところはどこですか。

第 5 回

言語知識・読解／75 問

問題 1

1	2	3	4	5
1	4	3	1	3

問題 2

6	7	8	9	10
4	2	3	1	3

問題 3

11	12	13	14	15
1	4	1	2	3

問題 4

16	17	18	19	20	21	22
3	2	2	1	1	4	2

問題 5

23	24	25	26	27
1	2	1	4	2

問題 6

28	29	30	31	32
1	2	4	1	3

問題 7

33	34	35	36	37	38	39	40	41	42	43	44
4	3	2	4	1	3	1	2	2	4	3	1

問題 8

45	46	47	48	49
4	4	3	1	2

問題 9

50	51	52	53	54
1	4	2	3	3

問題 10

55	56	57	58	59
3	1	1	3	2

問題 11

60	61	62	63	64	65	66	67	68
1	3	2	1	4	2	3	4	2

問題 12

69	70
3	2

問題 13

71	72	73
2	4	3

問題 14

74	75
4	2

聴解／32問

問題 1

1	2	3	4	5
4	1	3	2	3

問題 2

1	2	3	4	5	6
4	1	3	4	2	3

問題 3

1	2	3	4	5
4	3	1	2	4

問題 4

1	2	3	4	5	6	7	8	9	10	11	12
1	2	1	2	2	3	1	3	3	1	3	1

問題 5

1	2	3	
		質問 1	質問 2
2	4	2	3

言語知識・読解

問題1

1 1 携帯電話は、今では生活必需品です。
現在手機為生活必需品。

2 4 私は怪しい者ではありません。
我不是可疑的人。

3 3 毎日髭を剃っていますか。
你每天刮鬍子嗎？

4 1 この穴の直径は6メートルもある。
這個洞穴的直徑長達6公尺。

5 3 浴衣を着て花火を見に行きます。
穿浴衣去看煙火。

問題2

6 4 指定された時間に受け付けに来てください。
請於指定的時間來櫃台。

7 2 税金を納めるのは国民の義務である。
繳納稅金為國民義務。

8 3 例を挙げて説明します。
舉例說明。

9 1 明日は休日なのに出勤しなければならない。
明天是假日卻得上班。

10 3 日本の夏は湿度が高い。
日本夏天濕氣高。

問題3

11 1 国立大学の授業料が高くなるらしい。
國立大學的學費好像要變貴了。

12 4 このレストランで使う野菜は無農薬で作られています。
這間餐廳使用的蔬菜是沒有農藥的。

13 1 多くの科学者がこの問題について研究してきた。
關於這個問題，許多科學家進行了研究。

14 2 人の体への安全性が確認されていません。
對於人體安全與否尚未證實。

15 3 こちらの商品とこちらの商品で、計2,800円です。
這邊與這邊的商品，一共是2,800日幣。

問題4

16 3 お客様、切符を拝見します。
請出示您的票。

17 2 もうだめだ。我慢の限界だ。
已經不行了，忍耐到極限了。

18 2 関係者以外は入場禁止です。
非相關人員禁止進入。

19 1 大きく三つのタイプに分類できる。
可大致分為三種類型。

20 1 テストの解答用紙に名前を書く。
在答案紙上寫名字。

21 4 緊張で胸がどきどきする。
由於緊張，胸口砰砰跳。

22 2 ご飯が沸くまで少し待ちましょう。
在飯煮熟前稍微等一下吧。

問題5

23 1 明日のスケジュールはどうなっていますか？
明天的行程變得如何？

1 預定
2 決定
3 決心
4 預算

24 2 君は本当にそそっかしいね。
你真是個冒失鬼。

1 聰明
2 冒失鬼
3 氣量狹小
4 可靠

25 1 いよいよ最後の一日だ。
終於到了最後一天。

1 終於
2 真的
3 尚未
4 接下來

26 4 目上の人の言うことをよく聞きなさい。
要好好聽長輩說的話。

1 年輕
2 高個子
3 男生
4 長輩

27 **2** 山田君、新しい仕事の担当になって張り切っていますね。

山田，接下新的工作很有幹勁呢。

1 緊張
2 努力
3 煩惱
4 開心

問題6

28 **1** 涵蓋在颱風路徑內的地區需要嚴加警戒。

29 **2** 我的家在鐵路旁邊。

30 **4** 轉右邊的水龍頭就會有熱水出來。

31 **1** 翼的朋友都稱他為足球名人。

32 **3** 說明詳細到讓人覺得稍嫌冗長也沒關係。

問題7

33 **4** 不知道哪邊是上面，哪邊是下面。

1 不得不
2 不論是～或～
3 能夠
4 不～

34 **3** 照著老師的說明做的話，不會有什麼困難。

1 共同
2 伴隨
3 照著
4 隨著

35 **2** 現在正在建造的道路會於明年九月完工。

1 完工了
2 完工
3 正在完工
4 已經完工了

36 **4** 既然自己說過要實行，就得堅持到最後。

1 假如
2 以後
3 一方面
4 既然做了～就得做～

37 **1** 沒有基礎的話，應用問題什麼的更是無從教起呀。

1 無從教起
2 不得不教
3 （無此接續用法）
4 只能教了

38 **3** 不知道要選哪件衣服，一陣慌亂後，結果還是選了經常在穿的出門。

1 有相應的價值（無此接續用法）
2 當～的時候（無此接續用法）
3 結果；最後
4 沒想到（無此接續用法）

39 **1** **因為這裡有長出兩棵松木的樹，所以才會有二本松這個地名。**

1 表原因、理由
2 既然前者有這樣的特徵，得到後面的結果也是很正常的
3 在沒有發生～的情況下
4 表示較強的感情

40 **2** **距離大會剩下一個禮拜，因此決定加長練習時間。**

1 （雅語）那個
2 因此
3 此外
4 比起那種事

41 **2** **這本小說是根據事實寫成的。**

1 在～之下
2 機於
3 面臨
4 應對

42 **4** **因為他很忙，工作可能會拖延吧。**

1 在沒有發生～的情況下
2 表原因、理由
3 表示較強的感情
4 既然前者有這樣的特徵，得到後面的結果也是很正常的

43 **3** **這樣下去，團隊說不定會解散。**

1 絕不會變成
2 很難變成
3 說不定會變成
4 難以變成

44 **1** **在這裡看到或聽到的事情，不可以對任何人說喔。**

1 不可以說
2 不得不說
3 （無此接續用法）
4 沒辦法說出

問題8

45 **4** 僕が最後みたいですね。遅れた2　せいで　1　会議が　4　始まらなかった　3　のだとしたら　謝ります。

看來我是最後一個，若是因為我遲到的緣故，才讓會議沒開成，我很抱歉。

46 **4** 3　電車が　1　ある　4　うちに　2　帰った　ほうがいいと思います。

我想，在還有電車行駛之前回家比較好。

47 **3** 太郎（たろう）が　4　その　1　箱を　3　開ひらけた　2　とたん　、白い煙があたりをつつんだ。

太郎一打開那個箱子，就跑出陣陣白煙環繞四周。

48 **1** 父と 2 相談して 3 からでないと 1 お返事する 4 ことは できません。

沒有與祖父談過的話，無法做出回應。

49 **2** 急激な 1 人口の 3 増加に 2 対して 4 どのような 対策を取るべきだろうか。

對於快速增加的人口，應採取什麼樣的對策呢。

問題9

大意

以前若是要讓別人讀自己創作的小說，必須大量印刷出書，因此費用較高。且為了要販售，須將書本放在全國書店，要完成這些必須仰賴出版社。而出版社只會出版認為可能大賣的小說，因此，若是得不到認可，是很難出版自己的作品的。可是，現在透過網路，任誰都能夠在網站、或是論壇發布自己的創作。當然不是發布自己的作品，就可以讓許多人點看，但至少平等地給所有人一個發表自己作品的機會。在網路獲得高點閱的作品，也有機會讓出版社相中，進而出版。出版社若是出版已經獲得一定評價的作品，失敗的危險性也相對減少。

解析

- 高い評価を得た作品を出版する（出版已經獲得很高評價的作品）
- 変わりつつある（逐漸改變當中）

50 **1**

1 （雅語）那個
2 即使那樣
3 若是那樣
4 比起那種事

51 **4**

1 （無此接續用法）
2 （無此接續用法）
3 （無此接續用法）
4 逐漸

52 **2**

1 加上
2 總之
3 順道一提
4 而且

53 **3**

1 滿懷
2 依賴
3 透過
4 圍繞（某一爭論）

54 **3**

1 明確指出立場或資格
2 不論
3 在～看來
4 也就是說

問題１０

（1）

55　3　因為在回想某些事情的過程中，無法做其他的事情。

題目中譯　為什麼不是本來的「生活」的定義？

大意

在回想事情時，身體會停止其他活動。同樣地，要憶起某些事情時，也是如此。我看著一年前的日記，試著回憶當時的生活，此刻，我的生活就會停住，若是回憶以前發生過的經驗，需要相對發生的時間，嚴格來說，要回憶一年所發生的事，就需要一年的時間。當然回憶也算生活的一部分，可是，顯然不屬於原來「生活」一詞的定義。

解析

・一年間を想起するのに一年間が必要になる（想要想起一整年的東西，就需要一整年的時間）
・身構える（指身體心理都準備好）
・想起（想起來）

（2）

56　1　會認真工作的人比例較高。

題目中譯　筆者認為為什麼「畢業於好大學的人值得信任」呢？

大意

若是說到為何畢業於好大學的人較受讚許，是因為企業很容易做出像這樣的預測。那些人在國中或高中時勤勉讀書，所以，他們若是進了公司，也會同樣勤奮工作。當然也有失準的時候，但還是符合預期的機率較高。因此，高中或大學校名經常被用來判斷一個人有無勤奮念書、能否信任。

解析

・予測を立てやすい（指容易做出預測）
・かどうか（能否）

（3）

57　1　買車不是挑性能，而是挑能夠在別人面前自豪的車款。

題目中譯　最接近作者所言的「符號化消費」是下面哪一個行為？

大意

所謂的消費符號化，指不是購買商品本身，而是購買商品所擁有的品牌價值，不管商品本身持有的功能價值，也就是說，消費者購買的是那個品牌所擁有的附加價值。譬如，車子的功能是「人類移動的道具」，但，像德國梅賽德斯賓士等的高級進口車，就附加了「開乘昂貴進口車的名流」的意義。

解析

・記号消費というのは（所謂的消費符號化）
・人を運ぶための移動の道具（是搬載人類移動的道具）

（4）

58 **3** **因為無法理解少女漫畫中所使用的符號。**

題目中譯 為什麼中年人看少女漫畫會感到痛苦？

大意

漫畫一般被認為比起只用文字寫成的小說容易閱讀很多，但是，如果讓一個幾乎沒有在看少女漫畫的中年人看，作者聽到的感想是，非常難讀，要看下去是非常痛苦的。並非他們對故事內容不感興趣，而是對於少女漫畫的形式、結構感到不協調，因而產生排斥反應。這是因為不能理解少女漫畫在呈現時使用的「符號」所引起的現象。

解析

・大変読みやすいもの（非常容易閱讀的東西）

・拒絶反応を起こす（產生排斥反應）

（5）

59 **2** **因為會有很多人提供幫助給想達成某件事的人。**

題目中譯 筆者想說的是什麼？

大意

要實現想做的事，最有效的方法是講給周圍的人聽。因為每次見面時都會被問到「那件事做了嗎？」「進行得如何？」，所以不得不去實行。藉由告訴別人，鞭策自己，而且多半有機會得到意想不到的幫助，從自己沒想到的地方獲得情報，效益頗大。

解析

・顔を合わせるたび（每次見面）

・自分を追い込む（鞭策自己）

問題１１

（1）

大意

寫畢業論文是為了讓自己跳脫簡單的工作，收集需要的情報、分析、提出假設、驗證假設等，學習成為一名知識勞動者所必備的能力。只要學會了方法，即使研究對象改變也能應用。寫畢業論文、發表，與在製作企劃書或報告時都是一樣的，在會議或客戶面前發表簡報的能力，都是知識勞動者的基本能力。趁寫論文的時，習慣這些技巧是有用的。接著，最重要的是，安排的能力。寫畢業論文需長達一年的時間，許多細項必須自己計畫、並且執行，這些無法全仰賴教師。一個教師通常擔任數十名學生的論文指導，無法管理到每一個學生。若是只做被指派的事情，這樣的工作方式也未免太簡單了。若是想更上一層樓，就得清楚自己該做哪些事情，並且確實執行。現在寫論文的四年級生，若將畢業論文作為學習將來工作所需的能力，這樣對畢業論文的態度也會有所改變才是。

解析

・仮説を組み立てる（提出假設）

・能力を身に付ける（具備能力）

60　1　也就是說，一定有機會得自己寫一份企劃書或報告。

題目中譯 筆者提到「不管到哪裡都可能會需要製作企劃書或報告」是什麼意思？

61　3　自行管理工作內容並且執行的能力。

題目中譯 筆者認為身為知識勞動者需要的能力為何？

62　2　原本為了畢業而寫的論文，也會用心得去完成。

題目中譯 筆者提到「對寫作論文的態度也會改變」，是什麼樣的改變？

（2）

大意

所謂心思，指的是眾人腦部的運作。要理解別人所說的，必須那些內容本來就存在自己的腦海裡頭。腦中沒有內容，是無法拿來向他人說明的，若是對方可以理解我的說明，應該是已經達到共識的內容。且對人類而言，可以與他人有同感是非常一項很重要的能力，有同感，等同於可以與他人擁有相同情感。假若擁有他人無法理解的想法，完全無法與他人有同感的人，一般而言都為精神病患。所謂的個性、獨創性，是更廣泛地理解某些人事物，別人完全無法理解的情感，即使具獨創性、個性，也不具社會性意義。

解析

- 心とは、万人に共通の脳のはたらきをさしている（所謂心思，指的是眾人腦部的運作）
- 他者と共感する（與他人有同感）

63　1　因為若是無法理解他人情感，無法建立良老的人際關係。

題目中譯 為什麼對人類而言，與他人有同感是很重要的能力呢？

64　4　指的是不能和他人共享心思的話，無法在社會生存。

題目中譯 請問「那裡」指的是什麼？

65　2　指其他的人到現在為止都沒發現的部分。

題目中譯 最接近筆者所言的「個性」、「獨創性」是哪一個呢？

（3）

大意

應該沒有比願意跟不願意念書的人，差異還要大的事了。有人說，讀書對人生毫無幫助。以前拼命學的數學或理化等知識，可以說是，在達成自己設立的目標以後，漸漸遺忘。譬如說，立志進入好大學，認真念書的年輕人們，在考進大學的瞬間感到鬆懈，一口氣就將學過的因式分解與英文文法拋到腦後。決定高中畢業就業的人則是在工作確定以後，就全都忘光光。像這樣，一感到鬆懈，就全都拋諸腦後的方式，還能稱作學習嗎？

解析

・勉強ほど（像唸書一樣）

・気がゆるむ（心情放鬆或鬆懈）

66　3　學校課堂以外，完全不讀書。

題目中譯　放學後，完全沒翻過筆記本，指是什麼意思呢？

67　4　考進大學或工作確定以後，安心的瞬間。

題目中譯　鬆了一口氣的瞬間，指的是什麼時候？

68　2　達成目標，感到安心後，馬上從腦海遺忘的東西。

題目中譯　筆者認為讀書是怎樣的東西？

問題１２

大意

A認為，為了減少因小傷或者輕微病狀，就叫救護車的情況，使用救護車應開始收費。這樣可以減少非緊急病症使用救護車的情況。如此一來也可讓真正需要的人使用救護車。

B認為使用救護車要收費，有失公共服務的公平性。而且傷口或病症的程度，連醫師可能有誤判的時候，何況是在受傷或者是生病時，周圍的人也無法正確判斷，若因要收費，而猶豫是否叫救護車，結果可能失去寶貴生命。B認為可透過對市民的呼籲，減少濫用情形，假若公共服務的制度崩潰，救護車會成為只有有錢人可以使用的工具。

解析

・いたずら（惡作劇）

・注意を呼びかける（呼籲大家）

69　3　傷患嚴重或者重病者使用救護車變得更加困難。

題目中譯　請問A與B都同意應該改善的是哪一點？

70　2　筆者A與B都認為因小傷或輕微病狀利用救護車的人增多是個問題。

題目中譯　筆者A與B對於救護車收費化有什麼看法呢？

問題１３

大意

有位母親聽到要學習寫作，必須大量閱讀，便詢問作者該如何讓小孩子閱讀，因為那位母親的孩子幾乎沒有閱讀的習慣。作者故意反問那位母親自身閱讀狀況，認為母親若自己沒有培養閱讀習慣，該如讓孩子耳濡目染。作者認為經常到圖書館是很重要的，若是父母親有固定的閱讀習慣，孩子也會自然而然地開始仿效父母親。若是考慮到經濟問題，書本昂貴，那麼到圖書館便是一個好選擇。因此，在住家附近是否有圖書館也成為重要的關鍵，所居住的鄉鎮有沒有好好營運圖書館，也與我們的閱讀力有很大的關聯。

解析

・いやみを言う（說難聽的話）

・読書力に関わってくる（與閱讀力有關聯）

71　2　因為明知來詢問的母親自身沒有閱讀的習慣。

題目中譯　為何筆者說自己有點壞心眼？

72　4　母親平時沒有閱讀的話，小孩子也不會有閱讀的習慣。

題目中譯　文中提到「是周圍的大人們在教育孩子」，這裡指的是什麼？

73　3　即使考慮家中經濟問題，到圖書館借書閱讀的話，也是可行的。

題目中譯　「就那個意思來說」，這裡指的是什麼呢？

問題１４

74　4　他可以參加Ａ部門、Ｂ部門、大會參觀、交流會的全部活動。

題目中譯　去年九月法國留學生的 Batou，開始於新濱市的新濱工業大學唸電腦工程，請問他可以參加演講比賽或者交流會嗎？

75　2　不能參加演講比賽，可是可以觀賽或參加交流會。

題目中譯　日本學生荒卷，目前就讀新濱大學法律系，請問他可以參加演講比賽或交流會嗎？

聴解

問題 1

MP3 5-1

1番（ばん）——4

二人の女の人が話しています。二人はどの部屋を予約しますか。

女 1：このホテル、日本風の部屋と西洋風の部屋の両方あるよ。パティはベッドの方がいいよね。

女 2：いいえ、私、前から畳の部屋で寝てみたかったんです。

女 1：そうなの？じゃあこれは決定ね。

女 2：窓から海が見える部屋と、山が見える部屋が選べますね。

女 1：海が見える部屋、いいねぇ。

女 2：あ、でも、海の見える部屋は 1,000 円高いです。それに、明るいうちに、ホテルに着けそうにありませんよね。何も見えませんよ。

女 1：そっか。じゃあ安い方でいいか。

二人はどの部屋を予約しますか。

- 私、前から畳の部屋で寝てみたかったんです。（我從以前就很想在榻榻米的房間睡一次看看。）
- それに、明るいうちに、ホテルに着けそうにありませんよね。（而且，看起來沒辦法趁天還亮的時候就抵達飯店呢。）

2番（ばん）——1

女の人と男の人が話しています。女の人は、このあと最初に何をしますか。

女：すいません、空港行きのバスはどこから出ますか？

男：空港行きのバスですか。あそこに茶色っぽい建物がありますよね。

女：あのデパートですね。

男：そうです。バス乗り場はあのデパートの正門の前です。

女：切符売り場もデパートにあるんですか？

男：お金は降りるときに払うんですよ。一万円札と五千円札は使えないから、細かいお金を用意した方がいいですよ。

女：それは大丈夫です。あと、次のバスの時間は…。

男：それは時刻表を見てみないことには分かりませんね。バス乗り場にあったはずですよ。

女：どうもありがとうございました。

女の人は、このあと最初に何をしますか。

- 一万円札と五千円札は使えないから、細かいお金を用意した方がいいですよ。（因為不能用一萬元和五千元的紙鈔，最好準備好小額紙鈔比較好喔。）
- それは時刻表を見てみないことには分かりませんね（如果不看時刻表的話就不知道呢。）

3番——3

男の人が注文しています。男の人は、全部でいくら支払いますか。

女：いらっしゃいませ。

男：コーヒーと紅茶。両方ともホットで。500円と450円で、えっと…950円ね。

女：あの、ただいまサービスタイムで、お飲み物とケーキで700円のケーキセットがございますが…。

男：飲み物は何でもいいの？

女：はい。600円以下のお飲み物でしたら何でもけっこうです。

男：じゃあそれ二つにするわ。

女：お飲み物はコーヒーと紅茶のホットでよろしいですね。

男：はい。

女：かしこまりました。ではお席についてお待ちください。

男の人は、全部でいくら支払いますか。

解析

- ただいまサービスタイムで、お飲み物とケーキで700円のケーキセットがございますが…。（由於現在是優惠時間，有提供700元飲料和蛋糕組合的套餐。）
- 600円以下のお飲み物でしたら何でもけっこうです。（只要是600元以內的飲料都可以。）

4番——2

女の人と男の人が話しています。男の人は、このあとどこを掃除しますか。

女：お父さんとお母さん、あと30分で来るって。

男：30分じゃ、家中の掃除はできないな…。

女：とりあえず、見えるところさえきれいにしておけばいいわよ。居間は片付いたから、あとは…。

男：お風呂や台所はやらなくてもいいってことだね。

女：お風呂はともかく、台所はやっておいた方がいいかも。お母さん、料理を作るとか言うかもしれないし。それから…。

男：トイレだ！

女：それだ！じゃあ、わたしは台所を掃除するから、そっちはお願いね。

男：OK。

男の人は、このあとどこを掃除しますか。

解析

- とりあえず、見えるところさえきれいにしておけばいいわよ。（總之只要看得到的地方先弄乾淨就好了。）
- お風呂はともかく、台所はやっておいた方がいいかも。（浴室就先等一下，先把流理台弄乾淨比較好吧。）

5番（ばん）——3

女の学生と男の学生が話しています。このあと、女の学生は最初に何をしなければなりませんか。

女：先輩、今年のゼミのお花見、私が準備することになったんですけど…。

男：ああ、ごくろうさま。

女：飲み物と食べ物の準備のほかに、何かやらなきゃいけないことはありますか？

男：場所はいつもの公園だよね。で、お花見、いつやるの？

女：ああっ、日にちを決めてからでないと、何も決められませんよね。みんなが都合のいい日を聞いてきます。

男：その前に、先生の予定を聞いたほうがいいよ。学生の予定はそのあと。

女：はい。

男：お花見の日にちが決まったら、みんなに連絡して参加人数の確認。

女：メールでいいですよね。

男：いいんじゃない。あと、お酒やジュースとお弁当は三日前に予約すれば公園まで持ってきてもらえるよ。当日は朝から場所取りだけど、これは3年生の男子にやってもらえばいいよ。

女：わかりました。

このあと、女の学生は最初に何をしなければなりませんか。

解析

- 日にちを決めてからでないと、何も決められませんよね。（不先確定好日期的話，什麼都決定不了。）
- その前に、先生の予定を聞いたほうがいいよ。学生の予定はそのあと。（在這之前先問老師的時間比較好喔。學生的時間之後再決定。）

問題2

MP3　5-2

1番——4

男の人と女の人が話しています。女の人が山田さんを高く評価する理由は何ですか。

男：次の計画なんだが、山田君と田中君、君ならどちらに任せるかね。

女：田中さんのほうが向いている、と私は思います。

男：ほう、個人の営業成績から見れば、山田君のほうが優秀なようだが？

女：チーム全体の成績を見る必要があると思います。確かに、個人成績は山田さんがトップですが、チーム全体で見ると、この3か月、売り上げ金額はほとんど伸びていません。一方、田中さんは、個人の成績が山田さんに次いで二位だというだけでなく、チーム全体の成績も順調に伸ばしています。これは、山田さんがチームの中でやや孤立気味になっているのに対して、田中さんは自分の仕事をきちんとやる一方で、チーム全体の能力も育てているということを示しているのではないでしょうか。こんどの計画は、大勢の人がかかわってきますので、全体がよく見える人に任せたほうがいいと思います。

男：なるほど。参考になったよ。

女の人が山田さんを高く評価する理由は何ですか。

解析

- 次の計画なんだが、山田君と田中君、君ならどちらに任せるかね。（關於下次的計畫，如果是你，你會交給山田還是田中處理呢？）
- チーム全体で見ると、この3か月、売り上げ金額はほとんど伸びていません。（以小組整體來看的話，這三個月的營業額完全沒有成長。）

2番——1

男の人と女の人が話しています。女の人はなぜ怒られていますか。

男：ここに座りなさい。

女：店長。話って何ですか。

男：昨日は、君と野村さんが二人で担当していたんだよね。

女：はい。

男：4時ごろ、一度に20人ぐらいのお客さんが来たらしいね。一つのレジにお客さんがずらっと並んでるのを見て、君は何とも思わなかったのか？

女：野村さん、大変だなと思いました。

男：そこでなぜ野村さんを手伝わなかった。

女：商品を出す仕事があったので…。

男：商品を出すのとお客さんとでは、お客さんの方が大事に決まってるでしょう？買うのをあきらめて帰ったお客さんもいたっていうじゃないか。店の状況をよく見て働いてくれないと…。

女：はぁ…。

男：前にもお客さんから苦情が来たことがあったよね。しっかりしてくれないと困るよ。

女の人はなぜ怒られていますか。

- 4時ごろ、一度に20人ぐらいのお客さんが来たらしいね。（大約四點的時候，好像一次來了20位客人喔。）
- 前にもお客さんから苦情が来たことがあったよね。（之前也有客人來抱怨呢。）

3番（ばん）——3

女の人と男の人が話しています。男の人は新しい携帯電話のどこが気に入っていますか。

女：あ、ケータイ変えたんだ。

男：うん。最新型。いいでしょ。

女：前のより大きくない？

男：ちょっとね。でも、使ってみて、小さければいいってもんじゃないって分かったよ。

女：やっぱり画面が大きいとメールとかインターネットとか見やすい？

男：それはあんまり意識してなかったな。それより、これ、完全防水なんだよ。ほら、俺、前のケータイトイレに落として壊しちゃったでしょ。これならもう落としても安心。

女：また落とす気？

男：できれば落とさないほうがいいんだけどね。

女：それはそうと、電話代は？新型だと使用料が高くなったりしない？

男：それが、たいして高くなってないんだよ。せいぜい100円か200円ぐらいかな。

男の人は新しい携帯電話のどこが気に入っていますか。

解析

- やっぱり画面が大きいとメールとかインターネットとか見やすい？（果然畫面大一點的話看簡訊或上網可以看得比較清楚嗎？）
- 電話代は？新型だと使用料が高くなったりしない？（電話費呢？新型的話費用不會變得比較貴嗎？）

4番——4

女の人と男の人が話しています。男の人はどうしてこのお店を気に入っていますか。

女：ねえ、このお店、入ったことある？

男：うん。月に一回か二回はここで食べてるかな。

女：どんなお店？

男：意外だな。秋山さんのことだから、お洒落な店にしか興味ないと思ってたんだけど。

女：いつ店の前を通っても人がいっぱいだから、ちょっと気になって。

男：テレビで紹介されたのをきっかけに、お客さんが増えたらしいよ。

女：おいしいの？

男：味は…、まあ普通だな。ただ、どの料理も量が多いんだ。普通の店なら二人前ぐらいあると思うよ。

女：若い男の人が多いわけだ。

男：完全に学生と若いサラリーマン向けだね。僕も給料日の前には大体ここで食べてるよ。

男の人はどうしてこのお店を気に入っていますか。

解析

- 意外だな。秋山さんのことだから、お洒落な店にしか興味ないと思ってたんだけど。（真意外呢。因為是秋山小姐所以我以為妳只對時髦的店感興趣。）
- 完全に学生と若いサラリーマン向けだね。（完全是適合學生和年輕上班族來的店呢。）

5番——2

テレビで、男の人が自動車について話しています。男の人は、自動車が売れなくなった理由についてどう考えていますか。

男：若い人が自動車を買わなくなってきています。自動車メーカーにとっては大きな問題で、その原因を明らかにするために、さまざまな調査が行われています。若い人が自動車を買わなくなった原因については、いろいろな説があります。「都会では公共交通が発達したので自動車に乗る必要がなくなったから」。あるいは「ゲームや携帯電話など、他の趣味にお金や時間を使うようになったから」。面白いものでは「恋に積極的な若い男性が少なくなったので、女性とつきあうために必要だった車を買う人が少なくなったから」という意見もあります。しかし、若者の車離れは、結局のところ経済の問題が一番大きいのではないかと私は思います。不況が続く現在、将来の収入が今よりも増えるという保証はありません。そんな状況で、若者は借金をしてまで車を買うでしょうか。自動車販売数の復活は、日本経済の安定した成長なくしてはありえないのです。

男の人は、自動車が売れなくなった理由についてどう考えていますか。

解析

- その原因を明らかにするために、さまざまな調査が行われています。（為了要查明原因，而進行了各種調查。）
- 自動車販売数の復活は、日本経済の安定した成長なくしてはありえないのです。（日本經濟沒有穩定成長的話，汽車的販賣數量是不可能再次復活的。）

6番（ばん）——3

男の人と女の人が話しています。女の人は、どうして赤いスカートを買うのをやめましたか。

男：あっ、新しいスカート買ったんだ。青がよく似合ってるよ。
女：良かった。けっこう高かったんだ。
男：でも、この前デパートに行ったとき、赤いスカートがほしいって言ってなかった？
女：あのときはね…
男：気が変わったんだ。
女：そうじゃないけど…買えるものなら買いたかったわよ。
男：どうしたの？もう売れちゃってた？
女：違うの…試着してみたら、ウエストがちょっときつかったのよ。
男：えっ？それってもしかして…
女：それ以上言ったら怒るわよ。

女の人は、どうして赤いスカートを買うのをやめましたか。

・青がよく似合ってるよ。（你很適合穿藍色喔）

・それ以上言ったら怒るわよ。（你再說下去我就生氣了喔）

問題3

MP3 5-3

1番（ばん）——4

男の人と女の人が話しています。

女：大学の時、英語の他にもうひとつ外国語やったよね。何やった？

男：俺は中国語。漢字を使うから楽だと思ったんだけど…。

女：日本の漢字と中国の漢字って、全然違うらしいね。

男：まあ漢字はともかく、発音が難しくって。君は？

女：私はロシア語だった。

男：うわあ、ロシア語か。文字からして読めそうにないや。

女：文字は一週間もあれば覚えられないこともないのよ。それより、単語の変化が多くて…。一つの単語が20通りぐらいに変化することもあるのよ。

男：それは大変だ。

男の人と女の人は、何について話していますか。

1　英語と日本語の違い

2　漢字の覚え方

3　旅行に行ってみたい国

4　大学時代に勉強した外国語

解析

・日本の漢字と中国の漢字って、全然違うらしいね。（日本和中國的漢字好像完全不一樣呢。）

・文字は一週間もあれば覚えられないこともないのよ。（只要有一個星期的時間，要把字母背起來也不是不可能的事情。）

2番（ばん）——3

テレビで男の人が新幹線について話しています。

男：東京－大阪間を走る東海道新幹線には、最高時速270キロメートルの列車がほぼ5分に一本走っています。一本の列車が遅れると、あとの列車が次々に遅れていき、ダイヤが大きく乱れてしまいます。ですから、列車をダイヤ通り正確に走らせることがとても重要です。外国の鉄道では、4分遅れで電車が到着しても「時間通り」とされることが一般的ですが、日本の基準では遅れたことになります。東海道新幹線は、一年間に12万本走る列車の遅れの平均がわずか36

秒です。これは事故などによる遅れも含めての平均です。普段は、東京から大阪までのおよそ500キロメートルを2時間半で走って、1秒遅れるかどうかというレベルで走っています。こうした正確なダイヤを守るためには、運転手が高い技術を持っていることはもとより、電車や線路を最高の状態に維持することも必要です。

男の人は新幹線の何について話していますか

1　新幹線のスピードの速さの理由について
2　新幹線の本数の多さの理由について
3　新幹線のダイヤの正確さの理由について
4　新幹線の運転手の技術の高さの理由について

解析

・一本の列車が遅れると、あとの列車が次々に遅れていき、ダイヤが大きく乱れてしまいます。（只要一班列車誤點，之後的列車也會跟著誤點，這樣的話時刻表就會大亂。）

・こうした正確なダイヤを守るためには、運転手が高い技術を持っていることはもとより、電車や線路を最高の状態に維持することも必要です。（為了要遵守時刻表，除了駕駛要有很好的技術，將電車及線路的狀態保持到最好也是必要的。）

3番（ばん）——1

テレビで女性歌手がインタビューを受けています。

男：今年はどんな一年でしたか。
女：今年は、全国12箇所でコンサートをやらせていただきました。大きなところで歌うのは初めてだったので緊張しましたが、みなさんの応援で最後まで頑張ることができました。
男：初めてのドラマも話題になったね。そのあと映画にもなったし。演技のほうはどうだった？苦労したんじゃない？
女：はい。同じところで何度もミスをして、みなさんにご迷惑を掛けてしまいました。
男：これだけいろいろやってたら、忙しくてゆっくり休む暇もなかったでしょ。
女：そうですね。休みはほとんどなかったです。でも、楽しかったですよ。
男：それはいい一年でしたね。風邪をひかないように気を付けて頑張ってください。それでは歌の準備をお願いします。

女性歌手は、今年はどうだったといっていますか？

1 新しいことを経験できて楽しかった。
2 仕事が忙しくて大変だった。
3 ゆっくり休むことができた。
4 病気をして仕事ができなかった。

・同じところで何度もミスをして、みなさんにご迷惑を掛けてしまいました。（在同一個地方一直犯錯，造成大家的困擾了。）

4番（ばん）——2

テレビでアナウンサーが音楽に関する調査の結果を話しています。

男：音楽CDの売り上げは、ここ数年減り続けていますが、若者が音楽そのものを聞かなくなったというわけではないようです。CDとは逆に、インターネットによる音楽の販売は増加する傾向にあり、携帯電話などを使って音楽を聴くというスタイルが一般的になっていることが分かります。調査では、「買いたいと思った曲をいつでもどこでも買うことができる」「CDをしまう場所がいらなくなる」「好きな曲を一曲から買うことができる」といった意見が聞かれました。

何についての調査ですか

1 音楽CDの販売方法
2 インターネットで音楽を買う理由
3 CDの価格の変化
4 人気のある音楽の種類

・音楽CDの売り上げは、ここ数年減り続けています（音樂CD的銷售量在這幾年持續的減少。）

・インターネットによる音楽の販売は増加する傾向にあり、携帯電話などを使って音楽を聴くというスタイルが一般的になっていることが分かります。（了解到藉由網路購買音樂的傾向有增加，利用手機來聽音樂也變得很普遍。）

5番（ばん）——4

女の人と男の人が電話で話しています。

女：もしもし？どうしたの？レポートの提出日なら、来週の水曜日だよ。

男：え？ああ、それは分かってる。

女：じゃあ何？あさってのドイツ語の宿題？

男：えっ！ドイツ語、宿題あったの？

女：第7課の練習問題よ。もう、何でも私に聞けばいいと思ってるでしょ。

男：いや、それで、鍋の話なんだけど…

女：今月はもうあんまりお金がないから、バイト代が入るまでは飲み会には行けないわ。

男：あの、そうじゃなくて…、親が肉とか野菜とかたくさん送ってきたから、今から古泉たちと鍋パーティーをするんだけど…、よかったら一緒にどうかな、と思って…。

女：何でそれを先に言わないの。行くわよ。すぐ行くわ。私が行くまで食べちゃダメよ！

男の人は、何のために電話を掛けましたか。

1　レポートの提出日を聞くため

2　ドイツ語の宿題の答えを教えてもらうため

3　飲み会に誘うため

4　鍋パーティーに誘うため

解析

- レポートの提出日なら、来週の水曜日だよ。（報告的截止日期是下星期三喔。）
- すぐ行くわ。私が行くまで食べちゃダメよ！（我馬上過去。在我到之前不可以先吃喔！）

問題4

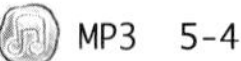

MP3　5-4

1番——1

男：おい、あんまり甘やかすなよ。

女：1　だって、かわいいんだもの。

　　2　だって、おいしいんだもの。

　　3　だって、苦いんだもの。

解析

- おい、あんまり甘やかすなよ。（喂，你不要太寵他。）

2番——2

女：最後の一言は余計だったかな。

男：1　彼女は余っていたんですよ。

　　2　彼女が怒るのも当然ですよ。

　　3　彼女は怒ったも同然ですよ。

解析

- 最後の一言は余計だったかな。（最後一句話是不是太多餘了。）
- 彼女が怒るのも当然ですよ。（她會生氣也是理所當然的。）

3番——1

男：渋滞で、間に合いそうにないんだ。

女：1　じゃあ先に店に入っておきますよ。

　　2　よかった。時間ぴったりですね。

　　3　だから電車はやめようっていったのに。

解析

・渋滞で、間に合いそうにないんだ。（因為塞車的關係好像會來不及。）

・だから電車はやめようっていったのに。（所以才說不要搭電車的。）

4番——2

女：ここは、年齢を問わずお楽しみいただけます。

男：1　17歳なんですが、大丈夫ですか？

　　2　お父さんでも楽しめそうだね。

　　3　女性は自分の年齢を言いたくないからね。

解析

・ここは、年齢を問わずお楽しみいただけます。（這裡是不論老少都可以很開心享受。）

5番——2

男：二度とあんな店に行くもんか。

女：1　そうだね。料理おいしかったね。

　　2　店員の態度、悪かったもんね。

　　3　いいえ、私は行かないわ。

解析

・二度とあんな店に行くもんか。（再也不去那種店了。）

6番——3

男：失礼します。切符を拝見します。

女：1　どうもすいません。

　　2　山田と申します。よろしくお願いします。

　　3　はい、これです。

解析

・失礼します。切符を拝見します。（不好意思，請讓我看一下您的車票。）

7番——1

男：今まで頑張ってきたかいがあったね。

女：1　先生のおかげです。

　　2　努力が足りませんでした。

　　3　はい。悔しいです。

解析

・今まで頑張ってきたかいがあったね。（一直以來的努力也有了辛苦的代價呢。）

8番——3

女：うちの子に限って、そんなことしません。

男：1　誰もそんなことしてませんよ。

2　ええ、おたくのお子さんだけですよ。

3　みなさんそう言うんですけどねぇ…。

解析

- うちの子に限って、そんなことしません。（我家的小孩不會做那種事情。）
- 誰もそんなことしてませんよ。（誰都沒有做那種事情喔。）

9番——3

女：この仕事、5時までに全部終わらせてね。

男：1　これは、するわけにはいかない。

2　これは、できるわけだ。

3　こんなの、やれるわけがない！

解析

- これは、するわけにはいかない。（這不能做。）
- こんなの、やれるわけがない！（像這樣怎麼可能做得完。）

10番——1

男：今日は、仕事の話は抜きでいきましょう。

女：1　はい、楽しくやりましょう。

2　そうですね。気になりますね。

3　では、契約の条件から話し合いましょうか。

解析

- 今日は、仕事の話は抜きでいきましょう。（今天就不要談工作的事情吧。）
- では、契約の条件から話し合いましょうか。（那就先從合約的條件來談吧。）

11番——3

男：あの男がやったに決まっている！

女：1　以前から決まってたんだよね。

2　おめでとう。やったね！

3　調べてみなければ分からないじゃない。

解析

- あの男がやったに決まっている！（一定是那個男人做的！）
- 以前から決まってたんだよね。（從以前就已經決定好的。）

12番——1

男：今週末のお花見、行くよね？

女：1　あ、ごめん。私、ちょっと。

2　はい、行かないの。

3　いいえ、行くの。

問題5

MP3　5-5

1番——2

先生と生徒が、高校を卒業した後のことについて話しています。

男：先生、大学受験のことで相談があるんですけど…。

女：どうしたの？勉強したいことが変わってきたの？

男：いえ、イタリアの古い建築について学びたい、というのは変わらないんですけど、どの学科に入ればいいのかなって…

女：この前の面談の時に言ってたハコネ大学の建築学科じゃだめなの？

男：調べてみたんですけど、ハコネ大学の建築学科には、ヨーロッパ専門の先生がいないんです。

女：うーん…。あっ、これ見て。マツシロ大学のフユツキ先生、専門がヨーロッパ建築だって。

男：マツシロ大学だと自宅から通えないから…。それに、マツシロ大学は僕の成績では無理ですよ。

女：ハコネ大学じゃないと駄目なのね…。ねぇ、シンジ君が勉強したいのはイタリアの古い建築なのよね。それなら、歴史と関係があるんじゃない？ハコネ大学には西洋史学科もあったよね…ほら、このカツラギ先生、イタリアの歴史が専門だ！

男：西洋史学科か！いいですね！

女：勉強がんばらなきゃね！

生徒は、どの大学の何学科を受験することに決めましたか。

1　ハコネ大学の建築学科

2　ハコネ大学の西洋史学科

3　マツシロ大学の建築学科

4　マツシロ大学の西洋史学科

解析

- マツシロ大学だと自宅から通えないから…。それに、マツシロ大学は僕の成績では無理ですよ。（松白大學的話就不能從自己家通勤。而且我的成績是上不了松白大學的。）
- 調べてみたんですけど、ハコネ大学の建築学科には、ヨーロッパ専門の先生がいないんです。（我查了之後發現，箱根大學的建築系沒有專攻歐洲建築的老師。）

2番——4

女の人と男の人がゲームについて話しています。

女：あーあ、またやられちゃった。

男：また？ああ、赤い手袋のまま闘ってたのか。それじゃあだめだよ。

女：どうして？これが一番強いんじゃないの？

男：赤はバランスはいいけど、この面の敵は攻撃力がやたら強いだろ。

女：力が強いのは黄色だったよね。

男：そうだけど、今のレベルじゃ絶対に倒せないよ。ここは青か緑じゃなきゃ。

女：どう違うの？

男：青はスピードタイプ。動きが速くなる。相手は力は強いけどスピードが遅いから、後ろへ回って攻撃すればいい。

女：緑は？

男：緑は離れたところから攻撃ができる。相手の攻撃範囲は狭いから、その外側から攻撃すればいいんだ。

女：じゃあ緑でやってみようかな。

男：銃は持ってる？

女：あっ、まだ持ってないや。じゃあこっちでいくか。

女の人は、何を使いますか？

1　赤い手袋
2　黄色い手袋
3　緑の手袋
4　青い手袋

解析

- 赤はバランスはいいけど、この面の敵は攻撃力がやたら強いだろ。（雖然紅色的平均能力很好，但是這關的敵人攻擊力很強。）
- 今のレベルじゃ絶対に倒せないよ。（現在的等級是絕對打不贏的喔。）

3番

本屋で姉と弟が話をしています。

男：お姉ちゃん、その本買うの？どんな話？

女：インターネットでゲームをしていた人たちが、ゲームの世界に入り込んでしまう話だって。面白そうでしょ。

男：それ、もともとインターネットで公開されてたやつだよ。今でも無料で読めるよ。

女：そうなの？じゃあ買うのやめてネットで読もうかな。アキヒサはもう何買うか決まったの？

男：それがさ、お姉ちゃん、買いたい本が二冊あるんだけど…

女：今日買っていいのは一冊だけよ。どれとどれで迷ってるの？

男：一つは、これ。高校が舞台の小説なんだけど、クラスごとにテストの点数で競争するんだ。勝てば一人に一つパソコンがあるようないい教室、負ければ床の上で勉強することになっちゃうの。

女：それ面白いの？

男：結構人気があるんだよ。

女：で、もう一冊は？ちょっと見せて。表紙の女の人、美人だね。

男：この女の人が主人公なんだ。古本屋の主人なんだけど、本を手がかりにいろんな事件を解決していくの。

女：推理小説か。面白そうね。

男：でしょ。今度ドラマ化されるらしいよ。

女：よし、決めた。じゃあ私この本を買うわ。私が読んだあと貸してあげる。アキヒサはそっちを買いなさい。

男：やった！

解析

- インターネットでゲームをしていた人たちが、ゲームの世界に入り込んでしまう話だって。面白そうでしょ。（好像是在說一群在網路上玩遊戲的人進到遊戲裡面的世界的故事。感覺很有趣呢。）
- 本を手がかりにいろんな事件を解決していくの。（把書本當成線索解決各種事件。）

質問（しつもん）1——2

弟はどんな本を買いますか？

質問（しつもん）2——3

姉はどんな本を買いますか？

第6回

言語知識・読解／75問

問題1

1	2	3	4	5
1	1	1	2	3

問題2

6	7	8	9	10
4	3	3	2	1

問題3

11	12	13	14	15
3	3	1	3	2

問題4

16	17	18	19	20	21	22
3	2	4	4	3	1	2

問題5

23	24	25	26	27
4	1	3	4	1

問題6

28	29	30	31	32
3	1	2	4	2

問題7

33	34	35	36	37	38	39	40	41	42	43	44
4	1	2	2	2	1	3	4	1	4	2	4

問題8

45	46	47	48	49
1	4	4	3	1

問題9

50	51	52	53	54
2	2	1	2	4

問題10

55	56	57	58	59
2	3	3	3	4

問題11

60	61	62	63	64	65	66	67	68
2	4	3	1	2	4	1	2	3

問題12

69	70
2	3

問題13

71	72	73
2	4	3

問題14

74	75
2	4

読聴解／32 問

問題 1

1	2	3	4	5
1	3	2	2	3

問題 2

1	2	3	4	5	6
3	2	4	3	2	1

問題 3

1	2	3	4	5
2	2	2	3	4

問題 4

1	2	3	4	5	6	7	8	9	10	11	12
3	2	2	3	2	1	3	2	3	1	1	2

問題 5

1	2	3	
		質問 1	質問 2
3	4	3	2

言語知識・讀解

問題 1

1 1 この携帯電話は操作(そうさ)しにくい。
這個手機不容易操作。

2 1 1万円以上買うと、1割引(わりびき)になる。
只要買一萬日圓以上的話就打九折。

3 1 姉はいつも地味(じみ)な服を着ている。
姐姐經常穿著一身樸素的服裝。

4 2 部長は私を信用して仕事を任(まか)せてくれた。
部長很信任我，把事情交給我辦理。

5 3 大人に向かってあんなことを言うなんて、全く生意気(なまいき)な子どもだ。
對大人說那樣的話，完全是個傲慢自大的孩子！

問題 2

6 4 秋になると、米の収穫(しゅうかく)が始まる。
一到秋天，就開始收成稻米。

7 3 保健室ですり傷の手当(てあ)てをしてもらった。
在保健室接受擦傷的治療。

8 3 先輩の適切(てきせつ)なアドバイスのおかげでうまくいった。
多虧前輩適當的建議，事情得以順利進行。

9 2 いつか自分の本を出版(しゅっぱん)したい。
希望有一天能出版自己的書。

10 1 けさ昨年度の調査報告が公表(こうひょう)された。
今天早上公開發表了去年度的調查報告。

問題 3

11 3 彼は有名な大企業で働いている。
他在知名的大企業裡工作。

12 3 彼女は笑顔が魅力的だ。
她的笑容很有魅力。

13 1 氏名の50音順に、一列に並べてください。
請把姓名按照50音順序排成一列。

14 3 午後三時以降の映画はもう空席がなかった。
下午三點以後的電影已經沒有空位。

15 2 10年前に比べると、携帯電話もずいぶん小型化された。
與10年前相比，手機也變得相當小巧。

問題4

16 3 買い物に行くなら、ついでに牛乳を買ってきて。
如果有去買東西的話，順道買一下牛奶。

17 2 授業中、友達がおもしろいことを言ったので、必死に笑いをこらえた。
因為朋友在上課中說了有趣的事，我只能拼命忍住不笑。

18 4 仕事を選ぶときの大切なポイントは何ですか。
選擇工作時，最重要的要點為何？

19 4 新聞の見出しを読めば、今話題になっていることがだいたいわかる。
如果讀了報紙的標題，就能大致能了解現在的話題為何。

20 3 国民から集めたお金は有効に使うべきだ。
從國民手中聚集到的錢應該要有效地運用。

21 1 彼女が何を考えているのか、さっぱりわからない。
她正在想些什麼事，我一點也不明白。

22 2 首脳会談のために、日程の調整を行っている。
為了高峰會談，所以正在進行日程安排的調整。

問題5

23 4 かなり時間がかかるので、覚悟しておいてください。
因為很花時間，請先做好心理準備。

1 紀錄
2 量時間
3 醒著
4 心理準備

24 1 昔のことをいつまでもくよくよするな。
不要老是為以前的事煩惱發愁。

1 煩惱
2 悲傷
3 自滿
4 懷念

25 **3** 要するに、今日の会議は参加できないということですね。
總之，無法參加今天的會議了。

1 果然
2 反倒是
3 總之
4 比如說

26 **4** 姉は何事にも冷静に対応する。
姐姐對任何事都能冷靜應對。

1 仔細
2 冷淡
3 壞心眼
4 冷靜

27 **1** 外の様子を見ると、どうも風がおさまったようだ。
從外頭的樣子來看，風似乎（好像）停了。

1 停了
2 吹了
3 出來了
4 轉弱了

問題6

28 **3** 即使屢次拒絕，他還是執意（不死心）約我去看電影。

29 **1** 因為不想回答，只好一笑置之。

30 **2** 被尾隨在後的少年突然搶走了皮包。

31 **4** 應該要尊敬年長的人。

32 **2** 大學餐廳的料理，營養的均衡都有被設想到。

問題7

33 **4** 看樣子從今晚到明早之間颱風就會登陸。

1 與～相比
2 關於
3 值～之際
4 從～到～

34 **1** 人心真是不容易了解啊！

1 表示感嘆之情
2 人
3 方面
4 地方

35 **2** 在她的作品裡有觸動人心之處。

1 有會動的地方
2 有動人的地方
3 會動
4 能動

36 **2** 他對上司態度謙恭，相反地，對待下面的人卻一直擺架子。

1 加上
2 相反地
3 與～不符
4 雖然～卻～

37 **2** 一找到失物就馬上通知您。

1 從～以來
2 ～之後馬上

3　通常用在做了許多努力但最後結果不如預期的情況
4　結果

38　**1**　**他向銀行儘可能的貸款到最大限度，買了一棟房子。**

1　僅僅只有
2　甚至連
3　甚至連～都
4　連到～的程度

39　**3**　**雖然知道他那辯解是在撒謊騙人，但還是借給他錢。**

1　知道
2　明知道
3　雖然知道～但還是～
4　即使知道也～

40　**4**　**雖然說了在今天之內要完成工作，但看樣子不太可能。**

1　的時候
2　既然～就～
3　正因為～
4　ものの

41　**1**　**從她的語氣聽來，她完全沒有絲毫要退讓的樣子。**

1　從～角度來說
2　全都是
3　很像是
4　從～（事）

42　**4**　**大家不要客氣，請盡情享用！**

1　（無此接續用法）
2　（無此接續用法）
3　（無此接續用法）
4　請盡情享用

43　**2**　**這魚真是棒。不愧是剛抓到送來的新鮮貨。**

1　（無此接續用法）
2　真不愧是～
3　（無此接續用法）
4　（無此接續用法）

44　**4**　**A：我是田中商事的山口，請問鈴木課長在嗎？**
B：不好意思，鈴木剛剛外出了！

1　「不在」的尊敬語表現
2　（無此接續用法）
3　（無此接續用法）
4　「剛剛外出」的謙讓語表現，可用在公司同事身上

問題8

45　**1**　教室で　2　隣に　1　座った　4　のを　3　きっかけに、彼女となかよくなった。

藉由在教室座在她旁邊的機會，我和她的交情變得更好。

・～をきっかけに（藉由～的機會）

46 **4** 2 あの人の 4 顔を 1 見る 3 たびに、私は母の顔を思い出す。

每次一看到那個人的臉，就想起母親的容顏（臉）。

解析

・～たびに（每次／每每）

47 **4** この報告書は 2 調査の 1 結果を 4 もとにして 3 まとめられたものです。

以調查結果為基礎，歸納（匯集）整理出這本報告書。

解析

・～をもとにして（以～為依據／基礎）

48 **3** 仕事に 2 集中にしていた 1 せいで 3 友達 4 来るのも忘れた。

由於對工作太關注的緣故，連朋友要來的事都忘了。

解析

・～せいで（都怪～的緣故）

49 **1** 外国で 3 生活する 1 うえで 2 注意 4 すべきことは何でしょうか。

在國外生活時（方面），應該要注意的事項是什麼呢？

解析

・～うえで（為了～的目的所以要～）

問題9

大意

早期開始研究希望學時就已經發現，挫折在某些時候會成為希望的來源。為了透過實例和經驗研究希望和挫折之間密不可分的關係，選定了日本釜石市作為研究地點。釜石是日本最早發展製鐵業的地區，在當時帶給人們許多希望。此外，釜石的橄欖球隊也有活躍傑出的表現。

解析

・希望の研究を始めた比較的早い段階から、挫折そのものはつらい体験だけれど、その挫折がときとして希望のバネになるという関係があることもわかってきました（早期開始研究希望學時就已經發現，挫折在某些時候會成為希望的來源）

・それを、実際の事例や経験に基づいて考えたい（以實例和經驗研究希望和挫折之間密不可分的關係）

50 2

1 再加上
2 契機
3 被～所害
4 託～之福

51 2

1 對～而言
2 以～為首
3 以～為依據
4 以～來說

52 1

1 和～同時
2 有關於
3 因為～而～
4 對～而言

53 2

1 想到
2 讓人想到
3 想起
4 怎麼樣的～

54 4

1 相反地
2 針對…來說
3 根據…
4 對～來說

問題１０

（１）

55 2 **稻米支撐著日本的食文化**

題目中譯 有關稻米的說明，正確的是哪個？

大意

近年來以米飯為主食的健康飲食習慣開始在歐美受到注目。米飯主要成分為能帶給身體能量的醣類，搭配蔬菜的維他命以及肉類的蛋白質就能夠保持營養均衡。另外，醫學研究發現米飯所含的微量礦物質和食物纖維也能夠讓人保持健康。

解析

- 近年では欧米でも健康食のブームとして注目される（近年來以米飯為主食的健康飲食習慣開始在歐美受到注目）
- 野菜のビタミンや肉類に含まれるタンパク質と組合せば、栄養素とカロリーをバランス良くとれる（搭配蔬菜的維他命以及肉類的蛋白質就能夠保持營養均衡）

（２）

56 3 **來或不來都希望通知一聲。**

題目中譯 與信內容相符的是哪個？

大意

由於搬家地點附近能夠看到以櫻花聞名的飛鳥山公園，剛好藉此次機會邀請山陽高中同屆網球部員一同舉辦賞花會。活動開始時間為

4月1日中午左右，若有空請務必前來。搭電車的話會有人去車站接送，自行開車的話可將車停放在公園停車場。如果可以的話請利用電話或來信告知出席意願。

解析

・電車でいらっしゃる場合には駅まで迎えに参ります（搭電車的話會有人去車站接送）

・お車でおいでになる場合は公園の駐車場をご利用ください。（自行開車的人可將車停放在公園停車場。）

（3）

57　3　刊登商品有可能因故停止販售。

題目中譯　與下訂單的注意事項內容相符的是哪個？

大意

本公司的商品可能因為缺貨、樣式和價錢更動等原因而停止販售該商品。本公司商品以家庭客戶為主，並禁止轉賣。下訂單時可能發生缺貨情況，若無法接受進貨等待時間，顧客有取消訂單之權利。

解析

・万一品切れの際はご容赦ください。（若有商品缺貨請多包涵。）

・転売を目的とされるご注文はお断りさせていただきます。（不接受以轉賣為目的的訂單。）

（4）

58　3　邁入四十歲的每一年等於人生的四十分之一，但從五十歲開始卻等於人生的五十分之一。

題目中譯　根據筆者所言，為什麼邁入五十歲後日子會過得比四十幾歲時來得快？

大意

有人說邁入四十歲的時候會覺得時間過得很快，到五十歲時會過得更快。因為人對於時間的感覺可能是來自於記憶創造出來的，所以才會感覺到時間的快慢，就彷彿我們看同樣的太陽在日出和日落時會感覺有所不同，在不知不覺中人們用自己的記憶去測量時間的流逝。

解析

・若い人を真似て言ってみるけれど、その言葉はもう使われていないそうだ。（雖然想要模仿年輕人的說話方式，但卻發現已經過時了。）

・知らず知らずのうちに（不知不覺間）

（5）

59　4　閱讀不了解的內容也能夠理解的能力。

題目中譯　對筆者而言「讀解能力」是什麼？

大意

讀書主要可以分成兩大類，一種是用來娛樂享受，例如：小說、雜誌、漫畫等。另一種是學習新知識的閱讀，雖然過程很辛苦，遇到不懂的問題必須不斷反覆思考，但可以真正培養閱讀理解能力。另一方面，以娛樂為目的閱讀則不太需要這種思考的能力。

- 新しいものを理解するには頭を働かせなければならない（為了要理解新的知識，必須要動腦思考）
- 本に書いてあることが分からなければ何度も読み直して考えるものだからだ。（如果不能理解書的內容，則要不斷反覆閱讀思考。）

問題１１

（1）

大意

現在造成家庭式餐廳流行的原因跟國小的營養午餐類似的供餐觀念有關，同時這種便利的飲食方式也促進速食食品的發展。只要坐著等餐點就會自己送上桌，這種方便的供餐觀念便衍生出外食習慣。

- 相手はひざをたたかんばかりに賛成した（對方非常地贊同）
- あてがいぶちのものを食べる（吃某人給予的餐點）

60　2　因為只要坐著等，餐點就會自己送上桌很方便。

題目中譯　筆者認為家庭式餐廳流行的理由為何？

61　4　某人給予的餐點

題目中譯　「あてがいぶちのもの」是什麼？

62　3　因為只要坐著等，餐點就會自己送上桌。

題目中譯　筆者為何認為外食習慣是來自供餐觀念的影響？

（2）

大意

地球上應該沒有男性比日本的男性更在意隨身物品了吧。例如在採訪外國人的時候，常看到從口袋裡拿出來的不是黑色或藍色，而是綠色或橘色的原子筆。或許是為了方便在資料上做記號吧。有時候還有人使用粉色或咖啡色的筆做筆記。

在大部分的國家正式文件都是打字印刷，只有簽名的時候才會用到筆。簽名時雖大多數都以黑、藍原子筆或鋼筆為主，但偶而也有人使用綠色或紅色的原子筆。

解析

・日本の男性ほど小物に凝る男たちは、地球上にいないんじゃないでしょうかね。（地球上應該沒有男性比日本的男性更在意隨身物品了吧。）

・ちょっとしたメモ（隨手做的筆記）

63　1　因為方便在文章或資料上做記號。

題目中譯　使用綠色或橘色原子筆或麥克筆的目的為何？

64　2　因為會使用不同顏色的原子筆或麥克筆。

題目中譯　為何筆者覺得日本男性很在意隨身物品？

65　4　日本男性除了黑色和藍色的原子筆之外，也會使用其他顏色的筆。

題目中譯　請選出與文章內容相符的答案。

（3）

大意

只要一看見樓梯就會很緊張，所以一定要扶著扶手才能夠下樓梯，但如果遇到逆向走來的人就不得不把放手讓他們通過。每次都提醒自己要小心注意，但還是常常在樓梯滑倒。

雖然非常喜歡高跟涼鞋，但常為了鞋子尺寸太小而煩惱。因此在香港看到合腳的鞋子時，一口氣買了好幾雙。

解析

・道を譲るために、私が命の綱とも思う手すりから手を離さなくてはならない。（為了讓路，不得不放開有如救命繩索的樓梯扶手。）

・恐怖のあまり心臓が波打っている（因為恐懼而心跳加速）

・いつもサイズは苦労していた（為了鞋子尺寸問題而費盡力氣）

・信じられないような光景を目にした（看見不可置信的景象）

66　1　因為曾經在樓梯上滑倒過。

題目中譯　筆者為什麼不喜歡走樓梯？

67　2　有大尺碼鞋。

題目中譯　筆者在香港看見不可置信的情景為何？

68 **3** **因為鞋子寬度剛好。**

題目中譯 筆者為何購買略為寬鬆的鞋子？

問題12

大意

A

和食最大的特徵是使用能表現出季節感的食材。正因為是四季分明的日本才能夠創造出來的料理。另外，能夠提引出食材原味的料理方法也是和食的特色之一。為了不破壞食物原本的營養價值同時享受美食，最好的方法就是享用食材最原本的味道。

B

以米飯為主食的和食文化是日本人長壽的原因之一。米飯可以搭配蔬菜、肉類和豆類等各式各樣的食材一起食用，達到營養均衡的功效。但是，即便說和食是健康的飲食，從餐廳、加工食品和速食文化可以看出現代人的飲食習慣開始傾向攝取過量脂肪以及過度調味。

解析

・素材の元味を活かす（提引出食材原味）

・和食がいかにも健康的な食事だと言われようと（即便說和食是健康的飲食）

69 **2** **和食的優點**

題目中譯 A 和 B 兩篇文章都有提到的內容為何？

70 **3** **A 提到和食的特徵，B 提到和食的變化。**

題目中譯 A 和 B 兩篇文章的筆者在探討什麼話題？

問題13

大意

（前略）打算具體詳細介紹自己平時撰寫書評的方法。

為了閱讀的便利性和保持封面乾淨會先將封面取下，之後準備迷你便利貼。把原本 25x5 mm 的便利貼裁成約 18x7.5 mm 後貼在封面裡邊左上角。

讀到在意的地方用紅筆畫框線，並在該行開頭貼上剪好的便利貼。畫線的內容主要為：故事內容的轉捩點、角色個性或特徵、日期年齡等數字、適合引用之文章以及打動自己的表現，需要的話也會使用黑筆寫下筆記。

閱讀完準備開始寫書評的時候，就重看一遍有貼便利貼的頁數，確認是寫書評所需要的段落之後，在該頁數夾一張白紙做記號。複習過程中先在腦中擬出大略架構的話，之後撰寫書評的過程就很順利了。

解析

・できるだけ具体的に述べていく所存です。（打算具體詳細介紹。）

・緑茶は日本人にとって欠くことができないものであり（綠茶對日本人而言是不能欠缺的東西）

・そんな確認のための再読の過程で、脳内でざっとした書評の見取り図を作っていく。（確認複習過程中，在腦中擬出書評的大略架構。）

71 2 因為想保持封面乾淨。

題目中譯 筆者為什麼要取下封面？

72 4 取下封面→貼便利貼→畫線→寫草稿。

題目中譯 筆者撰寫書評順序為何？

73 3 用紅筆畫線。

題目中譯 下列哪一個是正確的內容？

問題１４

74 2 B 旅館

題目中譯

鈴木先生下個周末想去 2 天 1 夜的溫泉旅行，他會想要選擇哪一間溫泉旅館？鈴木先生除了泡溫泉也想吃和食料理。想住和式房間。比起大浴池更想要泡個室溫泉池。

解析

・一泊二日（1 天 2 夜）

・貸切風呂（個室溫泉）

75 4 B 旅館和 C 旅館

題目中譯

西式房間也好和式房間也沒關係，有提供餐點跟租借個人浴室的旅館是哪個？

聴解

問題 1

MP3 6-1

1番——1

男の人と女の人が話しています。誰が電話をかけますか。

男：伊藤君、ちょっと…。

女：はい、部長、何でしょうか。

男：このあいだの大宮商事の社長さんに電話してくれないか。至急確認したいことがあるから。

女：はい。かしこまりました。

誰が電話をかけますか。

- 電話してくれないか。（能幫我打電話嗎？）
- 至急確認したいことがあるから。（因為有緊急想確認的事。）

2番——3

大学で先輩と後輩が話しています。田村先生はどんな人ですか。

男：先輩、人類学の田村先生をご存知ですか。

女：ええ。去年、田村先生の講義に出てたわ。

男：いかがでしたか。

女：たしか、授業の内容は難しかったわね。

男：そうですか。

女：でも、授業の後、質問に行ったら、熱心に教えてくださったわ。

男：じゃ、僕も田村先生の講義を取ろうかな。

女：授業の内容が難しくて嫌いという人も多いけど、私はいい先生だと思うな。

田村先生はどんな人ですか。

- 田村先生をご存知ですか。（您認識田村老師嗎？）
- 熱心に教えてくださったわ。（很熱心地給予了指導喔。）
- 僕も田村先生の講義を取ろう。（我也去選田村老師的課吧。）

3番——2

駅で女の人が駅員と話しています。女の人はいくら払いましたか。

女：すみません、京都まで一枚ください。

男：あ、はい。京都までですと乗車券が6,000円、それに特急料金が4,900円ですから、合計10,900円です。

女：ええと、乗車券が6,000円と、特急料金が4,900円ね。

男：あ、これは指定席ご利用の場合ですが、自由席でしたら、1,000円お安くなりますが。

女：あら、そうなの。それだったら、自由席にするわ。

女の人はいくら払いましたか。

解析

- 自由席でしたら、1,000円お安くなりますが。（如果是自由席的話可以便宜1,000元日幣。）
- それだったら、自由席にするわ。（是那樣的話我要自由席。）

4番——2

電話で受付の人と客が話しています。客はいつのチケットを予約しましたか。

受付：はい、ラッキートラベルでございます。

客　：すみません、飛行機のチケットを予約したいんですが。

受付：はい。どちらまでお越しですか。

客　：福岡です。

受付：いつの便をご希望でしょうか。

客　：24日の便をお願いします

受付：はい、かしこまりました。少々お待ちくださいませ。…お待たせいたしました。ご希望の飛行機は、あいにく満席となっておりまして、次の日でしたら、空席がございますが…。

客　：そうですか。じゃ、そちらで、お願いします。

客はいつのチケットを予約しましたか。

解析

- 飛行機のチケットを予約したいんですが。（我想要預約飛機票。）
- どちらまでお越しですか。（您要前往何處呢？）
- あいにく満席となっておりまして（很不巧的是客滿了）

5番——3

女の人が留守番電話にメッセージを入れています。本を返すのはいつがいいと言っていますか。

女：今村君、こんにちは、藤井です。あの、先週借りた本のことなんだけど、いつ返そうか。今日中には読み終わると思うんだけど。確か今村君は明日、バイトだっけ？私はあさっては確か…。あ、3時間目の経営学の授業が始まる前なら大丈夫。しあさっては学校に行くつもりだったんだけど、家の用事でちょっと…。一度私に電話くれる？待ってるからね。

本を返すのはいつがいいと言っていますか。

- 先週借りた本のことなんだけど、いつ返そうか。（上週跟你借的書什麼時候還呢？）
- 確か今村君は明日、バイトだっけ？（今村確實你明天有打工對吧？）

問題2

1番——3

ラジオの天気予報です。明日の天気はどうなりますか。

女：天気予報の時間です。昨日から全国的にぐずついた天気となっておりますが、この天気もそう長くは続かないでしょう。今夜から天気は次第に回復し、明日はいいお天気になるでしょう。ただ北のほうから寒気が近づいており、寒さには十分ご注意ください。それでは各地の天気です。

明日の天気はどうなりますか。

- 昨日から全国的にぐずついた天気となっておりますが（從昨天開始全國的天氣變的不穩定）
- 今夜から天気は次第に回復し（從今晚開始天氣逐漸好轉）

2番——2

女の人が仕事について話しています。仕事の上で、一番つらいことは何ですか。

女：最近、仕事のことで疲れてるんだよね…。やることはたくさんあるし、上司はうるさいし、それに残業も多いし…。でも、何よりもつらいのは、私が何か言おうとすると周りの人が「意見を言う必要はない」ということなんだ。確かに、私も聞いてもらえるような意見を言ってないかもしれないけど、これじゃ、やる気もなくなるよね。仕事やめようかな…。

仕事の上で、一番つらいことは何ですか。

解析

- 仕事のことで疲れてるんだよね（因為工作的事很累呢）
- やる気もなくなるよね。（想做事的心也會沒了哩。）

3番——4

デパートの店内放送です。何についての放送ですか。

女：本日も当店にお越しくださり、誠にありがとうございます。お客様のお呼び出しを申し上げます。東京都練馬区よりお越しの河合様、お伝えしたいことがございますので、4階婦人靴売り場横のサービスカウンターまでお越しくださいませ。

何についての放送ですか。

解析

- お客様のお呼び出しを申し上げます。（這是顧客的聯絡廣播。）
- 4階婦人靴売り場横のサービスカウンターまでお越しくださいませ。（請您到四樓婦女鞋賣場旁的服務中心一趟。）

4番——3

店で二人が話しています。女の人は髪をどうしますか。

男：いらっしゃいませ、こんにちは。今日はカットでよろしいですか？

女：ええ、お願いします。あっ、でもちょっとパーマもいいかなと思っているところ。

男：それでしたら今年はふんわりとしたボブが人気ですけど。

女：そうねえ、女らしい感じよね。うーん、でもやっぱりカットだけにしてもらおうかな。すっきりさせたいし。パーマはこんどにしよう。

女の人は髪をどうしますか。

- でもちょっとパーマもいいかなと思っているところ。（但是我也正在想著燙髮也不錯。）
- 今年はふんわりとしたホプの髪型に人気ですけど。（今年蓬鬆的赫本頭很有人氣。）

5番——2

男の人と女の人が話しています。二人はいつ食事に行きますか。

男：今度の週末、よかったら一緒に食事でもしませんか。いいイタリア料理の店、知ってるんです。ご馳走しますよ。

女：へえー、イタリア料理。ほんとう？いつですか？

男：土曜の夜なんか、いかがですか？

女：あ、私、土曜はちょっと用事があって。

男：そうですか。それなら日曜でも大丈夫ですけど。

女：日曜でもいいですか？夕方ごろとか。

男：大丈夫です。では、予約入れておきますね。

二人はいつ食事に行きますか。

- よかったら一緒に食事でもしませんか。（如果可以要不要一起吃飯呢？）
- 土曜はちょっと用事があって。（星期六我有點事）
- 予約入れておきますね。（我就去預約了喔）

6番(ばん)——1

上司と部下が話しています。部下はどうして残業ができませんか。

上司：田中君、今日ちょっと残って昨日の会議の報告書、仕上げてくれない？

部下：すみません、課長。今日はちょっと…。

上司：どうしたの？都合でも悪いの？

部下：はい、ちょっと体調が…。

上司：そうか。それなら今日は早く家に帰ってゆっくり休みなさい。

部下：すみません。ありがとうございます。

部下はどうして残業ができませんか。

解析

- 昨日の会議の報告書、仕上げてくれない？（能幫我把昨天會議的報告書完成嗎？）
- どうしたの？都合でも悪いの？（你怎麼了？身體不舒服嗎？）

問題3

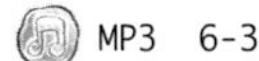
MP3　6-3

1番(ばん)——2

男の人と女の人が洗濯物について話しています。

男：あ、雨が降ってる。こんな日に洗濯したの？乾かないだろう。

女：部屋の中で乾燥機を使ってるからすぐに乾くわよ。

男：そうかな、コインランドリーに行って来れば。

女：じゃあ、あなたが言い出したんだから、行って来てよ。

男：面倒くさいなあ。あとで行くよ。

女：じゃ、責任持ってやってよね。

洗濯物をどうしますか。

1　外で乾かします。

2　コインランドリーで乾かします。

3　部屋の中で乾かします。

4　違う日に洗濯します。

解析

- コインランドリーに行って来れば。（要不要去投幣式洗衣店呢？）
- あなたが言い出したんだから、行って来てよ。（因為是你先說出來的，所以你去啦。）

2番——2

女の人が料理の作り方について話しています。

女：みんなさん、こんばんは。今日は簡単にできる「野菜のスープ」を作ります。
まず、大根とにんじん、そしてトマトとたまねぎを洗って、小さく切ります。キャベツはちぎってください。
次に、野菜を煮るんですが、その前に、塩と胡椒で下味をつけておくのがポイントです。全体をよく混ぜてから、カップ二杯の水とコンソメを入れて煮てくださいね。はい、出来ました。

野菜を切った後、まず何をしますか。

1　洗います。
2　味をつけます。
3　煮ます。
4　水を入れます。

解析

・キャッベツはちぎってください。（請將高麗菜撕成一片一片。）
・下味をつけておくのがポイントです。（先將材料放調味醃至入味是重點。）

3番——2

二人の学生が買った商品について話しています。

女：あっ、それ何？
男：さっき買ったんだ。財布。
女：うわ、よく買えたね。これ、すごく人気があるのに。
男：え、そうなの？普通にデパートで売ってたよ。
女：ほんとー？
男：うん。これは 6,000 円したけど、小さいやつなら 4,000 とかでもあったよ。
女：私もほしいなあ。

男の学生はいくらで買いましたか。

1　4,000 円
2　6,000 円
3　5,000 円
4　4,500 円

解析

・よく買えたね。これ、すごく人気があるのに。（你很厲害買的到。這個東西非常受歡迎的說。）
・これは 6,000 円したけど、小さいやつなら 4,000 とかでもあったよ。（這個花了 6,000 元日幣買的，如果是小一點的 4,000 元日幣就可以買到。）

4番（ばん）——3

会社で女の人と男の人が話しています。

女：今日も残業？大変ね。

男：うん、次の会議で使う資料の準備。もう少しで終わりそうなんだ。

女：えっ、次の会議って来週の木曜じゃなかったっけ。

男：うん、でも、週末の三連休は家族旅行に行くから、今日明日中にやっておきたいと思って。

女：そっか。でも、休みの後でも、間に合うんじゃない？

男：課長にもそう言われたんだけどね。でも、せっかくの休みに仕事のこと考えたくないじゃない。だから、先にやっといたほうがいいかなって思って。

女：それはそうかもね。じゃ、お先に。

男の人はどうして残業をしているといっていますか？

1　たくさん残業したほうがいいから。

2　会議を休みたいから。

3　休日は遊ぶことに集中したいから。

4　課長に言われたから。

解析

・もう少しで終わりそうなんだ。（再一下就快結束了。）

・でも、休みの後でも、間に合うんじゃない？（但是休假完後不是也還來的及嗎？）

5番（ばん）——4

テレビでアナウンサーが新番組について話しています。

女：皆さん、こんにちは。今日は今週の水曜日から始まる新番組についてご紹介いたします。

新入社員の皆さん、会社での生活、いろいろと大変ですよね。新番組では、新入社員の方向けに、会社でのルールやマナー、上司との付き合い方、さらには社内恋愛まで、会社生活に関する様々な情報や話題を提供していく予定です。私たちは会社で働く新入社員の皆様を応援しています！本番組に対するご意見・ご感想などがございましたら、番組のホームページまでお願いいたします。

新番組の内容として最も合っているものはどれですか。

1　新入社員向けに会社でのルールやマナーを紹介します。

2　新入社員向けに上司との付き合い方を説明します。

3　新入社員向けに社内恋愛の仕方を教えます。

4　新入社員向けに会社生活のいろいろな情報を提供します。

解析

- 新入社員の方向けに（適合公司新進人員）
- 会社でのルールやマナー（公司的規定或禮儀）
- 会社生活に関する様々な情報や話題を提供していく予定です（預定提供與公司生活有關的各種情報或話題。）

問題4

MP3　6-4

1番——3

女：あのレストラン、いつも人がたくさん並んでいますね。

男：1　ランチはレストランにする？

2　いつものレストランで食べてきたよ。

3　そうだね。おいしいに違いないよ。

解析

- そうだね。おいしいに違いないよ。（是啊，一定好吃不會錯。）
- ランチはレストランにする？（午餐要在餐廳吃嗎？）

2番——2

男：もうすぐ閉店みたいだね。店員が掃除し始めたよ。

女：1　もう閉店しましたよ。

2　じゃ、そろそろ行きましょう。

3　もう閉店しましたよ。

解析

- もう閉店しましたよ。（店已經關門了！）
- じゃ、そろそろ行きましょう。（那麼，該走了喔。）

3番——2

女：すみません、奨学金に応募したいんですが。

男：1　奨学金がもらえますよ。

2　来週、説明会がありますよ。

3　応募してください。

解析

- すみません、奨学金に応募したいんですが。（不好意思，我想參加獎學金徵選。）
- 奨学金がもらえますよ。（能拿到獎學金喔。）
- 来週、説明会がありますよ。（下週有説明會喔。）

4番——3

男：あ、あの件だけど、どうなった？

女：1　どうもあの件です。

2　もう帰りました。

3　それが、まだ…。

解析

- あ、あの件だけど、どうなった？（啊，那件事辦的怎樣了呢？）
- それが、まだ…。（那件事還沒辦好…。）
- もう帰りました。（已經回去了。）

5番——2

女：あの先生がおごってくれるなんてありえないよ。

男：1　うん、おごってくださったよ。

2　そうだよね。けちだもんね。

3　先生は怒ったことがないのかな。

解析

- あの先生がおごってくれるなんてありえないよ。（那位老師不可能會請客啦。）
- そうだよね。けちだもんね。（對呀，他很小氣呢。）

6番——1

男：早急にお返事いただければありがたいんですが。

女：1　承知いたしました。

2　いいえ、どういたしまして。

3　こちらこそ、ありがとうございます。

解析

- 早急にお返事いただければありがたいんですが。（如能儘快得到您的答覆，真的會很感謝。）
- 承知いたしました。（我知道了。）

7番——3

女：田村さん、この前もテニス大会で優勝したんだって。

男：1　それは惜しかったね。

2　昔から走るの速かったもんね。

3　さすがに田村さんだけのことはあるよね。

解析

- さすがに田村さんだけのことはあるよね。（不愧是田村先生。）
- それは惜しかったね。（那真是可惜呢。）
- 昔から走るの速かったもんね。（從以前就跑的很快呢。）

8番——2

男：あのう、すみません、ちょっと会議室お借りしたいんですが。

女：1　どこを貸しますか。

　　2　いつがいいですか。

　　3　誰に借りますか。

解析

- どこを貸しますか。（要借哪裡？）
- いつがいいですか。（什麼時候好呢？）
- 誰に借りますか。（要向誰借呢？）

9番——3

女：この料理、おいしいけど食べきれないよ。

男：1　好き嫌いがあるんだね。

　　2　もう一つ頼もうよ。

　　3　意外にボリュームあるよね。

解析

- この料理、おいしいけど食べきれないよ。（這菜雖然好吃但吃不完耶。）
- 意外にボリュームあるよね。（還真有點份量呢。）

10番——1

男：あれ、山下さんいないね。

女：1　もう帰ったんじゃないですか。

　　2　もう行かないんじゃないですか。

　　3　もう来たんじゃないですか。

解析

- もう帰ったんじゃないですか。（已經回去了吧，不是嗎？）
- もう行かないんじゃないですか。（應該已經不去了吧？）
- もう来たんじゃないですか。（已經來了，不是嗎？）

11番——1

女：あれ、今日はなんか顔色悪そうですけど。

男：1　昨日飲み過ぎちゃって…。

　　2　さきに風呂屋さんに行ってきて…。

　　3　このサングラスいいでしょう。

解析

- 昨日飲み過ぎちゃって…。（昨天喝太多了…。）
- さきに風呂屋さんに行ってきて…。（你先去澡堂…。）

12番——2

女：そんなに見たいんだったら、録画しておけば。

男：1　昨日録画したのに。

2　そうだなあ、そうしとこうか。

3　代わりに見てあげるよ。

解析

- そんなに見たいんだったら、録画しておけば。（那麼想看的話，就錄下來吧。）
- 昨日録画したのに。（虧昨天都錄了影了說。）
- そうだなあ、そうしとこうか。（是啊，就那麼做好了。）
- 代わりに見てあげるよ。（你替我看著吧。）

問題5

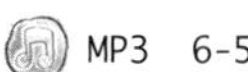
MP3　6-5

1番——3

家族三人が話しています。

母　：だめよ。だめだめ、携帯電話なんて。小学生には早すぎる。

息子：そんなことないって。友達もみんな持ってるんだから。このままじゃ、僕だけ仲間はずれにされちゃう。

母　：また、そんなばかなこと言って。ネットゲームばかりやって、変なサイトを見て、あとからすごい金額を請求されたってこのあいだもニュースでやってたでしょう。ねえ、パパ、どう思う？なにか言ってやってよ。

父　：うーん、確かにその、ゲームとかの心配はあるよね。でも最近はいろいろ変な事件多いし、いつでも連絡が取れるようにしておいたほうが、安心なんじゃないかな。健太がちゃんと約束を守るんだったら、持たせてもいいと思うけどな。

息子：そうだよ。そうだよ。さすがパパ！

母　：もう、本当に子どもには甘いんだから。でも、いつでも連絡できるっていうのはたしかに大事よね。何かあってからじゃ遅いもの。じゃ、買ってあげるわ。

息子：わーい、やった！

お母さんは、どうして子どもに携帯電話を持たせることにしましたか。

1　変なサイトに入れない電話があるから。

2　ルールを守ることを子どもと約束したから。

3　子どもといつでも連絡できるようになるから。

4　子どもが仲間はずれになるから。

- だめだめ、携帯電話なんて。小学生には早すぎる。（不行不行，買什麼手機。對小學生還太早。）
- このままじゃ、僕だけ仲間はずれにされちゃう。（這樣下去，我會被大家疏遠。）
- パパ、どう思う？なにか言ってやってよ。（爸爸，你覺得如何？你也說一下嘛。）
- もう、本当に子どもには甘いんだから。（真是的，你真的是對孩子太寵了。）

2番（ばん）——4

家族三人が話しています。

父　　　：今日は二人に話があるんだけど。

母、息子：なに？

父　　　：実は、今度会社で人事異動があって、熊本に転勤することになったんだ。

息子　　：えー、引っ越すの？高校に入ったばっかりなんだよ。友達もせっかくできたのに。

父　　　：うん、それでどうしようかと思って…。

母　　　：今、他の学校に行くのは直樹がかわいそうだわ。それに、私も実家の両親のことがあるし…。

息子　　：僕は行きたくないよ。

父　　　：そうか。じゃ、単身赴任するしかないか…。

母　　　：私だってお父さんと一緒に行きたいけど、いろいろあって、一緒に行くわけには行かないわ。

父　　　：やっぱりそうだよな。しかたがないな。景気も悪いし、次のボーナスだって、どうなるかわからないからなあ。わかったよ。一人で熊本に行くか。

お父さんはなぜ一人で暮らすことになりましたか。

1　息子の学校を探すのが大変だから。
2　一人暮らしは気楽だから。
3　景気が悪くて今の家が売れないから。
4　妻の実家の両親の問題で妻は行けないから。

解析

- 今日は二人に話があるんだけど。（今天有話要對你們說。）
- えー、引っ越すの？高校に入ったばっかりなんだよ。友達もせっかくできたのに。（什麼，搬家？我才剛考上高中呢。好不容易交到朋友卻要道別。）

・景気も悪いし、次のボーナスだって、どうなるかわからないからなあ。（景氣也不好，就連下次的獎金也不知道會變成怎麼樣呢。）

3番

店で女の人と男の人がバッグを選んでいます。

女：このバッグ、いいわねえ。色もデザインも、大きさもいいな。

男：うん、いいね。でもちょっと高いんじゃない。四万円だよ。

女：まあ、ちょっと高いけど、先月アルバイトのお金が入ったから。大丈夫。

男：どうせすぐ飽きちゃうんだから、もう少し手頃なものにすれば？

女：ううん、そんなことない。いいものは飽きないの。

男：でも、これね、ここから出し入れするんだよ。使いにくくないかなあ。

女：うーん、でも、それが可愛いんだけどなあ。

男：まあ、値段はともかく、使いにくいのは、すぐ嫌になっちゃうよ。

女：そうかなあ。ずっとこの大きさのものを探してたんだよ。

男：まあ、好きにすれば。

解析

・まあ、ちょっと高いけど、先月アルバイトのお金が入ったから。大丈夫。（嗯，雖然有點貴，但上個月打工的錢進來了。沒問題。）

・どうせすぐ飽きちゃうんだから、もう少し手頃なものにすれば？（反正馬上就又不喜歡，要不要再選價錢便宜點的呢？）

・まあ、値段はともかく、使いにくいのは、すぐ嫌になっちゃうよ。（嗯，先不談價錢，不好用的東西會馬上就討厭喔。）

・まあ、好きにすれば。（隨你便，不管你了。）

質問1——3

男の人はどんなバッグがいいと思っていますか。

質問2——2

女の人はどんな基準でバッグを選んでいますか。

解析本－新日本語能力試驗予想問題集：N2 一試合格

作者 / 方斐麗、小高裕次、賴美麗、李姵蓉、郭毓芳、童鳳環

發行人 / 陳本源

執行編輯 / 張晏誠

封面設計 / 林彥彣

出版者 / 全華圖書股份有限公司

郵政帳號 / 0100836-1 號

印刷者 / 宏懋打字印刷股份有限公司

圖書編號 / 79121-201611

全華圖書 / www.chwa.com.tw

全華網路書店 Open Tech / www.opentech.com.tw

若您對書籍內容、排版印刷有任何問題，歡迎來信指導 book@chwa.com.tw

臺北總公司(北區營業處)
地址：23671 新北市土城區忠義路 21 號
電話：(02) 2262-5666
傳真：(02) 6637-3695、6637-3696

中區營業處
地址：40256 臺中市南區樹義一巷 26 號
電話：(04) 2261-8485
傳真：(04) 3600-9806

南區營業處
地址：80769 高雄市三民區應安街 12 號
電話：(07) 381-1377
傳真：(07) 862-5562